異世界召喚されましたが、推しの愛が重すぎます！

登場人物紹介

ミゲル

男らしい色気を持つ騎士団副長。
「エターナル・ロマンス」の攻略対象。
独占欲を隠さず永羽に迫る。

永羽《とわ》

大好きな乙女ゲーム
「エターナル・ロマンス」に
召喚された高校生。
攻略対象を癒す特別な能力を
持っているが、
永羽にとって禁断の方法で――!?

フェルナンド

完璧な第二王子。
「エターナル・ロマンス」の攻略対象。
病弱な兄に代わって
政務をこなしている。
紳士的に永羽を愛でる。

レスタード
フェルナンドの
侍従。
ララ
ロロの師匠で、
大魔法使い。
リカルド
ミゲルの部下で、
第一騎兵隊隊長。
パブロ
ミゲルの部下で、
第二騎兵隊隊長。
ロロ
年齢不詳の天才魔法使い。
「エターナル・ロマンス」の攻略対象。
突然召喚されてきた永羽を
優しく支える。

プロローグ

ドアを開けると、そこには夢の世界が広がっている。

大好きなものに囲まれた自分の部屋をぐるりと見回し、大きく深呼吸をして、ぼく——早乙女《さおとめ》永羽《とわ》はときめきに胸を弾ませた。

今週は高校がテスト期間だったせいで、ずっと推し活ができなかった。

でも、そうやって我慢した時間もまた愛を育てるんだと信じている。

「ふふふ。ただいま」

右を向いても、左を向いても、果ては天井まで大好きな男性キャラクターたちで埋め尽くされた部屋はさながら聖地だ。推したちのポスターにいつもどおり帰宅の三拝を終えると、ぼくは惚れ惚れしながら彼らを見上げた。

「今日も格好いいなぁ」

毎日見ているのにちっとも見飽きない。

それどころか、いつも「今日が一番格好いい！」と思ってしまう。だから毎日新鮮にドキドキする。これはもう、運命としか言いようがない。

「いつか本当に会えたらいいのに……」

そうしたら見つめ合うことも、言葉を交わすことも、手を握ることだってできるのに。

「いやいや。推しと同じ空間にいたいとか、そんなこと望んだらバチが当たる」

慌てて頭をふって邪な考えを追い出した。

思い込んだら猪突猛進なところは母親譲りだ。息子を『永羽』と名づけた彼女に似て、小さい頃からロマンティックなことが好きだったぼくは、男の子より女の子たちの方が、話が合うことが多かった。

華奢《きゃしゃ》で小柄な見た目のせいもあるだろう。

インドア体質で肌は白いし、遺伝のおかげで髪も目も焦げ茶色だ。「柔和」や「中性的」と表されることの多い顔立ちに加えて首や手足はヒョロヒョロとしていて、部活動に励む男子たちとは共通の話題がほとんどなかった。

もともと身体を動かすことが得意じゃないし、暴力的なことも怖いので好きじゃない。

反対に、キラキラしたものや甘いものが大好きで、お姫様を夢見るあまり、一周回ってお姫様を守る格好いい王子様に憧れた。その結果、辿り着いたのが乙女ゲームだった。

いわゆる、恋愛シミュレーションゲームというやつだ。

それまでゲームはあんまりやったことがなくて軽い気持ちで試してみたんだけど、これがまぁ、おもしろいのなんの！

あっという間にのめり込んだ。

「だって、すごくドキドキするんだもん……！」

思い出しただけで頬が熱くなる。

王子様の微笑みが、騎士様の流し目が、魔法使い様の得意げな顔が、目を閉じればいつでも瞼《まぶた》の裏に蘇るようになってからというもの、すっかりそれなしではいられなくなった。

乙ゲーには、人生におけるときめきのすべてが詰まっているというのがぼくの持論だ。

攻略対象と両想いになれればハッピーエンド。

たとえフラれてしまったとしても、それはそれでバッドエンドとしての趣がある。公式の提供はあますところなく見たい派なのでバドエンのシナリオを回ることも忘れない。

乙ゲーとは、噛《か》み締めるほどに味わえるものなのだ。

「ありがたい……」

そんなわけで、クラスメイトたちが青春を謳歌《おうか》しているのを横目に、ぼくは架空のヒロインとして華やかな恋を満喫《まんきつ》している。人の恋バナには交ざれないし、大っぴらにも言えないけど、それが逆にキャラクターたちと秘密を共有しているみたいでドキドキするんだ。

さて、今日は誰と素敵な恋をしようかな。

ぼくは通学鞄を床に置くと、制服のままパソコンの電源を入れた。

デスクチェアに腰を下ろし、お気に入りのソフト『エターナル・ロマンス』に手を伸ばす。

多彩なキャラクターとシナリオで絶大な人気を誇る、乙女ゲームの代表とも言える作品だ。

豪華客船を舞台にした一作目の『エターナル・ワルツ』、迷宮を舞台にした二作目の『エターナル・ラビリンス』を経て、三作目となるこの『エターナル・ロマンス』は舞台を中世ヨーロッパに移し、「魔法の国のヒストリカルロマンス」をコンセプトに展開している。

これらエターナルシリーズには多くの熱烈なファンがいて、もちろんぼくもそのひとり。

だって、なんてったってておもしろい。

何度やってもドキドキするし、すれ違いには切なくなる。キャラクターは格好いいし、音楽も最高。それに加えて、連作だからこそのお楽しみがあるのもこのシリーズの醍醐味《だいごみ》だ。

ファンの間では「三作目の晩餐会《ばんさんかい》のシーンで、一作目に出ていた侍従長が映った」とか、「馬で遠乗りに出るシーンで、二作目の迷宮に掲げられていた旗が見えた」とか、いろいろなリンク情報が報告されている。

攻略本にも載っていないそうした情報を見て回るのは楽しいし、何より自分が最初に発見するとテンションが上がる。ＳＮＳで報告すると公式が「いいね」してくれるのも嬉しいポイントだ。

だから定期的に巡回したくなっちゃうんだよね。

起動したパソコンにディスクをセットし、ゲーム用のヘッドホンを装着した。

「今日はどんなことに出会えるかなぁ」

わくわくしながらオープニングムービーを眺める。

それが終わって、ルート選択の画面が表示された時にふと、右下に『ボイスチャット』なるボタンがあることに気がついた。

「ん？」

ボイスチャット。……ボイス、チャット？

「こんなのあったっけ？」

もう何度もプレイしているのに全然気づかなかった。

もしかして、キャラクターの声でゲームの説明が聞けたりするんだろうか。それとも、チャットって言うくらいだから、本当に話してるみたいな感じで喋《しゃべ》ってくれるとか？

「それはおいしい……」

開始早々、こんな新しい発見に出会えるとは思わなかった。

胸を高鳴らせながらマウスカーソルを合わせ、『ボイスチャット』ボタンをクリックする。

するとすぐ、シャララン……と、聞き慣れたエタロマのジングルが流れた。

「――やっと出会えた。運命のプリンセス」

ギャーーー！！！

驚きのあまりヘッドホンを毟《むし》り取り、椅子から立ち上がる。

「ななな、何これ！」

素《す》っ頓狂《とんきょう》な声まで出た。

ゲームとは全然違う。まるですぐ隣にキャラクターがいて、耳元で話しかけてくるみたいだ。

……いや、ヘッドホンしてるんだから当然なんだけど、それにしても……！

目を閉じ、胸に手を当てて大きく深呼吸する。ドキドキは一向に収まる気配もないけれど、それでもエタロマオタとして聞き逃すわけにはいかない。

覚悟を決めてもう一度椅子に座り、ヘッドホンをかけ直すと、小さく苦笑する声が聞こえた。

「驚かせてしまってすまない。だが、こうしてつながり合えたことを嬉しく思う」

ぼくもです！

心の中で元気いっぱい返事をする。こうしていると、本当にボイチャしてるみたいだ。

「おまえの力が必要なんだ。どうか、私を信じて身を委ねてほしい」

耳元で囁かれ、心臓が一際ドクンと跳ねた。

「応えてくれるなら、おまえの名を」

あぁ、抗えない。止められない。だって、一度でいいからこんなふうに話してみたかったんだ。

ドキドキと高鳴る胸を押さえながらヘッドホンのマイクをオンにする。

「……永羽」

ふるえる声で答えた瞬間――ディスプレイから眩《まぶ》しい光が迸《ほとばし》った。

「わっ！」

あまりの眩《まぶ》しさに目を開けていることもできず、とっさに腕で顔を覆う。

その拍子にヘッドホンが耳から外れ、ガシャンと音を立てて床に落ちた。

な、な、なっ……！

まるで身動《みじろ》ぎする余裕もなく、声すら出せないでいるうちに、強い力に引っ張られるようにして光の中へ吸い込まれる。

それきり、意識はプツリと途切れた。

1．恋愛初心者、ゲームの世界へ

「──ん……、……」

爽やかな風に誘われるように、二度、三度と瞬きをくり返す。

そうしてみてはじめて、自分が外にいることに気がついた。

「……え？」

いつもの自分の部屋じゃない。というか、なんだって外で寝てたんだぼくは。

「どこだ、ここ？」

立ち上がり、キョロキョロと辺りを見回しているうちに、どうもこの景色に見覚えがあるような気がしてきた。

周囲に建ち並ぶのは、木材と煉瓦《れんが》を組み合わせた特徴的な家々。窓辺には色とりどりの花が飾られ、中世にタイムスリップしたみたいだ。長年の往来によって磨かれたであろう石畳も、広場の噴水やオベリスクも、どれも記憶にあるものばかりだった。

「なんか、エタロマにそっくりじゃない……？」

でも、自分で言っておいてなんだけど、そんなことってある？？？

ぼくは何度も目を擦《こす》り、注意深くひとつひとつを確かめていく。

けれど、記憶と違うところが見つかるどころか、見れば見るほど『エターナル・ロマンス』の舞台だと確信するばかりだった。あんなにやり込んだお気に入りを見間違えるはずがない。それほどに、目の前に広がる世界は中世ヨーロッパ風のカルディア王国としか思えなかった。

ちなみに、ゲームの設定はこうだ。

丘の上には難攻不落を誇る国王の居城が聳《そび》え、それを囲むように王室騎士団の宿舎や訓練場、厩舎に従者の住まいがある。丘を下ったところに貴族の屋敷が、そのさらに外側に庶民たちが暮らす城塞都市が広がっている。

城壁の向こうには恐ろしい魔物や魔獣が棲《す》む森があるため、冒険者などの護衛をつけずに城壁を出ることは禁止されている。訓練されていない人間が束になってかかっても敵わないからだ。時々、腹を空かせた獣たちが自ら森を出て人を襲うことがあり、騎士団をはじめ、魔法使いや冒険者たちが力を合わせて王家と街の人々を守っているのだった。

だが、魔物の放つ強大な魔力はじわじわと周囲に影響を及ぼし、普段は森の奥に潜んでいるような魔獣たちまで活性化しつつある。

そんなカルディアを救うため、特別な力を宿したヒロインが別の世界から召喚されて来るところからゲームははじまる。ヒロインが攻略対象となるキャラの力を引き出しながら好感度も上げ、魔物退治と恋愛成就を目指すというストーリーだ。

なお、ヒロインは『特別な存在』という意味で『プリンセス』と呼ばれる。そんなところもお姫様に憧れるぼくにとってはたまらない。

「それにしても、本当にここがあの……？」

なおも戸惑っていると、ぼくの服装があまりに周りと違っていて珍しいからか、あっという間に周囲に人が集まってきた。

誰もがゲームと同じように中世を思わせる格好をしている。革の鎧《よろい》を纏《まと》い、腰に剣を提げているのは冒険者だろうか。フードつきマントを羽織った魔法使いらしき女性もいる。肉を捌《さば》いている途中だったのか、大きな包丁を握り締めた肉屋の主人の姿まであった。

こんなところまでゲームそっくりなんだな……

ちなみにシナリオでは、ここでヒーローが颯爽と現れて人集《ひとだか》りの中から困惑しているヒロインを助け出してくれる。ふたりの大事な出会いのシーンだ。一番最初にプレイした時なんて、もうこの時点でコロッといった。

だって格好いいんだもん！

やっぱり、ピンチに駆けつけてくれるヒーローっていうのは絶対だよね。古今東西、老若男女、あの笑顔に落ちないわけがない。

推しのスチルを思い浮かべただけで頬がゆるみそうになる。

でも残念ながら、今はそれどころじゃないわけで。

ギラギラ光る包丁に顔を引き攣《つ》らせつつ、できるだけ刺激しないように後退りかけた、その時。

「どうした。何の騒ぎだ」

よく通る凛とした声に、見物人たちが慌てて道を空ける。

人垣の中をまっすぐ進んできた人物を見て、ぼくは「あっ！」と声を上げた。

毎日ポスターを見上げた。そして毎日恋い焦がれた。夢の中で何度もデートをした愛しい人が、まさか、本当に助けに来てくれたなんて。

「フェルナンド様！」

ぼくの呼びかけに周囲がざわめく。

フェルナンド様も黄緑色の目を瞠《みは》り、驚いたようにこちらを見た。

一八〇センチのすらりとした長身に甘いマスクを備えた、頭脳明晰で弁も立つ彼は、カルディア王国の第二王子だ。二十二歳の若さで王太子に代わって国王を支え、国政にも精力的に関わるなど活躍の場を広げている。

文化芸術にも造詣が深く、音楽と舞踏を愛する王子様として貴婦人たちの憧れの的になっている。彼の瞳と同じ色の宝石ペリドットを身につけるのが女性の間で密かなブームだそうだ。

まさに、『完璧』が服を着て歩いているような王子様。

そのフェルナンド様が、背を覆う金色の髪を靡《なび》かせながらこちらに向かって歩いてきた。

「私のことを知っているのか」

「へっ？」

やだなぁ。何度も結ばれたじゃないですか。

そう言いかけてハタと気づいた。プレーヤーのぼくはフェルナンド様を知ってるけど、相手は画面のこちら側にいる自分のことなんて知らなくて当たり前だ。

それなら、やることはひとつ。

「はじめまして。早乙女永羽といいます」

挨拶はきちんとしなくちゃね。

けれど名乗った瞬間、フェルナンド様はハッと息を呑んだ。

「トワ……？　トワ……そうか、おまえだったのか…………」

「え？」

「こんなにも美しい人が運命の相手だったとは。あぁ、今日は人生最良の日だ」

……うん？　聞き間違いかな？

ぽかんとするぼくを、フェルナンド様は食い入るように見つめてくる。

「召喚に応えてくれたことに心から感謝する。この国を救うため藁《わら》にも縋《すが》る思いで行った儀式だったが、おかげで私はおまえに出会い、最上の喜びを知ることができた。……すべては神のお導きだ。その証拠に、頭の中で祝福の鐘が聞こえる」

「あ、あの……」

いったい何がどうなってるんだ。

フェルナンド様はうっとりしたように目を細めると、石畳の上に跪《ひざまず》いた。

「あらためて、カルディアへようこそ。プリンセス。こんな素晴らしい出会いがあると知っていたなら六頭立ての馬車で迎えに来たものを」

「え？　ちょっ、……え？」

待って展開が早すぎる。

プリンセス？　いや、でもそれはゲームの中のヒロインのことだと思うし、そもそもぼくは男だし、何より三次元の人間なので……ていうか今、馬車っておっしゃいました？？？

何から何までゲームの展開そのものだ。

ぼくが目を白黒させている間に立ち上がったフェルナンド様に腕を引かれ、広い胸に抱き締められた。

「やっと運命の相手に出会えたのだ。少しだけ……いや、ずっと離したくないな」

わーーー！！！

甘く掠《かす》れた囁きに口から心臓が飛び出しそうだ。

待って待って待って、ヤバイヤバイヤバイ。

ゲーム中もヘッドホン越しの声に何度も腰が砕けそうになったのに、それを今、実際に体験しているだなんて考えただけで眩暈《めまい》がする。

それに、これはフェルナンド様がつけている香水だろうか。爽やかで、それでいてムスクを思わせる複雑な香りに包み込まれ、息をするたび壊れたように心拍数が跳ね上がっていく。

これが王子様か～～～！

ゲームをプレイするだけでは味わえなかったものをしみじみ噛《か》み締めていると、誰かに腕を掴まれ、グイッと後ろに引っ張られた。

「フェルナンド様のプリンセスと決まったわけではありません。軽率な行動は慎まれますように」

「ミゲル様！」

割って入ってきたのは王室騎士団副長のミゲル様だ。

ぶっきらぼうで近寄りがたい人だと思われがちだけど、情熱を内に秘めたタイプで、男らしい寡黙さや強さが騎士たちの尊敬の的になっている。確か、フェルナンド様より二歳年上だったと思う。

身長は一八七センチとかなり大柄で、身体を鍛えているだけあって胸板も厚く逞《たくま》しい。精悍《せいかん》な顔つきといい、褐色の肌といい、どこから見ても『男の中の男』という感じで憧れてしまう。

彼は、ぼくにないものをすべて持っている人だ。推しであるミゲル様とも何度もゲームの中で結ばれたっけ。

そんな彼は肩までの黒髪を靡《なび》かせ、湖水のように青い目でじっとフェルナンド様を見据えている。

無言で見つめ合った後、フェルナンド様が軽く肩を竦《すく》めた。余計な諍《いさか》いは望まないという意思表示だろう。

それを受けて、ミゲル様がこちらに向き直った。

「怪我はないか」

気遣うような低い声に心臓がドクンと跳ねる。

「は、はい」

あのミゲル様が目の前にいるなんて……！

ドキドキと胸を高鳴らせるぼくを、彼は悠然と高いところから見下ろしてきた。

「フェルナンド様から召喚の成功を伺ってはいたが、こんなところで出会うとは」

「あの、ミゲル様……」

「俺のことはミゲルと呼べ。俺は王族ではない。おまえと同じだ」

「じゃあ……、ミゲルさん、ですね」

はにかみ笑ったぼくを見て、彼の瞳が熱を帯びた。

「……なるほどな。運命というのは抗えないものだ」

「え？」

「俺にはわかる――俺たちは運命の一対になる。それほどおまえは俺の心に深く入り込んできた。だからおまえは俺が守る。誰からも、どんなものからもだ。いいな」

「……っ」

お、推しが今日も格好いいっ……！

つい、いつものように無言で拳を握ってしまった。

だって、普段は超無口な人なのに！　こんなふうに言われてきゅんとしない方がどうかしてる。

神様ありがとうございます。生きてて良かった……

早口で捲《まく》し立てたいのを堪《こら》えていると、不意に、頭上からキラキラしたものが降ってきた。

「え？　わぁ……！」

雪？　それとも星だろうか？　すごくきれいだ。

ミゲルさんたちも驚いたように空を見上げている。

降り注ぐ光に目を奪われているうちにぼくの身体も淡い光に包まれ、気づいた時には人垣の外に瞬間移動させられていた。

「え？　え？　何これ！」

「ふふふ。びっくりさせちゃいました？」

「あ！　ロロ様！」

くすくす笑いながら小首を傾げているのは、カルディアきっての魔法使いだ。

好奇心が旺盛で、古今東西の魔法研究に余念がない彼は、強い魔力を有していることでも知られていた。

性格はとてもおだやかで、ふわふわしたピンク色の髪や茶色い瞳がやさしい彼によく似合う。

そんなほんわか癒やし系の彼も、もちろんぼくの大事な推しだ。おっちょこちょいな一面も一生懸命だからこそ元気をもらえる。

今度はそのロロ様と会えたんだと胸を躍《おど》らせていると、彼は苦笑いしながら肩を竦《すく》めた。

「僕に『様』なんてつけなくていいですよー。ただの魔法使いですし、それに、トワさんより年下だと思いますから」

「そうなの？　そうだったっけ？」

公式ではロロは年齢不詳という設定だ。それでも、魔法使いというだけあって何百年も生きているんだと思ってたけど……

首を捻《ひね》るぼくに、ロロは「んもう。それは秘密です」と笑った。

「あれ？　もしかして、ぼくの考えてることわかる？」

「もちろん。魔法使いですもん」

ロロが得意げに片目を瞑《つぶ》る。

その威力たるや、かわいいと格好いいが大渋滞だ。いつもは癒やし系なのに時々小悪魔系にもなる、その気紛れなところがロロの魅力のひとつでもある。

そのロロから、至近距離でウインクを浴びる日が来るなんて……

うっとり浸っている間に、フェルナンド様とミゲルさんが人垣を抜けてやってきた。

そうやって推しが三人並んだ時の迫力ったら、これぞまさしくご褒美スチル。この世の宝だ。

「……あれ？」

待てよ。部屋のポスター眺めてるみたいになってるけど、神にも等しい人たちが至近距離にいるのって現実？　だとしたらさすがにマズくない？

気づいた瞬間、ザーッと血の気が引いた。

「おおお推しの視界に入るなんて無理！」

とっさに逃げ出そうとしたぼくをミゲルさんが捕まえる。

「こら。どこへ行く」

「ひえぇご勘弁を！　推しに認知されるだけでも無理なのに、触れるなんてもってのほか！　ぼくはただのオタクですから……！」

「いいから落ち着け」

「それとも、召喚された実感が湧いてきたか？」

フェルナンド様の言葉に、身体がピクリと反応した。

「召喚……？　あの、今さらこんなこと訊くのもアレですけど、ここってカルディアなんですよね？　どうしてぼく、ここにいるんだと思います？」

「私の声に応えてくれたからだ。聞こえただろう、『おまえの力が必要なんだ』と」

「あ！　あれって、もしかして……」

はじめて見る『ボイスチャット』のボタンを押したら声が聞こえてきたんだっけ。そして訊かれた、「おまえの名を」と。

「私がおまえを呼んだのだ。この国を救うために」

「この国を……？」

フェルナンド様は静かに頷くと、ゆっくり話しはじめた——

カルディアが建国されたのは今から二百年以上も前のこと。

積み重ねられた長い歴史は『国史』として代々王家に伝わってきた。そこには他国との幾度かの争いも記され、勇敢な先祖たちが国境線を守り抜いてきた記録として後代の王に勇気を与えた。

また、不可侵の森を有するという土地柄から、魔物や魔獣との攻防についても『古文書』に赤裸々に綴られてきた。後の世に知恵を授けるためだ。それら『古文書』の中には魔物討伐のために行うふたつの儀式——即ち、魔物の封印と、協力者を召喚する方法について事細かに書かれているという。

これら『国史』と『古文書』は国の宝として大切にされ、有事の際は王家の血を引くもの自らが

『古文書』にある儀式を執り行うことと定められてきた。

「そうやってこの国は魔物や魔獣を抑え込み、存続してきた。……だが、いつまで抑止できるかはわからない」

封印した魔物が目を覚ましたら終わりだ。

そのため『古文書』に従って、協力者を呼ぶことにしたとフェルナンド様は結んだ。

「なるほど、それでぼくを……。不思議なお話ですね」

今でもまだ信じられない。

教わったことを噛《か》み締めていたぼくは、ふと、「あれ？」となった。

「それならどうして、封印の時に協力者を呼ばなかったんです？」

素朴な疑問をぶつけると、フェルナンド様は力なく首をふった。

「無論儀式は行った。私の父がな。だが、召喚に応じるものとは出会えなかった」

召喚の儀式は、王家の血を引くものが生涯一度だけ行えるという。そのため、今回は第二王子であるフェルナンド様が決行したとのことだった。

「儀式は、一年で一番昼が長い日に行う」

夏至の日の昼から夜に移り変わるその瞬間、王家の宝である聖なる鏡に向かって祈りを捧げることで召喚者への扉が開く。お互いの波長が合えば呼びかけることができ、さらに相手が召喚に応じることでこちらの世界に連れてくることが可能になるという。

「そ、そんな大事《おおごと》だったんですか……」

思わず、はー……と溜め息が洩《も》れた。

ぼくから見たらここはゲームの中だけど、フェルナンド様たちにとってはリアルな世界なんだ。

もとの世界とゲームを介してつながっただなんて、なんだか夢があってわくわくする。

思い返せば、あの日はいつもより早い時間にゲームをはじめた。たまたまテスト期間最終日で早く帰れたからだったけど、それが偶然にも『夏至の日』の『昼と夜の境』だったんだろう。

そしてタイミングだけでなく、うまくお互いの波長まで合った、と。

「そっか。どうりで……」

これまで『ボイスチャット』なんて見たことがなかったわけだ。

一度ゲーム世界との道ができたから、これからはずっとぼくのソフトではあのボタンが表示されるかもしれないね。

「あの時、おまえは私に応えてくれたな。……トワ、と」

「トワというのはどういう意味なんだ？」

それまで黙って聞いていたミゲルさんが加わってくる。

「『永遠』って意味です。『夢に向かって、ずっと羽ばたいていける子になるように』って願いを込めて母がつけてくれた名前なんです」

ちょっとキラキラしていて照れくさいけど、でも由来も含めて気に入ってる。

……って、あれ？　ちょっと待てよ。

「永遠……エターナル……あ、『エターナル・ロマンス』に通じる名前？」

だから波長が合ったのかも？

目を丸くするぼくを見て、ロロが嬉しそうににっこり笑った。

「トワさんは、僕たちに向かって羽ばたいてきてくれたんですね」

「そ、そっか。そうなるよね」

驚くぼくに、三人がまっすぐ手を差し伸べてくる。

「あらためて迎えよう。私の、私だけのプリンセス」

「トワ。俺のものになれ」

「僕に力を貸してくれますよね」

「へっ？」

つい間抜けな声が出た。

だって、これじゃゲームのヒロインそのものだ。

「何か不満でもあるのか。召喚に応じたからにはわかっているだろう」

「おい、ミゲル。女性を怖がらせるな」

「えーと……あの、お話し中すみませんけど、ぼくを女の子だと思ってたりします……？」

「違うのか？」

「その顔でか？」

「かわいいですよ？」

「…………」

まさかこんな反応が返ってくるとは……

フェルナンド様は驚いてるし、ミゲルさんは疑ってるし、ロロに至っては信じてもいない。

確かに、男らしいかと問われたらノーと言うけど、これでも健全な男子高校生だ。いくら母親譲りの女顔だろうと、筋肉のつかないヒョロヒョロボディだろうと。

「ぼくは男です」

だから、ぼくはプリンセスにはなれない。ぼくがお姫様でいられるのは二次元キャラになりきって楽しんでいる間だけだ。つまり全部が幻なんだ。

ううう。あらためて言葉にすると抉られる……

しゅんとしていると、ロロがやさしく背中をさすってくれた。

「トワさんはトワさんですよ。それでいいじゃないですか」

「ロロ？」

「あぁ、そうだな。男だろうと女だろうと、トワはトワだ。特別な存在に変わりはない」

「フェルナンド様」

「おまえは俺の運命の相手。もっと自覚を持て」

「ミゲルさんまで何言ってるんですか」

そんなあっさり受け入れることってある？？？

頭を抱えるぼくの前に、フェルナンド様が再び膝をついた。

「愛しい人よ。おまえに心を奪われたかわいそうな私を慰《なぐさ》めると思って、どうか私のものになると言ってほしい。このままおまえを城に連れていくよ。いいね？」

「～～～！」

右手を取られ、歯の浮くような台詞《せりふ》とともに甲に誓《ちか》いのキスを落とされる。顔が熱くなるどころか、意識が一瞬どこかへ吹き飛ばされた。

お、お、お、王子様のキス……！

これって現実？　それとも夢？　いや、もうそんなことはどうでもいいんだ。お父さんお母さん、やりました……ぼくはエタロマオタとして次のステージへ旅立ちました……！

感激のあまり身体がふるえる。

そんなぼくを、後ろから覆い被さるようにして引き剥がしたのはミゲルさんだった。

「これは男と男の真剣勝負だ。フェルナンド様が王家の特権を行使なさるなら、騎士団副長として正々堂々と決闘を申し入れます」

「なっ、何言ってるんですか。決闘だなんて」

「それを止められるのはトワ、おまえしかいない。俺のものになると誓《ちか》え。俺に愛されると」

耳元で低く囁かれる。

ミゲルさんはぼくの右手を取ると、フェルナンド様を睨みながら手首の内側にくちづけた。

「～～～！」

な、な、な、なんて挑発を……！

キスにキスで対抗するという火花が散るようなやり方に胸はドキドキ高鳴るばかりだ。お父さんお母さん、大変です。ぼくは今、推しに奪い合われています……！

もう今日が命日になるかもしれない。

「ふたりとも、トワさんがびっくりしてるじゃないですか。ダメですよ、やさしくしなくっちゃ。大事な大事なお姫様なんですから。ね？」

見えない力にひょいっと掬《すく》い上げられる。見れば、ロロがにっこり笑っていた。

「僕がトワさんを幸せにします。一緒に、楽しいことといっぱいしましょう」

「えっ、ほんとに？」

ロロなら楽しいことをたくさん知ってるだろうし、同じ目線で価値観を共有できると思う。それに、他のふたりと違って草食タイプだし。

まぁでも、ルートに入ったらすごいんですけど……

シナリオを思い出してひとりドキドキしていると、それを見たロロがくすりと笑った。

「かわいいですね、トワさん。真っ赤になっちゃって」

「ひゃっ」

頬を撫でられただけでおかしな声が洩《も》れる。ゲーム中はどんな褒め言葉も喜んでいられたのに、いざ面と向かって「かわいい」と言われるとどうしたらいいかわからなくて困った。

プリンセスって大変なんだな……

でも、それを実感することができたのも、ゲームの世界に入ることができたからで。

「それを考えると、この状況って夢を叶えたエタロマオタそのものじゃない？」

そうだ。『エターナル・ロマンス』をプレイした何人がこの状況を夢見ただろう。ゲームの世界に飛び込んでみたい、大好きなキャラクターと話したい、愛されたいと願った人もいたに違いない。けれど、それは普通は叶わないことだ。だからゲームにのめり込むんだ。

それがまさか――

あらためて三人の顔を見回す。

すると不思議と、この状況がすとんと自分の中に落ちてきた。

「そう、だよね。二次元なんて、入ろうと思ってもそうそう入れるもんじゃないよね」

「トワ？」

首を傾げるフェルナンド様に微笑み返す。

「それならもう、ジタバタするより腹を括《くく》ろう。戻り方だってよくわかんないし」

「おい。どうした」

訝しげな顔をするミゲルさんにも笑ってみせると、ぼくは勢いよく拳を掲げた。

「よーし。こうなったら、思う存分エタロマを満喫《まんきつ》するぞー！」

「おー！」

ロロの楽しげな声がそれに続く。

こうして、ぼくの新しい暮らしが幕を開けたのだった。

2. 王子様のフラグが立ちました

人生、何が起こるかわからない――

それを今ほど噛《か》み締めたことがあっただろうか。

大好きなゲームの世界に入り込むなんて。その上、愛しの王子様とお城で暮らすだなんて……！

気を抜くとすぐにゆるんでしまう頬を両手で押さえながら、ぼくはフェルナンド様の馬に乗せられ、カルディア城へと案内された。

あの後、当面の宿をどうしようかと悩むぼくに、ミゲルさんは「騎士団宿舎に来ればいい」と言ってくれたし、ロロも「僕の家に泊まってください」と申し出てくれた。

その気持ちはとても嬉しかったし、騎士団宿舎も魔法使いの家もすごく行ってみたかったけど、いきなり知らない人間がひとり増えたら負担になるだろうからと丁重にお断りした。

その点、お城なら常にたくさんの人が出入りしているだろうし、普段は使っていない部屋だっていくつもあるだろう。たとえ離れだろうと、物置だろうと、雨露を凌《しの》げるのならありがたい。

決して、中世のお城を見てみたかったからじゃない。

決して決して、晩餐会《ばんさんかい》のシーンに出てきた王族専用の大食堂を取材したかったからでもない。

ましてや、王子様のプライベートをこっそり覗き見したかったわけでも。

……デヘッ。

想像しただけで顔がニヤける。

「トワ。どうした？」

しょっちゅう顔を押さえるぼくを見て、フェルナンド様が気遣わしげに覗き込んできた。

「だっ、大丈夫です」

至近距離に迫った美貌にクラクラしながら首をふる。

「疲れただろう。もうすぐ着くぞ。あそこだ」

「わぁ……！」

指さされた先は小高い丘になっていて、その上には石造りの城が聳《そび》え立っていた。

スチルで見た時も、いかにも中世のお城っぽくて格好いいなぁと思ったけど、実際こうして見上げるとその圧倒的な存在感に言葉がなくなる。

幾度もの敵の襲撃にも決して落ちなかった難攻不落のカルディア城。それは国民の心の拠り所にもなっている。

青空を従え、威風堂々と聳《そび》える姿に溜め息が洩《も》れた。

「こうして見上げているだけで誇らしい気持ちになりますね」

「おまえにもそう思ってもらえて嬉しい」

フェルナンド様が晴れやかな表情で城を見上げる。

「城の中も追い追い案内しよう。さぁ、あと少しだ」

「はい」

馬の背に揺られて丘を登っていくと関所を兼ねた二重城塞があり、さらに進むと巨大な木製の城門に迎えられた。

ギシギシと鎖を軋ませながら跳ね橋が下りてくるところなんて、ゲームや映画でしか見たことがない。その迫力に圧倒されながら橋を渡り、いよいよお城の敷地に入った。

中には騎士団宿舎や厩舎、王族専用の教会など、いくつもの建物が並んでいる。その一番奥に、王の執務室兼居城である主塔があった。

馬を降り、塔の中に促される。

そこでは黒いお仕着せに身を包んだ侍従や侍女が忙しそうに行き来していた。それでも第二王子の姿を見るなり立ち止まり、向き直って一礼する。

こんな世界もあるんだなぁ……

ゲームではここまで細かいシーンは見られなかったから、なんだか新鮮だ。

「あれ？　あの方は……」

ふと、見覚えのある人物が廊下を歩いているのが見えた。

「侍従長だが、知っているのか？」

フェルナンド様が驚いたように立ち止まる。ついでに呼び寄せてくれようとしたので、謹んで遠慮させていただいた。

ぼくが一方的に知ってるだけだし、本人に来てもらっても「一作目にもご出演でしたよね？」と訊くわけにもいくまい。

でも、新しいリンク情報、ゲットだぜ……

こっそり心の中で拳を握る。

満面の笑みを浮かべるぼくを不思議そうに見ながら、フェルナンド様は客間へ案内してくれた。

「しばらくここで生活するといい。おまえには侍女を三人つけよう。……それから、レスタード」

「はっ」

供のひとりとして控えていた男性が恭しく進み出る。艶やかな黒髪を後ろで結んだ、落ち着いた感じの人だ。ぼくより少し年上だろうか。

「おまえにトワの世話係を命じる。私の大切な人だ。そのつもりで仕えるように」

「畏《かしこ》まりました」

それにひとつ頷くと、フェルナンド様が名残惜しげにこちらを向いた。

「すまないが、私はこれから仕事がある。灌漑《かんがい》工事の件で有識者たちを呼んでいるのだ。おまえを迎えるとわかっていたら、今日の約束にはしなかったのだが……」

「ぼくのことなら気にしないでください。大事なお仕事でしょう？　頑張ってくださいね」

「トワ……」

フェルナンド様がたまらないというように眉根を寄せる。

「おまえにそう言ってもらうと何でもできそうな気がするな」

ふわりと花が咲くように微笑まれ、あたたかな胸に抱き寄せられて、そのまま気絶してしまいそうになった。

お、推しが今日も麗しいっ……！

この笑顔を見られただけで寿命が千年延びた気がする。

また後で、と言い残してフェルナンド様が出ていったドアを見つめていると、後ろから「トワ様」と声をかけられた。

「トワ様のお世話をさせていただきます、レスタードと申します。どうぞご遠慮なく、なんなりとお申しつけくださいませ」

「ありがとうございます。よろしくお願いします。レスタードさん」

「私のことはどうぞ、レスタード、と」

お互いの立場上、ぼくから敬称をつけて呼ぶことは許されないそうだ。先輩を呼び捨てにするようで申し訳ないけれど、ええい、郷に入っては郷に従え。

「わかりました。じゃあ、レスタード」

「はい」

レスタードがおだやかに微笑む。

ゲームの主要キャラクターではないため、こうして話すのははじめてだ。つまり、ここから先はシナリオにはないオリジナル展開ってことだろう。

とはいえ、出会いのシーンの台詞《せりふ》や立ち回りも完全にゲームと同じってわけじゃなかったし、ぼくの質問や反応によって相手の言動も変わるだろうし、そのへんはケースバイケースなんだろうな。

「それでは、まずはお召し替えをいたしましょう」

「オメシカエ？」

「今のお衣装もお似合いではございますが、フェルナンド様のプリンセスとしてふさわしいものを」

そっか。今着てるのってクタクタの制服だもんな。

どんな服に着替えるんだろうとわくわくしながら隣室に案内されたぼくは、そこで侍女たちが広げた衣装を見て目を疑った。

「へっ……？」

ピンクやクリーム、ブルーにパープル。

大きなリボンやフリルがついた衣装が長椅子の上に並べられている。その豪華さもさることながら、ボリューム感も半端ない。ものによっては長いトレーンまでついてるじゃないか。

「これ、もしかしてドレスってやつじゃない……？」

そういえば、エタロマのプリンセスはいつもドレスを着ていたっけ。推しに褒めてもらえると嬉しくて、せっせと着替えたりしたものだ。

それをまさか、自分でもやることになるなんて。

「トワ様はスタイルがよろしく、また姿勢も美しくていらっしゃるので、どのドレスでも魅力を存分に発揮されると確信しておりますよ」

「いえ、でもその前に、ぼくは男で……」

「プリンセスとしてお迎えするようにと、フェルナンド様より仰せつかっております」

レスタードの言葉に、侍女たちもいっせいに同意の一礼をする。

「……男がドレスなんておかしくないですか？」

「フェルナンド様はそんなふうにはおっしゃいませんよ。むしろ、喜んでいただけるかと」

「えっ。……そ、そうかな」

途端に心がグラリと揺れた。

自分でもチョロいとは思うんだけど、ゲームのワンシーンを再現するみたいでなんだか楽しい。

「じゃあ、どのドレスがいいと思います？　その、フェルナンド様に喜んでもらえそうな……」

「畏《かしこ》まりました。お任せを」

レスタードの合図を受けて、侍女たちが手際良くぼくにドレスを宛がっていく。

前からかわいいものやキラキラしたものは好きだったけど、本当に着るなんて生まれてはじめてだ。だから余計にドキドキする。

そうやってあるだけ全部を取っ替え引っ替えした結果、ピンクのかわいらしいドレスが選ばれた。

三人がかりで補整下着をつけ、パニエを穿《は》き、大騒ぎしながらドレスを被る。

この時点でだいぶヘトヘトになったけど、ネックレスやイヤリングをつけるとテンションが上がった。髪に薔薇の花を差してもらい、仕上げに白い長手袋を嵌《は》める。もちろんお化粧も忘れない。

「うわぁ……す、すごい！」

侍女たちが頑張ってくれたおかげで、鏡に映った自分はまるで別人のようになった。男性がドレスを着ていることには変わりないけど、もともとの顔が中性的だからか、そこまで違和感は大きくない。

「お気に召していただけましたか」

鏡から顔を上げ、レスタードに向かってこくこく頷く。

「びっくりしました。こんなに素敵にしていただけるなんて……みなさんも、どうもありがとうございました」

お礼を言うと、侍女たちは恐縮したように大慌てで一礼した。

それを見たレスタードが目を細める。

「お仕えする方に礼を言われるなんて、彼女たちにははじめての経験でしょう」

「そうなんですか？　じゃあ、これまでの分も、これからぼくがたくさん言いますね」

そう言うと、侍女たちは嬉しそうに、そして照れくさそうにくすくす笑った。

「トワ様はおやさしい方でいらっしゃる。フェルナンド様もそんなところがお好きなのでしょう」

「え？　いやぁ、その……へへへ」

起きてる間は妄想してばっかりだし、なんなら寝てる間も都合のいい夢ばかり見るぼくだけど、彼の言うとおりフェルナンド様に気に入ってもらえていたらいいな。

そこへ、小さなノックに続いて侍従が顔を覗かせる。

それに応じたレスタードはこちらをふり返り、「さっそくお披露目でございますよ」と微笑んだ。

「フェルナンド様が、応接室にいらっしゃるようにと」

「応接室に？」

確かに、ゲームにもお披露目のシーンはあるけど。

「でも、お仕事はいいんでしょうか。さっき学者の方をお呼びするって……」

「ご心配には及びません。トワ様に早くお会いになりたいとおっしゃって、あっという間に会議を終えられたそうでございます」

「〜〜〜！」

そんなことまで口に出さないでくださいい恥ずかしい……！

赤面するぼくに微笑みながら、レスタードは「さぁ、トワ様」と促してくれた。

気を取り直して、慣れないドレスの裾に四苦八苦しながら階段を上がる。

応接室へ足を踏み入れた瞬間、フェルナンド様が息を呑むのがわかった。

「なんという美しさだ……。私はこれ以上美しいものを他に知らない」

フェルナンド様は大股でやってくるなり、ぼくの顔を覗き込む。

「この宝石のようにキラキラした瞳も、ミルク色のやわらかな頬も、蕾のようにかわいらしい唇も、すべてが私を虜にする。出会って一目で心を奪われたというのに、私は何度でもおまえに恋をしてしまうようだ」

「フェルナンド様」

「ドレスもとてもよく似合っている。トワ、おまえは私の最高のプリンセスだ」

惜しみない賛辞に頭がクラクラした。

ゲーム中もしょっちゅうドキドキしたけど、それがリアルになった時の破壊力ったら……！

フェルナンド様は息も絶え絶えのぼくの両手に交互にキスを落としたばかりか、そのまま指と指とを絡めてつないでぼくの正気を粉々にした。

「見れば見るほど愛らしい。このドレスの色はおまえの魅力をさらに引き立てるようだ」

「あ、ありがとうございます。レスタードが選んでくれたんですよ」

そう言った途端、フェルナンド様が一瞬にして真顔に戻った。つないでいた手を解き、そのまま一歩後ろに下がる。

「次からは、私が選ぼう」

「え？」

「おまえが身につけるものはすべてだ。トワを飾るのは私だけの特権にするぞ」

「は？　いや、……え？」

オロオロするぼくの後ろでレスタードが苦笑する。

「大変仲がおよろしいことで」

「そうと決まったらレスタード。トワの部屋を私の隣に移しておけ。いつでもすぐ行けるようにな」

「畏《かしこ》まりました」

恭しく一礼してレスタードが部屋を出ていく。

……なんか今、部屋を移すって言った？　いつでも行けるってどういうこと？

シナリオにない台詞《せりふ》を連発されて心が追いつかないったらない。

キョロキョロしているうちに椅子を勧められる。

腰を下ろすなり侍女がやってきて、いい香りのする紅茶を淹れてくれた。

「今日は疲れただろう。私も仕事が一段落したところだ。一緒にティータイムを楽しもう」

「ありがとうございます。……わっ、このお茶、すごくおいしい」

ふわっと広がるのは薔薇の香りだろうか。いつもペットボトルの緑茶ばかり飲んでいたので新鮮だ。二口、三口と続けてカップを傾けるぼくにフェルナンド様がくすりと笑った。

「そんなに急いで飲まずとも紅茶は逃げていかないぞ。それに、気に入ったならいくらでも追加を持ってこさせる」

「あ、すみません。お恥ずかしい……」

しまった。こんなところで地金が出てしまった。

でも、目が覚めたらエタロマの中にいるわ、推したちと対面するわ、挙げ句、憧れのお城に上がってプリンセスとしてドレスまで着てと、とにかく大変な一日だったんだ。そりゃ喉も渇く。

空になったカップに注いでもらったお茶も半分飲み、ようやくのことで人心地ついた。

「ふう。フェルナンド様は毎日こんなお茶を召し上がっているんですね。さすがは王子様だなぁ」

スチルを見るだけではピンと来なかったことも、こうして体験してみるとよくわかる。

けれど、そんな何気ない一言に、フェルナンド様は困ったように苦笑した。

「王族ともなると、あちこちの国の珍しい品を嗜む機会もそれなりにある。だが、単なる嗜好品として消費しているわけではない。これも外交のひとつなのだ。外国を訪問した際、あるいは国外から来賓を迎えた際に、その国のものを知っているのといないのとでは与える印象がまったく変わってくる。相手の文化や産業を学んでおくことで、それだけ相手を尊重していると伝えることができるからだ」

「え？　あ……」

淡々と説明され、途端に自分の浅慮が恥ずかしくなった。

「ごめんなさい。脳天気なこと言っちゃって……」

「いや、よくある誤解だ。私の方こそキツく聞こえたならすまなかった」

「いいえ。フェルナンド様は何も」

ぶんぶんと首をふった。断じて推しは悪くない。悪いのは浅はかな自分の方だ。

「ぼく、何もかもはじめてで……お城も、王子様も、ぼくにとってはゲームの世界にしか存在しないものだったから……ちゃんとわかっていませんでした」

「謝らなくていい。ただ知らなかっただけだ」

「でも」

「知らなかったのなら知ればいい。知る努力をすればいい。それだけのことだ」

そっと右手を取られ、上下から挟むように両手で包まれる。こうして大丈夫だと示してくれるのが嬉しくて、ホッとしたせいか笑みがこぼれた。

「そう。その笑顔だ」

にっこり笑うフェルナンド様につられてぼくも笑う。

彼は安心させるようにポンポンとぼくの手を叩くと、ゆったりと椅子に座り直した。

「私もおまえのことが知りたい。まずは、そうだな……今おまえが言った『ゲーム』とは何だ？　この世界も『ゲーム』ということだろうか」

「え？　ゲームですか？」

それならお任せください！

……って胸を張りたいところだけど、これはちょっと説明が難しそうだ。だって、パソコンとかスマホなんて言っても通じそうにないもの。

でもご安心ください。オタクたるもの、共通言語を見つけるのは得意です。

「たとえば、フェルナンド様は冒険小説を読んだことはありますか？　冒険の旅に出た主人公が仲間を作ったり、武器を選んだり、敵と戦ったり、恋をしたりしますよね。そのひとつひとつの行動を自分で選択できるのがゲームです」

「選択を、自分で……？　だが、それでは幾通りも筋書きが必要ではないか」

「ええ。だから、ありとあらゆる筋書きが用意してあるんです。どんな選択をするかでその後の流れが変わるのはわかるでしょう？　そこが楽しいんですよ」

『エターナル・ロマンス』という世界の中で誰かのルートに入ったとしても、選んだ選択肢によってはバッドエンドになるし、反対に幸せに結ばれて終わることもある。その結ばれ方だってひとつじゃない。辿り着いた結末の後ろには、辿り着かなかったたくさんの未来が隠れているんだ。

だからゲームはおもしろいよね。

自分が主人公の、この世にたったひとつの物語を作れるんだから。

そんなことを熱を込めて語って聞かせる。できるだけ早口にならないようにしたつもりだけど、ちゃんと伝わったかな。

ドキドキしながらフェルナンド様を窺《うかが》ったぼくは、その心配が杞憂《きゆう》だったとすぐにわかった。

「驚いた……」

フェルナンド様がそう言いながら何度も頷いてくれたからだ。

「まるで現実そのものだ。私たちも、自分の人生を自分で選択して生きている。……あぁ、そうか。そういうことか」

彼はハッとしたように目を瞠《みは》り、それからもう一度深く頷いた。

「この世界がゲームとして存在していたと言われても、それはそれで納得できる。おまえはそれを別の世界で楽しんでいたのだな。だからはじめから私のことも知っていたのか」

「はい。でも、現実だとシナリオと違うところも結構あるみたいで、なんだか新鮮です」

「ほう。それもまたおもしろいものだ」

顔を見合わせて笑う。

フェルナンド様はぬるくなったお茶を飲み干すと、あらためてこちらに向き直った。

「おまえといると、これまで知らなかった世界に次々触れるようでとても楽しい。ゲームもそうだが、私自身、誰かにこれほど興味を惹かれたことはなかった」

「フェルナンド様……」

「トワ。おまえだけだ。こんなに何もかも知りたいと思うのは」

艶めいた眼差しに心臓がドクンと跳ねる。

「少しずつでいい。おまえのことを教えてくれ。そして同時に私のことも知ってほしい。いつか運命の相手と思えるように」

やさしく肩を抱き寄せられ、もう片方の手で手を握られた。

「おまえに私の心を預けよう。私の愛はおまえのものだ」

目を合わせたまま指と指とを絡められ、そのまま指先にキスされる。人指し指、中指、薬指……と、一本一本くちづけられ、やさしく吸われて、推しと触れ合っている背徳感と心地よさに胸がドキドキと高鳴った。

甘く濡れた眼差しが、少しだけ開いた唇が、疼くようなキスの余韻が、心を強く疼かせる。

「私の宝石姫……」

甘く掠《かす》れた声に胸がきゅんとなった、その時。

——カチャリ。

頭の中で鍵のかかる音がした。これまで何度も聞いた、特定キャラのルートに入った時の効果音だ。こんなところはゲーム仕様そのまんまなんだな。

そんな鍵の音はフェルナンド様にも聞こえたようで、彼は少し驚いた後、黄緑色の目を細めた。

「『古文書』で読んだとおりだ。本当に、頭の中に直接音が響くのだな。今のが私を選んでくれた合図だろう？」

「は、はい」

「恥ずかしがることはない。私はとても嬉しいのだから。……私だけのプリンセス。私のものになってくれる代わりに、おまえに最高の夢を見せよう」

囁きとともに手の甲に誓《ちか》いのキスが落とされる。

かくして、ぼくはフェルナンド様のプリンセスとして『エターナル・ロマンス』に新しい一ページを刻むこととなるのだった。


カルディア城で暮らしはじめて数日が経った。

今ではすっかり打ち解けた侍女やレスタードたちとお喋《しゃべ》りをするのも楽しみのひとつだ。

ぼくがあんまり自然に馴染《なじ》んでいるものだから、レスタードはぼくをカルディアの人間だと思っていたらしい。

まぁ確かに、エターナルシリーズのことならだいたい把握してるけどね……

それでも誤解は解いておこうと、フェルナンド様にしたのと同じ説明をすると、レスタードは「ほう」と目を瞠《みは》った。

「なんとも不思議なお話でございますねぇ。ですが、これで理解できました。どうりでトワ様はこの国にお詳しかったわけですね」

「そうなんです。大好きだったのでゲームは毎日。攻略本もボロボロになるまで読み込んで……」

部屋中にポスターを貼っていたし、棚にはアクスタも並べていたから、パソコンを起動しなくてもキャラクターたちには毎日会っていたようなものだ。

「それほどまでにフェルナンド様を慕われていたと……」

さすが、あの王子の侍従だけあって理解が早い。あながち間違っていないところがさらに困る。

「す、好きっていうか……えっと、推しってわかります……？」

「推し、でございますか？」

「この人のすべてが尊い！　生きててくれてありがとう！　って心から思える存在というか。推しっていうのはすごいんですよ。生きるエネルギーをくれる存在だから」

それが二次元だろうと、ゲームの中の話だろうと、そんなことは関係ない。

「見るたびドキッとするんですよね。『格好いい人がいる！』ってびっくりすると推しなんだもん……そりゃびっくりもしますよね、すごく格好いいから……それにまず驚いちゃって……」

毎日細胞が造り替えられるように、毎日新鮮に胸がときめく。

熱弁をふるうぼくを見て侍女たちがくすくす笑った。

「トワ様は、フェルナンド様を『激推し』していらっしゃるのですね」

「お気持ちはよくわかります。あの美貌にあの気品、憧れないものはおりませんもの」

「その上、フェルナンド様もトワ様のことを深く愛していらっしゃるので……わたくしたちにとっては目の保養でございます」

早口で捲《まく》し立てる侍女たちの横で、レスタードが目を白黒させている。さすがの彼も乙女の勢いには敵わないらしい。

「そんなふうに言ってくれるんですね。ぼくなんて別次元の人間なのに……」

「まぁ！　トワ様は、フェルナンド様が選ばれた大切なプリンセスではありませんか」

「わたくしたちは、お仕えさせていただけることを光栄に思っております」

「トワ様は、フェルナンド様に愛されて日々お美しくおなりです。そのご様子に、わたくしたちも胸をときめかせているのです」

「トワ様は、わたくしたちの『推し』です！」

「あ、その……、ありがとう……」

元気いっぱいに宣言されて、嬉しいやら恥ずかしいやらで顔が真っ赤になるのが自分でもわかる。ゲームじゃこんなシーンなんてなかったし。

熱くなった頬を一生懸命両手で押さえるぼくを見て、侍女たちは朗らかに笑った。

「さぁさぁ、トワ様。お支度の仕上げをいたしましょう」

「フェルナンド様の瞳と同じ色のドレスですもの。目いっぱいおめかしをいたしませんと」

「ペリドットの髪飾りをつけましょう。グローブにも黄緑のリボンを」

きゃっきゃとはしゃぎながら身支度を調えていると、そこへノックの音が響いた。王子の私室とこの部屋をつなぐ、限られたものだけが通ることを許された室内扉だ。

それはつまり。

「支度はどうだ」

「……！」

颯爽と現れたフェルナンド様に、ぼくはそのままの格好でフリーズした。

グリーンのロングジャケットを身に纏《まと》った彼のなんと凜々しく美しいことか。

かっ、格好いい！　同次元の福利厚生がすごい……！

これがゲームのスチルだったら画面に向かって拝んでいるところだ。

涙目で立ち尽くすぼくの前まで歩いてくると、フェルナンド様は嬉しそうににっこり笑った。

「あぁ、なんて素敵なんだ。私のかわいい宝石姫」

後ろで侍女たちが押し殺した悲鳴を上げる。ぼくもあの中に交ざってキャーキャー言いたい。

「フェルナンド様も、その、すごく素敵です。見るのがもったいないくらい」

「そんなことを言って、私から目を逸らすつもりか？　私はおまえの視線を常に独り占めしていたいのだが」

またも上がった悲鳴に、もう少しで噴き出してしまうところだった。

「さぁ、行こう。私の自慢の庭だ。案内できるのを楽しみにしていた」

やさしく腰に手を回される。

こっそりふり返ると、侍女たちは涙目で「頑張ってくださいっ」と拳を握っていた。その必死な様子たるや、もう完全に『こっち側』だ。

なんか、他人とは思えなくなってきたな……

笑いを堪《こら》えながら部屋を出る。

こうしてフェルナンド様と散歩をするのもすっかり習慣のひとつになった。

もともとゲームにあったイベントなので馴染《なじ》みがあるし、フェルナンド様のプライベートを垣間見ることのできる貴重なチャンスでもある。彼にとっても仕事の息抜きになっているようだ。今日はここに行こう、明日はあれを見せようと話す時間も楽しかった。

お城の中はひととおり案内してもらったので、今日は城の前庭だ。

近づいていくにつれて甘い香りが濃厚になる。アーチを抜けた途端、パッと目に飛び込んできた花々に思わず「わぁ！」と声が出た。

「すごいですね、フェルナンド様。薔薇がこんなにたくさん……！」

砂糖菓子のようなピンクに、情熱の赤。シュワッと弾ける黄色に、沈みゆく太陽を思わせるオレンジ。そしてフェルナンド様を彷彿《ほうふつ》とさせる凜とした白。

そんな色とりどりの薔薇たちが今を盛りと咲き誇っている。広々とした庭を眺め回し、ぼくは芳しい花の香りを胸いっぱいに吸い込んだ。

晴れ渡った空には雲ひとつなく、吹き抜けていく風も心地いい。

そんな日に、フェルナンド様と一緒にローズガーデンを散策できるなんて。

「幸せだなぁ……」

「あぁ、私もだ」

「え？　ぼく、声に出てました？」

「しっかり聞こえたが」

フェルナンド様が苦笑を洩《も》らす。

「おまえは時々独り言を言うが、あれはすべて無意識か」

「えっ、嘘……。言ってましたか。お恥ずかしい……」

どこの世界に推しに妄想を聞かせるオタクがいるというのか。

頭を抱えるぼくとは裏腹に、フェルナンド様は楽しそうにくすくす笑った。

「気にすることはない。独自の言い回しを私も楽しんでいる」

「それが耐えられないんですってば！　ていうか、そんなフォローされると余計に恥ずかしいです」

「おまえは焦ると早口になるな」

「やめて〜〜これ以上ぼくを丸裸にしないでください〜〜〜」

これが人前でなかったらゴロゴロ転げ回りたいくらいだ。

顔どころか耳まで真っ赤にするぼくを見て、フェルナンド様はとうとう声を立てて笑った。

「かわいいな、トワ」

「かわいくなくて結構です」

「おまえは私に毎日喜びをもたらしてくれる」

「ぼくは恥ずかしいばっかりです」

「ほう。昨日はあんなに『素敵だなぁ』『格好いいなぁ』と言ってくれたのに」

「～～～～！」

待って。これ何の刑……？？？

ついに蹲《うずくま》ったぼくを見てからかいすぎたと思ったのか、フェルナンド様がすぐ横にしゃがみ込む。そうして申し訳なさそうに眉尻を下げた。

「すまない。おまえといると本当に楽しくてな。こんなに笑ったのは久しぶりだ」

「……もう」

そんな顔されたら許さざるを得ないじゃないですか。

上目遣いに睨むぼくに苦笑しながら、フェルナンド様は「少し座ろう」とガゼボを指した。

鳥籠のような形をした休憩場所で、壁などはなく、風が吹き抜ける開放的な造りになっている。

ふふふ……ここに座るのも実は憧れだったんだよね。隣には王子様、目の前には薔薇の花園。これぞまさしく乙女の夢そのものじゃないか。

幸せを噛《か》み締めるぼくの隣に腰を下ろしたフェルナンド様は、長い髪を風に遊ばせながら広い庭園を見渡した。

「こうして庭を眺めるのもどれぐらいぶりだろう。おまえが来るまでは政務ばかりの毎日でな。薔薇が咲いたことにも気づかずにいた」

「そうだったんですか」

「トワのおかげでいい気分転換ができるようになった。おまえはどうだ。楽しめているか」

「はい、とても。毎日ご一緒できて嬉しいです」

「そうか」

フェルナンド様がゆったりと目を細める。

「ならば、今日の思い出にあの白薔薇をおまえの部屋に飾らせよう。花言葉は『私の心はあなたのもの』――――おまえに心を奪われた私を、片時も離れず傍にいさせてくれ」

「……っ」

聞きましたか、みなさん……ぼくの推しはこんなことをサラッと言うんですよ。生きてるステージが違う……！

ここに侍女たちがいてくれたら一緒にキャーキャーできたのに。

しかたがないのでひとり拳を握りつつ、ぼくは理性をつなぎ止めるために深呼吸をくり返した。

「お花、ありがとうございます。せっかくですし、フェルナンド様のお部屋にも飾ってはどうですか？　お仕事でお疲れの時にお花があれば、気持ちも和むと思うんです」

「それは、おまえが私に贈ってくれるということか。『私の心はあなたのもの』と」

「えっ」

フェルナンド様がグイと身を乗り出してくる。

「あのその、えーと……黄色とか！　フェルナンド様は黄色もよくお似合いですよ！」

「あの黄薔薇の花言葉は『あなたを独り占めしたい』だが？」

「……！」

なんたる墓穴！

顔を真っ赤にして狼狽《うろた》えるのがよほどおかしかったのか、彼はまたも声を立てて笑った。

「おまえは本当におもしろい。それは素か？　それとも私を翻弄しているのか？」

「ぼくに駆け引きなんてできると思います？」

ただでさえ三次元では『超』がつくほどの恋愛初心者なのに。

「ならば、私がおまえの最初で最後の相手ということになるな。とても光栄だ」

「……なんかいろいろ一足飛びになってません？」

「あぁ、自分でも驚くほど浮かれている。トワ、おまえに出会えたからだ」

フェルナンド様はふっと目元をゆるめた後で、どこか遠くを見るように顔を上げた。

「毎日政務ばかりだったのだ。それこそが自分の生きる道だと……音楽やダンスも教養として嗜んではいたが、あまり身が入らなくてな」

「でも、仕事ばかりじゃ疲れちゃうでしょう。気晴らしは必要ですよ」

「あぁ。今ならそれがよくわかる」

フェルナンド様が苦笑を洩《も》らす。

その横顔を見つめながら、ぼくは不思議な感慨に包まれていた。

だって、こんな話はゲームで聞いたことがなかった。彼が内面を吐露するようなことは一度も。

いつもにこにこ楽しく過ごしていて、それを物足りなく思ったことなんてなかったけれど、こうして向き合って心の内を聞かせてもらうと、彼も生身の人間なんだと当たり前のことを実感する。

なんというか、とても身近に感じられた。

フェルナンド様は「自分の生きる道」として国政に向き合ってきた。

そう思えるようになるまでどれだけの我慢を重ねたんだろう。

「フェルナンド様は、とても正義感の強い方ですね」

「トワ……？」

「ご自分の気持ちより国を優先してきたんですよね。だから、政治にばかり目が行っていたんでしょう？」

フェルナンド様が目を瞠《みは》る。思いがけないといったふうだ。

けれど納得するところがあったのか、彼はゆっくり息を吸い込むと、時間をかけて吐き出した。

「私は、カルディアの第二王子だ。父である国王陛下をお支えする義務がある」

「素晴らしいお心がけだと思います。でも、王太子殿下はどうしているんですか？」

なんとなくだけど、そういうのは一番上の王子がやるんだと思っていた。王位継承権があるだろうし、将来の役にも立つだろうに。

そう訊ねると、フェルナンド様はわずかに顔を曇らせた。

「兄上は病気を抱えておられる。お心が繊細なのだ」

聞けば、王太子は人前に出ることを極端に嫌い、部屋に閉じこもってばかりいるという。

心地よく過ごせるようにと城中の人間が心を砕き、国王自ら何度も手を差し伸べてきたが、残念ながら良い兆しは現れないとフェルナンド様は目を伏せた。

そう、だったんだ……。

第二王子でありながら表立って活躍する設定に、疑問を抱いたこともなかった。

「……ごめんなさい。あんまり話したくないことでしたよね」

「いいや。私は、兄上のことを隠したいなどとは思っていない。あの方にはあの方なりの良いところがあるのだから」

フェルナンド様が静かに首をふる。

「ご自分の中の小さな世界を愛しておられる兄上とは、お話しする機会もそうはない。それでも子供の頃は、花の名前や昆虫の生態を教えてくださったこともあった。心やさしい方なのだ。私は、大人になった兄上の美点も知りたいと思う。いつか対話できるようになった時に、それを見つけて差し上げたいのだ」

「フェルナンド様……」

なんてやさしい人だろう。

彼を『王子様』としか見ていなかったぼくに『知らなかったのなら知ればいい』と言ってくれた。知る努力をすればいいのだと。それはこういうことだったんだ。こんな思いがあったから。

「知る努力をするって大切なことなんですね。フェルナンド様が言っていたことの意味が今すごくよくわかります」

そう言うと、フェルナンド様ははにかむような表情で「よく覚えていたな」と微笑んだ。

「あれはおまえに向けた言葉であると同時に、自分自身への戒めでもあった。……何かを知れば知るほど、自分がいかに何も知らなかったのかを痛感する。上辺だけを見て、それで知った気になるのは傲慢《ごうまん》だ。私は常に人に寄り添い、理解し続ける人間でありたい」

まっすぐに告げる横顔は強い信念に満ちている。

ゲームをプレイするだけではわからなかった一面に、熱いものが込み上げた。

「そう思えるのはとても素敵なことですね」

「トワ？」

「だって、いつでも周りの人に関心を持って生きるってことだと思うから。つかず離れずでやっていく方が楽に生きられるはずなのに、あなたは見捨てない。歩み寄るチャンスをくれる。誰にでもできることじゃないとぼくは思います」

フェルナンド様が驚いたように目を瞠《みは》る。

「ぼく、この世界に呼んでもらえて良かったです。フェルナンド様のことをたくさん知ることができたもの。ふふふ。これってぼくだけの特権ですよね」

「なんと健気なことを言うのだ。おまえにならどんな私も曝け出したいと思ってしまう。こんなことははじめてだ。こんな気持ちになったことも」

「あ……」

眼差しに熱が籠もる。

見つめるうちにどんどん鼓動が高まってきて、ぼくは慌てて胸を押さえた。

「フェ、フェルナンド様が王様になったら、みんなとても喜ぶでしょうね」

「どうしたのだ、急に」

「ぼくもそのひとりですよ。すごく嬉しいです」

きっと、この国を明るい未来に導いてくれると思うから。

そう言うと、フェルナンド様は少し困ったように眉尻を下げた。

「良いことのつもりで言ってくれたのだとは思うが、カルディアを継ぐのは兄上だ。私は全力でそれをお支えしたい。そしてそんな時、おまえが隣にいてくれたらと願うばかりだ」

国にとって大きな節目となるその時、隣にいるということは、つまり……

ドキドキと胸を高鳴らせるぼくに、フェルナンド様は安心させるように微笑んだ。

「まだ先の話だ。ゆっくり考えてみてほしい。……さぁ、そろそろ戻ろう」

先に立ち上がった彼に手を取られ、椅子を立つ。

「そういえば、今夜は舞踏会があるな。一緒に踊るのが楽しみだ」

「え？」

「これまでは公務と割り切って参加していたが、おまえとなら楽しい時間を過ごせそうだ」

眩《まぶ》しいほどの笑顔を向けられ、反射的に「はい！」と答えそうになったのをすんでのところで堪《こら》えた。

「いやいやいや、いくらなんでもそれは無理です」

なにせ自他ともに認める運動音痴だ。踊り方も知らないし、どうしたらいいのかもわからない。

ゲームでも舞踏会イベントはあるけど、あれは自分で踊らないからこそ楽しめるものだと思う。

ぷるぷると首をふるぼくに、フェルナンド様は苦笑しながら腕を広げた。

「大丈夫だ。私がリードする。それに、何度足を踏まれたって私は怒ったりしないぞ？」

「とととんでもない！　推しの足を踏むだなんて！」

「だったら練習すればいい。……そうだ。おまえさえ良ければここで少し踊ってみよう。コツを掴めば難しくはない」

「そうでしょうか……」

「心配するな。それに、おまえがつき合ってくれればそれだけ私もトワを独り占めしていられる」

最後は鮮やかなウインクで締められ、あえなく陥落するしかなかった。

フェルナンド様が、膝が汚れるのも厭わずその場に膝をつく。

「では、レッスンをはじめよう。――私と踊っていただけますか。プリンセス」

「ふふふ。喜んで」

差し出された手を取ると、彼は嬉しそうに微笑みながら立ち上がり、ぼくの腰に手を回した。

「緊張しなくていい。大丈夫、私に預けて……」

引き寄せられた途端、甘いムスクの香りに包まれる。緊張とは別の意味でドキドキしていることなんてお見通しだろうに、すぐに「では、こちらの足から」とレッスンがはじまった。

とはいえ、運動音痴には自信がある。おそらく早々についていけなくなるだろうと覚悟していた。

それなのに、どうしたことか。

「あれ？　なんか、楽しいかも……？」

嘘みたいだった。ぼくでもできるなんて。体育の授業で創作ダンスをやった時なんて、ひたすらカチンコチンになって踊るどころじゃなかったのに。

「すごいすごい。あの、ダンス、楽しいです！」

昂奮のあまり大きな声でそう言うと、フェルナンド様は嬉しそうに目を細めた。

「そう思ってもらえて良かった。トワは筋がいい。飲み込みも早い、教え甲斐のある生徒だ」

「それは先生がいいからですよ」

「ほう。私をその気にさせる才能まであるようだ」

フェルナンド様が悪戯《いたずら》っ子のように笑う。

こうしてぼくたちは、侍従長が呼びに来るまでふたりきりのワルツを楽しんだのだった。


抜けるような青空の下、紋章旗がいっせいに風に靡《なび》く。

鳴り響くファンファーレに胸を躍《おど》らせながら、ぼくはその時を今か今かと待ち侘びていた。

なにせ、シナリオにない初のイベントだ。

目の前の競技場では王室主催の馬上槍試合が行われている。馬術や槍の技術はもちろんのこと、疾走する馬に乗りながら相手を槍で突く正確さ、打撃力などを競うものだ。

下級騎士から順番に序列が上がり、最後には王族であるフェルナンド様も出場すると聞いている。危険と隣り合わせの催しではあるけれど、どうしてもその勇姿を拝みたくてこうして観戦させてもらった次第だ。

ちなみに、観覧席を用意してくれたのは他ならぬフェルナンド様だ。それも王族専用の主賓席を。そんな大層なものなんて受け取れないと断ろうとすると、「ならば国王夫妻の隣に座るか？」と笑顔で詰められ、おとなしく末席をいただくことにした。

推し自ら、推しを見るための席を用意してくれるとは……

とはいえ、スチルにないフェルナンド様の甲冑姿をかぶりつきで見られるのはありがたい。真のエタロマオタたるもの、心して網膜に焼きつけなければ。

固く心に誓《ちか》ったその時、競技場を揺るがすような大歓声とともにひとりの騎士が現れた。

「フェルナンド様！」

兜を被っていても一目でわかる。

頭に金の羽根飾りのついた板金甲冑を纏《まと》い、王家の紋章旗で飾った白馬に跨がる彼のなんと勇ましく、美しいことか。

フェルナンド様は観客たちに手を上げて応え、両親である国王夫妻にも右手を胸に当てて最敬礼を捧げると、静かに盾と長い槍を構えた。

対峙するのは辺境騎士団のひとりだそうだ。敵国との国境を守っているだけあって勇猛果敢なものが多く、相手が誰であっても物怖じしないところから王族との対戦が組まれた。

全身を黒で固め、黒馬に跨がった騎士団の男がゆっくりと槍を構える。

互いに相手を見据えたところで、勢いよく試合開始のフラッグがふり下ろされた。

「わっ……」

蹄《ひづめ》の音とともに濛々《もうもう》と砂埃が舞い上がる。

互いを狙う槍の先が刻一刻と近づいていく。

朝から行われた試合では槍が砕けたり、兜が薙ぎ払われたり、落馬するものたちもたくさん見た。

たとえ相手の槍を盾で受けたとしても衝撃は相当なものだろうし、相手に一撃を食らわせなければ勝ちとは言えない。

フェルナンド様……フェルナンド様……！

両手を組み、祈るような気持ちで見守る。

「……！」

二頭の馬が交差する瞬間、フェルナンド様の槍が相手の肩を捕らえた。

騎士団男性の槍もフェルナンド様の兜を掠《かす》め、金の羽根飾りが空を舞う。

すべては一瞬の出来事だった。

まともに槍を食らった相手は衝撃にグラリと体勢を崩し、そのまま地面に転がり落ちる。

みなが息を詰めていた競技場内は、たちまち「わあぁっ！」という響《どよ》めきに包まれた。

「フェルナンド様が勝った！」

夢中で椅子から立ち上がる。

すごい。あんな重そうな装備をつけて、こんなにたくさんの人がいる舞台で、一か八かの勝負に勝つなんて。

フェルナンド様は落馬した男性のもとへ駆け寄ると、愛馬を降り、相手に手を差し伸べた。

そんな騎士道精神あふれた振る舞いに人々は惜しみない拍手を送る。兜を取ってそれに応じたフェルナンド様は対戦相手と肩を組み、大いなる賞賛をふたりで受けた。

すごい……なんて人なんだろう……

一緒にいればいるほど、これまで知らなかった彼の魅力に気づかされる。そして彼を知れば知るほど、それまで感じたことのなかったはじめての感情に揺さぶられた。

胸の高鳴りを乗せるように夢中で拍手を送る。

するとどうだろう、それが聞こえたかのようにフェルナンド様が顔を上げた。

「……っ」

目が合った。

その瞬間、息が止まる。時が止まる。周囲のすべてが見えなくなる。

「フェルナンド様……！」

名を呼んだ瞬間、シャラララン、という聞き覚えのあるジングルが脳内に響いた。

「えっ」

まさか、まさかとは思うけど。ルートに入った状態でこの音が鳴るってことは、もしかして。

「………フラグが、立った？」

恋愛フラグが立つというのはつまり、相手を好きだと自ら認めたということだ。ゲーム中は喜んで立たせていたフラグだけど、まさかそれを現実でもやってしまうとは思わなかった。

だって、恋愛初心者なのに。

その上、相手は推しなのに。

「ど、どうしよう。これがガチ恋ってやつ？　それ普通にダメじゃない……？？？」

推しを推し以上の存在にしてしまうなんてオタクとして不敬が過ぎる。

かといって、一度立ててしまったフラグを折る方法もわからない。

「うおおお……」

ひとり頭を抱えているうちに、気づけば槍試合は終わっていた。

レスタードが主賓席まで迎えに来てくれたような気がするけど、よく覚えていない。促されるまま部屋に戻り、侍女たちに手伝ってもらって寝間着に着替えた。その間もあれこれ話したのだろうけど、まるで心ここに在らずだった。

ぼくが、フェルナンド様を………

トクトクと高鳴る胸を押さえながら面影を追いかける。

その時、小さなノックに続いて隣室との扉が開いた。

「フェルナンド様！」

弾かれたように立ち上がったぼくを見て、フェルナンド様が目を丸くする。

「どうした。そんなに驚かせたか」

「い、いえ。ちょうどフェルナンド様のことを考えていたので、びっくりして、それで……」

「先ほど鐘の音が聞こえた。そのせいか？」

「あ！」

そうだった。ルートに入る時と同様、フラグの音も相手に聞こえてしまうのだ。

「『古文書』によれば、鐘は相手を求める合図だそうだな。つまり、私がおまえを愛するように、おまえも私を愛してくれたということか。おまえに想われるなんて、これ以上幸せなことはない」

「で、でもぼくは……って、あれ？　フェルナンド様のフラグは？」

そういえばそんな音聞いてなくない？　もしかして、完全なるぼくの片想いってやつ？

「また独り言を言っているな」

「えっ」

慌てて口を塞ぐぼくを見て、フェルナンド様はおかしそうに肩を揺らした。

「私の心などとうにおまえのものだ。言ったろう、おまえは運命の相手だと」

「え？　あ、そういう……？　そっか、そういうのもアリなんだ……」

「安心したか？　少し座ろう。落ち着いて話がしたい」

長椅子に促され、いつものように並んで座る。

大きな手でやさしく背中をさすってもらううちに、気持ちがホッと落ち着いてきた。

「今日は人混みにいて疲れただろう。試合はどうだった。楽しめたか」

「はい。とても。みなさんすごかったですが、フェルナンド様が一番格好良かったです！」

さすが推し。気品といい、強さといい、あれぞ白馬の王子様だった。

手放しで褒めると、フェルナンド様は嬉しそうに目を細めた。

「そうか。それは出場した甲斐があったな。それに、おまえの前でヘマをしなくて良かった」

「もう。フェルナンド様ったら」

顔を見合わせて笑いながらその笑顔に胸が鳴る。

フェルナンド様、やっぱり素敵だなぁ……

もっとこの人のために何かできたらいいのに。推しからはいつもたくさんの愛と夢をもらっている。せっかくこうして同じ場所にいるんだし、自分も役に立つことができたら……

そんなことを考えていると、少し畏《かしこ》まった声で「トワ」と呼ばれた。

「おまえに話しておきたいことがある。そろそろいい頃合いだろうから」

フェルナンド様が身体ごとこちらに向き直る。

その真剣な表情から、大切な話をされるのだとわかった。

「知ってのとおり、私は王子だ。カルディアの未来を担うもののひとりだ。この国の平和を維持するために、おまえにも力を貸してほしい」

「ぼくに？」

「魔物討伐に備えたいのだ」

『エターナル・ロマンス』は恋の成就だけでなく、ヒーローとヒロインが力を合わせて魔物を退治するという大切なミッションがある。そのため、お互いを唯一無二の相手とする『エンゲージ』という儀式を行う。フェルナンド様はそのことを言っているんだろう。

父である国王の右腕となり、兄である王太子の気持ちを汲みながら、国のために尽力している人だ。その彼の役に立つことができるなら。

「わかりました」

「本当か」

「もちろんじゃないですか。ぼくにできることなら、いくらでも」

この世界に召喚されたヒロインは特別な力を宿すとされる。自分にどんな力があるかはわからないけど、それで推しを支えられるならこんなに嬉しいことはない。

ちなみに、エンゲージの儀式ではキスを交わさなければならない。まさか男同士でそんなことをするなんて考えたこともなかったけど。

でも、フェルナンド様となら……それに、これは国を守るためなんだから……！

頬がゆるみそうになるのを堪《こら》え、意を決して目を閉じたのだけれど。

「……あ、あれ？」

唇が重なる気配もないどころか、なぜか横抱きにされ、そのまま寝台へと連れていかれた。

シーツの上に押し倒されて頭の中が「？」でいっぱいになる。

「あの……、フェルナンド様。何してるんですか？」

「何、とは？」

「エンゲージするんですよね。この体勢だとキスするのしんどくないですか？」

ぼくは寝転がってる方だからいいけど、ベッドに腰かけ、見下ろしてくるフェルナンド様は首や腕が疲れそうだ。

不思議に思って見ていると、なんとも言えない顔になった彼が深々と溜め息をついた。

「何か勘違いをしているようだが、エンゲージとは、私とおまえが睦み合うことだ」

「え？」

「つまり、これからおまえを抱く」

はーーーーーーーー！？？？？？

嘘だ。嘘でしょ。いや、嘘だよね？

目を丸くするぼくをフェルナンド様が少し困ったような顔で見下ろしてくる。とても嘘をついているようには見えなくて、じわじわと現実感が込み上げてきた。

「ぼくを抱くって……フェルナンド様、お気は確かですか」

「何をそんなに驚くことがある。おまえこそ、ゲームとやらでよく知っているだろう」

「いやいやいや、そんな設定はなかったです！」

それじゃR指定になっちゃうでしょうが。

「とにかく、エンゲージはできません。オタクとして次元越えだけは回避しないと」

「……オタ、ク？　次元？」

フェルナンド様が首を傾げた。

いかん。片言みたいでちょっと萌える。……いや、そんなこと考えてる場合じゃない。

「えーと、ですから、そもそもぼくにとってフェルナンド様は二次元に住む方じゃないですか。そんでもってぼくは三次元の人間なんです。いや、今はふたりとも三次元なんですけど……あれ？ゲームの中に入ったってことはぼくも二次元住まいになったってこと？　え？　そうなの？」

なんだかわからなくなってきたけど、ええい、ここは押し切らなくては。

「細かいことはいいんです。とにかく、ぼくにとってフェルナンド様は聖域なんです。侵してはいけない神にも等しい方なんです！」

「よくわからないが……私は、おまえが思うような崇高な存在ではない」

「いやいや、何言ってるんですか。……ていうか待って。落ち着いてください」

制止も虚しく、フェルナンド様はいよいよ靴を脱ぎ捨てて寝台の上に乗ってくる。

とっさに逃げようとしたものの、それより早く彼が覆い被さってきた。甘く官能的なムスクの香りがいやが上にもドキドキを煽る。

「私が近くにいるのは嫌か」

「そ、そうじゃなくて」

「おまえは私と同じ気持ちを抱いている。違うか」

「それはそう、ですけど……」

「ならば何も問題ない」

左手を取られ、啄《ついば》むように薬指の根元にくちづけられて、「ひえっ」とおかしな声が出た。

それなのにフェルナンド様はお構いなしにキスの雨を降らせてくる。

「愛している。私のプリンセス……」

「ひえぇ待って。ぼくには刺激が強すぎます……！」

「大丈夫だ。すぐに慣れる」

「そんなの無理です。ししし死んじゃう！」

「ともに愛の力で乗り越えよう」

身体に跨がられ、両腕も頭のすぐ横で戒められて、ピクリとも身動《みじろ》きできなくなった。

ゆっくり近づいてくる眼差しからはもはや情愛が滴るようだ。

ヤバイヤバイヤバイ……！

フェルナンド様のことはフラグが立つほど大好きだし、人としても尊敬してるけど、だからって推しと抱き合うなんてオタクの美学が許すわけがない。

どうにかして回避しなくちゃ。

でも、どうやって……？？？

ゲームの各場面が走馬灯のように脳裏を過る。その時、不意に浮かんだ妙案にぼくは縋《すが》る思いで大きく息を吸い込んだ。

もう、こうなったら最後の手段だ。

「エターナル・エンド！」

ルートを脱してゲームを終わらせる時の強制終了コマンドだ。

無我夢中で唱えた瞬間、鍵の外れる音とともに辺りが一瞬で真っ暗になる。

それきり、意識もプツリと途絶えた。

遠くでカラスが鳴いている。

あぁ、もう夕方なんだ――

ぼんやりそんなことを思ったぼくは、次の瞬間、ハッとして飛び起きた。

真っ先に見慣れたポスターが目に飛び込んでくる。それから電源の切れたパソコン、床に置きっぱなしの鞄。窓の外は茜色に染まり、もうすぐ夜の帳が下りようとしていた。

すべてがゲームをはじめる前のままだ。

「もしかして、戻ってきた……？」

こんな方法があったなんて。まさか、強制終了コマンドであの世界から抜け出せるとは思わなかった。

「ログアウトしたってことなのかな」

だとしたら、今頃あっちはどうなっているだろう。

突然いなくなったぼくにフェルナンド様は戸惑っているだろうか。レスタードや侍女たちもぼくを捜すために駆け回っているかもしれない。

「悪いことしちゃったな……」

せめてわけを話す時間があれば良かった。今となってはもう遅いけれど。

「だって……エンゲージがそういう意味だったなんて……」

思い出しただけでドキドキする。迫られた時のことが脳裏に浮かび、ぼくは両手に顔を埋めた。

「あんなの心臓に悪すぎるよ……。ていうか、ほんとにそういう意味だったのかな」

ふと、疑問が浮かんだ。

『エターナル・ロマンス』に関しては重度のオタクと自負している。そんな自分が知らない設定があるとはどういうことだろう。

もしかして、これまでのやり方がマズかった？　それとも、まだ気づいてないシークレットな仕様があるとか？

「それなら、やることはひとつ」

前向きに捉えるなら、これも新たなエタロマを知るチャンスだ。

ぼくはさっそく本棚から攻略本を引っ張り出すと、文章や画像だけでなく、ワンポイントアドバイスから果てはコラムまで、目を皿のようにして読み進めた。

ゲームをはじめてからというもの、攻略本を読むのも好きになった。暇さえあれば眺めていたから、どこに何が書いてあるかはほとんど頭に入っている。それでも見落としがあったかもしれないと丁寧に見ていったのだけど。

「………なくない？」

全部読み終わっても、どこにもそんな記述はなかった。

エンゲージはあくまで儀式的なものという設定だけだ。

そもそも、魔物退治の過程でヒーローとヒロインの親密度が上がっていき、最終的に相思相愛で結ばれるというシナリオなのだから、その前に身体を重ねるなんて順序としておかしいのだ。

「それとも、隠しルートとか……？」

どうしても諦めきれず、今度はパソコンを立ち上げる。

幸いにもエターナルシリーズのファンは情報発信に長けたタイプが多い。ほとんどは作品のリンク情報だったり、プレイの感想だったりするものの、深い考察で人気のサイトやブログもある。

それらを片っ端から読みはじめた。

エンゲージのことがはっきりすれば、もしまたゲームの世界に召喚されたとしても軌道修正ができるはずだ。だからなんとしてでも回避方法を探さなくちゃと躍起《やっき》になったのだけど。

「ここにもない……こっちにも……ううどうしよう……」

漁れども漁れどもそれらしいものは見当たらない。無情にも時間だけが過ぎていく中、ぼくはマウスホイールを回し続けた。

けれど、睡魔はひたひたと忍び寄ってくる。

もはや目も開けているのも億劫《おっくう》で、何度目かの欠伸とともに意識がすうっと遠退いた。

「ダメだ。なんとかしなきゃ……次元越え、だけは……回避……、しない、と………」

マウスを握ったまま机に突っ伏す。

眠りに落ちる刹那、瞼《まぶた》の裏にカルディアの街並みが浮かんで消えた。

3．騎士様のフラグが立ちました

「――嘘、でしょ……？」

目が覚めるなり、ぼくはぽかんと口を開けた。

思わず頬を抓ってみたけれど、痛くないはずがない。それでもまだ信じられない思いで目の前の庭をぼんやり眺めた。

見渡す限り美しいローズガーデンが広がっている。フェルナンド様とダンスレッスンを楽しんだあのガゼボの長椅子に、ぼくはドレス姿で横たわっていた。

「戻ってきたんだ」

今度は召喚に応じたわけでもないのに、寝て起きたらまたここにいた。

「もしかして、クリアしない限り永遠にこうなるやつ……？」

恐ろしい考えに行き着いて「げっ」と声を上げる。クリアに至るということはつまり、エンゲージは避けて通れないということだ。隠し設定なんて見つからなかったのにどうしよう。

悶々としていると、遠くから近づいてくる足音がした。

「トワ！」

「フェルナンド様」

見れば、フェルナンド様が庭を横切って駆けてくる。

立ち上がって迎えると、彼はひどく疲れた顔をしていた。

「良かった。また会えたな」

ホッとしたような、それなのに寂しさが滲む笑顔だ。

「おまえがいなくなってしまうとは思わなかった。頭の中で鍵の外れる音がした。あれから四日、ずっと捜していたんだ」

「え？　四日？」

現実世界では夜になっただけのはずなのに、こっちではそんなに時間が経ってたんだ。

「その……、ごめんなさい。びっくりしましたよね」

「そうだな。正直、落胆もした。トワにとって私はそんなに嫌な相手だったのかと」

「そっ、そんなことありません！」

自分でも驚くほどの声が出た。

フェルナンド様も目を丸くしているけど、誤解されたままよりずっとマシだ。

「ぼくはフェルナンド様が大好きです。推しを嫌いになるわけないじゃないですか！」

「トワ……」

「とにかく、ぼくはフェルナンド様が好きなんです。人として、男としても尊敬しています」

そうでなければフラグなんて立つわけがない。

鼻息荒く言いきったぼくに、フェルナンド様が「ほう？」と小首を傾げた。その目が心なしか怪しく光っているように見えたのは気のせいだろうか。

狭いガゼボの中、一歩、また一歩と距離を詰められ、とうとう柱に追い詰められた。

「それならなぜ、私を拒んだ」

「言ったでしょう。フェルナンド様はもともと二次元の方だって。ぼくとは次元が違うんです」

「なぜ次元が違ってはいけない。なぜ、愛し合うもの同士が結ばれてはならないんだ」

「えっ。なぜ？　……そう、ですね……あらためて訊かれると難しいな……」

真顔で問われ、それまで頑として拒んでいた思いが不意に揺らぐ。

そもそも『ゲームの世界に入る』だなんてあり得ないことが起こっているのに、今さら次元にこだわる必要は本当にあるんだろうか。

いや、あるだろ？　あるよね？　ある、はず……？

そんなぼくの悩みなど吹き飛ばすように、フェルナンド様がさらに身体を寄せてきた。

「心からおまえを愛している。トワ、私のものになると言ってくれ」

「む、無理ですよ。フェルナンド様はぼくの推しなんですから。たとえ次元は跨いでも、推しとの間には一線を引くのがオタクの美学ってもんです」

「おまえは時々よくわからないことを言う。そうやって私を煙に巻くつもりか」

「違いますってば。本来ならぼくたちは、こうして話すこと自体があり得ないんですから」

「身分のことを言っているのか。私はおまえが王族だろうと平民だろうと構わない」

「いえ、そういうことじゃなくて……」

「ならば、どういうことだ？」

フェルナンド様の顔が近づいてくる。

「あ、あの……」

「さぁ、教えてくれ。恋い焦がれた男をなおも拒む、おまえのかわいらしい理由とやらを」

含み笑いをする彼の吐息が唇の端を掠《かす》めた。

わ、わ、わ……！

あとちょっと、ほんの少しでも動いたら唇が触れてしまう。フェルナンド様が何か話すたびに唇の先が頬に触れる。そのあたたかさ、そしてやわらかさに、どうしようもないほど胸が高鳴った。

「いいのか。何も言わないでいると私はつけ上がるぞ」

どうしよう。どうしよう。どうしよう。

頭ではいけないとわかっているけど身体はピクリとも動かない。一線だけは守らなくちゃと思うのに恋心がそれを裏切ってしまう。

フェルナンド様がふっと笑った。

「残念ながら時間切れだ」

「あ……」

「愛を誓《ちか》おう。私だけのプリンセス……」

蕩《とろ》けそうな熱い視線に至近距離で縫い留められる。顎を持ち上げられ、一際心臓が高鳴った瞬間——静かに唇が重なった。

ぼく……フェルナンド様と、キス、してる…………

正真正銘のファーストキスが同性と、それも推しとだなんて。

「……っ、……ぅ、ん……」

どうしたらいいかわからないまま逞《たくま》しい腕に縋《すが》る。心臓はドクドクと早鐘を打ち、今にも壊れてしまいそうだ。声が洩《も》れてしまうのが恥ずかしくて、とっさに逃げを打とうとする身体をフェルナンド様の手が引き留めた。

我慢したままの息が苦しい。

それなのに、嬉しいと思ってしまう。

角度を変え、強さを変えながら降り続くキスの雨にこのまま溺れてしまいそうだ。

「……は、っ」

唇が離れた瞬間、酸素を求めて思いきり息を吸い込んだ。

「息を止めていたのか。苦しかっただろうに」

「だ、だって……どうしたらいいか……、わから、なくて……」

フェルナンド様が怪訝な顔をする。

恥を忍んで「はじめてだったんです」と言うと、彼は目を丸くした。

「キスが、はじめて……？　嘘だろう？」

「こんなことで嘘つくと思います？」

モテ自慢ならまだしも。

唇を尖らすぼくに、なぜかフェルナンド様はうっとりと微笑んだ。

「そうか。私がはじめてか。……最高だ。私のために純潔を守っていてくれたのだな」

「へっ？」

斜め上の発想につい間抜けな声が洩《も》れた。

良く言えばそうなのかもしれないけど、単に機会がなかっただけだ。毎日毎秒を推し活に捧げていたぼくは、自分の時間のほぼすべてをゲームと情報収集に充てていた。おかげでゲームの中では華やかな恋を楽しんだものの、リアルでは手をつないだこともない。

これを説明したところで、フェルナンド様をさらに喜ばせるだけのような気がする。かと言って、何も言わずにいたら発言を肯定しているようで恥ずかしい。

「……」

無意識のうちに指で唇に触れ、その感触に先ほどのキスを思い出して慌てて手を引っ込める。

「かわいいな。トワ」

「……！」

しっかり見られてしまっていた。

「あ、あの……、これはその……」

なかったことにしようと首をふっても後の祭りだ。

引っ込めたぼくの手をやや強引に掴むと、フェルナンド様は目の前で手の甲にキスを落とした。

「もっとおまえを知りたい。おまえのはじめてを味わいたい。誰かに食べられてしまう前に」

「わっ」

もう片方の手が勢いよくドレスのスカートをたくし上げる。

「ななな何してるんですか！　それにここ外ですよ！」

「城の庭園に入って来られる人間は限られている。それに、勝手に家出をしたお姫様にはちょっとしたお仕置きも必要だろう？」

「お、お仕置き？」

「恥じらうおまえが見たい。私だけに見せる顔を」

「あっ、ちょ……」

あっという間に捲《まく》し上げられたスカートの裾をリボン留めに器用に挟まれ、太股を剥き出しにされた。

男同士なんだから恥ずかしがる必要はないはずなのに、フェルナンド様に見られていると思うと途端に羞恥が込み上げてくる。身を屈めた彼にガーターベルトを下からゆっくり撫で上げられて、ゾクゾクしたものが背筋を伝った。

「……んっ」

そのまま、節くれ立った指が際どいところに潜り込んでくる。

「きれいな肌だ……白くなめらかで、こんなにも私の手に吸いついてくる」

「や……」

「あぁ、おまえはこんなところまで、私を喜ばせるために着飾ってくれていたのだな」

「え？　わっ」

下着に触れられ、慌てて隠そうとしたが遅かった。

いつもドレスに合わせて侍女たちが用意してくれている、レースをふんだんに使った女性用の下着だ。サイドが細いリボンになっていて、それを結んで履くようになっている。せめて下着ぐらい男物をとお願いしても、「こういうものは揃えてこそですよ」と言いくるめられ、しぶしぶ身につけていたのだった。

「ふふ。よく似合う」

「ぼくの趣味じゃありませんからね」

「だが、まるで誂《あつら》えたようにぴったりだ。白いレースに透けた肌が艶めかしいな」

「……っ」

ツツーッと人指し指でショーツの前を撫で上げられ、声にならない声が洩《も》れた。くすぐったいような、それでいてジクジクと疼くような熱が下腹の奥に溜まりはじめる。

身悶えているうちに、片方のリボンに手をかけられた。

「ダ、ダメですよ」

「恥ずかしがらなくていい。ここには私とおまえしかいない」

蜜のように甘い囁きにたちまち全身の肌が粟立つ。

「あっ……、ぅ……」

小さな下着の中でそれがドクンと脈打ったのがわかった。

息を吸うたび、彼の指が蠢くたびに、熱はどんどん高まっていく。

どうしよう。どうしよう。

押し返そうにもフェルナンド様の力は強く、柱に背を預けているので後ろに下がることもできない。そうしている間にも悪戯《いたずら》な指先は下着と肌との境目を器用に滑っていく。

「あっ……」

シュッと音を立ててリボンが解かれた。

下着がハラリと床に落ちる。

「み、見ないで」

慌てて手を伸ばして隠そうとしたものの、その手を取られ、代わりに甲にキスを落とされた。

「恥ずかしがることはない。これは愛し合うものだけに許された行為だ」

「でも」

「私の愛撫ではじめての快楽を追ってくれ。私はそんなおまえが見たい。そして、愛しいおまえが私のものであるとこの手で直に確かめたいのだ」

フェルナンド様の目に情欲の炎が灯る。

もう一度手を伸ばされた時、そこはすでに膨らみはじめていた。

はしたない、みっともない、そんな言葉が脳裏を過る。叢《くさむら》に触れられ、ゆっくり指で掻き混ぜられて期待と昂奮に身体がふるえた。

「はっ……」

大きな手に自身を包み込まれた瞬間、心臓がドクンと鳴る。それと同時にこれまで感じたことのない、腰がふるえるような快感が頭の天辺まで一直線に駆け抜けた。

「あ……、はぁっ……」

見下ろした光景のなんと淫らなことだろう。赤く熟れた熱塊を躊躇《ためら》うことなく握った手が、根元から先端に向かってゆっくりと扱き上げ、また下りていくのをただ息を詰めて見守った。

フェルナンド様が、ぼくに触れてる……！

あまりのことに眩暈《めまい》がしそうだ。

それなのに、背徳を覚えればそれだけ快楽は増し、自身は大きく膨らんでいく。

「あっ、……ん、んんっ……」

大胆なストロークで幹を擦《こす》られるたび、ガクガクと揺れる腰をどうすることもできない。自身からは先走りが洩《も》れ、潤滑剤となってぐちゅぐちゅと水音を響かせた。

「フェルナンド、さま……ダメっ、そんな……、したら……」

限界まで張り詰めた熱は今にも弾けてしまいそうだ。

与えられる愛撫に懊悩《おうのう》するぼくの耳元に、フェルナンド様が唇を寄せた。

「かわいいトワ。我慢せずに出していい」

悪魔のような囁きに頭がおかしくなりそうだ。

「ダメ……、汚れちゃう……は、放して……」

「気にすることはない。私の手で達ってごらん」

あぁ、もう感じすぎて苦しいくらいだ。

それなのに、フェルナンド様は気持ち良さを上塗りするようにさらにさらにと追い上げてくる。

巧みに扱かれ、括《くび》れを擦《こす》られて、とうとう頭の中が真っ白になった。

「あ、あ、あ……もう……、出、る……出ちゃうっ……」

「トワ」

「フェルナンドさま……フェル……、……ド、さまぁ……あぁっ――……」

ぎゅっと肩口に縋《すが》りつく。

快楽の極みに押し上げられた瞬間、自身から勢いよく白濁が散った。

「はぁっ……は、……っ」

それは、信じられないほどの快感だった。

荒い呼吸をくり返しながら、うまく力の入らない腕で厚い胸板に抱きつく。

フェルナンド様はハンカチを取り出すと、自身の手と一緒にぼくの残滓も拭ってくれた。

落ちたままの下着を拾い、もう一度リボンを結んでくれる。そうしてドレスの裾を元に戻すと、
あらためてぼくをぎゅっと抱き締めた。

「なんと愛らしいのだろう。ますますおまえを独り占めしたくなった」

「フェルナンド様……」

そっと右手を取られ、愛を乞うように手のひらの真ん中にくちづけられる。

「もう一度、私を選んでくれ。今度こそおまえと正式にエンゲージしたい」

「あ……」

それを聞いた瞬間、一気に現実に引き戻された。

そうだった……

もう一度ルートに入ったら、きっと今度は拒めない。彼に触れられるのは気持ちがいいと自分は知ってしまったし、流されてしまうだろう。

でも、それじゃ『エターナル・ロマンス』じゃない。

それに、推しと一線を越えないという美学もうやむやになってしまう。……いや、すでに今の時点でかなり微妙になりつつあるんだけど。

「どうした。『喜んで』と言ってはくれないのか」

「あ、それはその……、えーと……」

またも間近に迫られて目が泳ぐ。

どどどどうしよう。どうしたらいい……？

ルートに入っていない以上、『エターナル・エンド』を唱えたとしてもこの世界からは出られない。それなら何か別の手段を見つけなくちゃと、ああでもない、こうでもないと頭を巡らせていた時だ。

「―――何をしておいでです」

怒気を孕んだ声が飛んでくる。

ビクッとしながらそちらを見ると、黒い軍服に身を包んだミゲルさんが立っていた。

「ミゲルか。訓練はどうした」

「そうおっしゃるフェルナンド様こそ。白昼堂々大胆なことですね」

ミゲルさんはズカズカとガゼボの中に入ってくると、ぼくの盾になるようにフェルナンド様との間に立ち塞がった。

「嫌がる相手に無理を強いるのは感心しませんが」

「おまえに口出しされる謂《いわ》れはない」

「いいえ。俺とあなたはライバルだ。敵に攫《さら》われた姫の奪還に騎士が現れるのは当然のこと」

か……、格好いいっ………！

聞きましたか奥さん。攫《さら》われた姫ですって。奪還に現れる騎士ですって。

あぁ、ここに侍女たちがいてくれたらこの感動を分かち合えたのに……！

ひとり悶えるぼくをよそに、ふたりはなおもピリピリと睨み合った。

「なんと言われようと、愛する人をおまえに譲るつもりはない」

「残念ですが、トワがあなたのもとを離れた以上、あなたにそれを言う資格はありません」

「……っ」

「初回を譲ったからこそ二度目はない。俺が、トワとこの国を救ってみせます」

きっぱりと宣言するなりミゲルさんがこちらをふり返る。

「行くぞ」

「へ？　わっ……」

返事も待たずに強引に手首を引っ張られた。一刻も早くこの場を離れようというのか、ドレスの裾を踏んでつんのめってもお構いなしだ。

それでもフェルナンド様を残していくことが心配でふり返ると、「おい」と低い声に一喝された。

「何のために助けに来たと思ってる」

「でも……」

「おまえには危機感が足りない。あのままやられるところだったんだぞ」

「それはそう、かもしれませんけど……」

でも、たとえ短い間だったとしても、世話になった相手を置いて行くのは心が痛む。フェルナンド様はもちろんのこと、レスタードや侍女たちともせっかく仲良くなったのに……。

名残惜しい気持ちは知らず表に現れていたんだろう。

ミゲルさんは庭の真ん中で立ち止まり、ぼくの顔を覗き込んできた。

「一応訊いておくが、あのままエンゲージすることが望みだったとは言わないだろうな」

「え……？」

「フェルナンド様を愛しているとでも？」

心を探るような鋭い眼差しにギクリとする。

好き……そう、好きだ。フェルナンド様を愛してる。

一プレイヤーとしてゲームを楽しんでいた頃も、実際に会ってひととなりを知ってからも、その気持ちに変わりはない。むしろ王子としての矜持に触れ、ひとりの男性としての内面を垣間見るたびに想いはどんどん強くなった。恋愛フラグを立ててしまうほどに。

こくんと頷くぼくに、ミゲルさんは顔を顰《しか》めた。

「だからエンゲージを望んだのか。あれは合意の上だったのか」

「ご、誤解ですっ。そもそも、ぼくがやってたエタロマではそういう意味じゃなかったんですよ」

「エタロマ……？」

あ、そっか。ミゲルさんにはまだ話してなかったっけ。

不機嫌顔で睨んでくる彼に気圧されつつ、ぼくにとってここは『エターナル・ロマンス』そっくりの世界なんだと説明する。ゲームそのものについてはあまりピンと来ないようだったけど、大まかには理解してくれた。

「なるほどな。それでおまえが俺たちのことをよく知っている理由がわかった。……だが、それとこれとは話が別だ」

「え？」

「おまえはフェルナンド様を愛していると言った。ならば俺はどうだ。おまえはその、ゲームとやらをやり込んでいるんだろう。俺を選ぶことはなかったのか」

「ありましたよ。もちろん」

ミゲルさんも大好きな推しだ。

エタロマは誰かひとりを選べないほど攻略対象キャラが魅力的なので、必然的に三人分のシナリオを周回することになるんだけど、これまでミゲルさんとも数え切れないほどのハッピーエンドを楽しませてもらった。

ミゲルさんって普段は話し方もぶっきらぼうだし、ものすごい仏頂面だけど、たまーに笑うんだよね。そのスチルが最高で！

それに、本当はやさしい人だって知ってる。嘘をつかない人なんだよね。おべっかも使わない。だから愛想がないって言われちゃうし、ちょっと不器用なとこもあるけど、そういうところが下級騎士たちから慕われる理由だと思うし、そんなミゲルさんがまたエモくて推せる。

……デヘッ。

思い出し笑いでニヤけていると、ミゲルさんはなぜか眉間に皺を寄せた。

「おまえのその危機意識のなさはどうなってるんだ……戦場に出たら真っ先に死ぬぞ」

「あ、もしかして口から出てました？」

ミゲルさんが長い溜め息で肯定する。

「まぁいい。俺をよくわかっているようだしな」

「はい。推しですし！　……あ、推しっていうのは応援している大好きな人のことです。だから何でも知りたいし、知れば知るほど好きになります。ぼくに元気をくれる存在です」

ゲームをしている間だけでなく、ポスターやアクスタを眺めている時も、攻略本を読んでいる時も、感想サイトを回っている時もいつも幸せを感じていられる。今日もいい一日だったなと安心して眠りに就けるのは推しのおかげだ。

ミゲルさんは無骨なところが男らしく格好良くて、何度もドキドキさせられたものだ。

素直に思ったままを伝えると、彼はなんとも居心地悪そうに顔を顰《しか》めた。

「……褒めすぎだ」

「そんなことありません。どれだけ言っても足りないです。ミゲルさんは、ぼくの憧れナンバーワンなんですから！」

これまで何度「こんな男に生まれたかった！」と思っただろう。精悍《せいかん》な顔つきも、男らしい長身も、逞《たくま》しい肉体も、彼に宿る騎士道精神も何もかもが尊い。もはや崇拝に近いかもしれない。

わかってもらおうと言葉を尽くしていると、それを遮るように目の前に手のひらを突き出された。

「もういい。もうわかった」

「そうでしょうか。ちゃんと伝わりました？　もう少し噛《か》み砕いて説明しましょうか？」

ミゲルさんがとうとう向こうを向いてしまう。

あれ？　なんか意外な感じだな。

「………あの、もしかして……、照れてます？」

「うるさい」

わー！　はじめて見た！　照れてるミゲルさんはじめて見ちゃった！

仏頂面の横顔に胸がきゅんとしてしまう。どんなご褒美スチルにもない、正真正銘はじめての彼だ。こんな一面があったなんて。あの無愛想な推しが、ぼくの言葉に照れてくれるなんて。

生きてて良かった……神様、ミゲルさん、ありがとうございます……！

心の中で全方位に拝む。ゲームの中に飛び込んで驚くことはたくさんあったけど、また新たな伝説が生まれた瞬間だった。

ミゲルさんでも照れることとかあるんだなぁ……

でも考えてみたら、たまーに笑うことだってあるわけだし、もしかしたらもっともっと見たことのない一面があるかもしれない。

そう思ったらいても立ってもいられなくなった。

ミゲルさんのことがもっと知りたい。もっと身近に感じたい。そして、ゲームをプレイするだけではわからなかった彼の魅力をあますところなく堪能したい。

――カチャリ。

強く念じた瞬間、頭の中で鍵がかかる音がした。

「あ……」

どうやらミゲルさんのルートに入ったらしい。

彼にも同じ音が聞こえたようで、ミゲルさんが呆れ顔でふり返った。

「この状況でか？　どういう思考回路をしてるんだ」

「そんなこと言ったって、ミゲルさんのことがもっと知りたいです」

「同じことをフェルナンド様にも言ったのだろうに……。罪作りなやつだな」

小さく溜め息をついた彼は、だがすぐ気持ちを切り替えるように大きく一度深呼吸をした。

「せっかくの機会だ。おまえがその気なら、こちらも全力で乗らせてもらう」

「え？」

「言っておくが容赦はしない。おまえが俺を知りたいと思うように、俺もおまえを知り尽くしたいんだ。何もかもな」

「あ、あの……」

「おまえを丸裸にして、その心ごと俺のものにしてみせる。俺たちは運命の一対になるんだ」

まっすぐに見つめられて息が止まった。

彼はこんな熱っぽい目をする人だっただろうか。こうして見つめ合っているだけで吸い込まれてしまいそうだ。

無意識のうちに喉が鳴る。

それを目敏く見つけたミゲルさんがふっと笑った。

「今すぐ取って食ったりしない。だから俺の傍にいろ」

腰に手を回され、強引に引き寄せられる。

「おまえは俺が守る。誰からも、どんなものからもだ」

額に触れたあたたかなものが彼の唇だったと気づいた瞬間、全身がぶわっと熱くなった。

い、今……、キスした？　キスしたよね……？

顔を真っ赤にするぼくにミゲルさんは不敵に笑う。

「だから、早く俺に落ちてこい……トワ」

ミゲルさんのルートに入ったことで、ぼくは騎士団宿舎で暮らすことになった。

城の敷地内にある、王室騎士団専用の寮みたいなものだ。

下級騎士と違って、ミゲルさんのように副長ともなると一棟独立の建物が宛がわれるらしい。お城に上がってすぐの頃、フェルナンド様に連れられて外から見学させてもらったことはあったけど、こうして中に入るのははじめてだった。

「こっちだ」

ミゲルさんに促されるまま入口に立つ護衛の横を通り過ぎ、中に足を踏み入れる。

するとすぐ、団員たちがやってきてあっという間に取り囲まれた。

「ミゲル様。そちらの方は？」

「トワだ。これから俺と一緒に暮らす」

ミゲルさんがそう言った瞬間、周囲から「えぇっ」と声が上がる。

やっぱり、騎士団宿舎に関係のない人間が交ざるなんて良くなかったかもしれない。彼らには彼らのプライドというものがあるだろう。

「あの……、やっぱりぼく、どこか別のところで……」

途中まで言いかけたところで大きな声にかき消された。

「副長、いつの間に恋人なんて作ってたんですか。しかもこんな別嬪さん！」

「この男所帯に若い女性を住まわせるのは危険ではありませんか。万が一のことがあっては……」

「心配するな。トワは男だ」

ミゲルさんが答えるなり、さっきより大きな「えええっ」という声が上がる。誰もが目を丸くしてミゲルさんとぼくを交互に見遣った。

えっ、待って。この反応って、完全に女性だと思われてたってこと……？

「驚いた。男までメロメロにするたぁ、さすが俺たちの副長！」

「それを聞いて安心しました。それにしても、ドレスが良くお似合いでいらっしゃる」

屈強な男性が大きな口を開けて「ガハハ」と笑えば、隣にいたやさしそうな青年もにっこり微笑む。周囲にいた団員たちも「副長のご決定なら」と頷く始末だ。

いやいや、理解が早くない？

というか、どこから説明すれば……そしてどこまで訂正すれば……

「団長にはこれから話す。後日正式に紹介しよう。リカルド、パブロ。明日は遠乗りに出る。供を」

「畏《かしこ》まりました」

ミゲルさんの命令に、リカルドとパブロと呼ばれた先ほどのふたりが恭しく一礼する。

その後はミゲルさんとふたりで騎士団長のもとを訪れ、事情を掻い摘まんで説明した。

急な話だし、何より男性のプリンセスに驚かないはずがない。あれこれ訊かれて当然だと身構えていたものの、大まかにはシナリオどおりの流れだからか、職務に支障をきたさないことを条件にあっさりと許可が下りた。

むしろ面食らったのはぼくの方だ。

本当にいいんだろうかと戸惑っているうちに、そのまま風呂場へ連れていかれた。

「フェルナンド様に触られたところを全部きれいにして来い」

ミゲルさんはそう言うと、近くで控えていた少年を呼び寄せる。

「俺はこれから訓練がある。おまえには小姓をつけておくから世話はこいつに頼め。いいな」

駆け寄ってきたのは、まだ十歳くらいのほんの子供だ。

少年は上目遣いにこちらを見上げながらおずおずと頭を下げた。

「チコと申します」

「はじめまして。トワといいます。よろしくね」

笑いかけると、チコははにかみながら下を向く。恥ずかしがり屋なのかもしれない。

ミゲルさんが訓練に赴くのを見送って、ありがたくお風呂を借りる。

ドレスや補整下着を脱ぐのにまたも四苦八苦したけど、チコが手伝ってくれて助かった。熱いお湯で汗を流すと気持ち的にもさっぱりする。

「ふー」

やっぱり日本人はこれだよねぇ。

たっぷりの泡で身体を洗い、湯船にも浸かり、清々しい気分で洗い場を出る。

用意されていた着替えは、頭からすぽっと被るタイプの真っ白な貫頭衣《かんとうい》だった。

「着やすくて良さそう……だけど、これまたずいぶん大きいな……」

袖なんて折り返すほどだし、着丈も踝《くるぶし》につきそうだ。それでも文句を言ったらバチが当たるよね。

なんとかそれらしく身支度を調え、チコの案内でミゲルさんの宿舎に向かった。

「ねぇ、チコはいくつ？」

「この間、十一歳になりました」

「まだ小さいのに働いてて偉いねぇ」

「ぼくは小姓ですから……」

聞けば、騎士の身の回りの世話をする役目を小姓と呼ぶんだそうだ。将来騎士になるために必要な礼儀作法を学ぶため、七歳から十三歳ぐらいまでの少年たちが主に務めているという。

「そっか。騎士になるにはそこから学ぶんだ」

「はい。騎士道精神は正しい心に宿ると教わります。なので、礼儀やお作法を」

小姓として立派に勤め上げたら、今度は従卒というものになるらしい。主人の武具の運搬や武装する際の補助に留まらず、予備の馬を管理したり、落馬した主人を救出したり、さらには下士官として兵士たちを指揮することもあるそうだ。

「騎士様直属の戦力として、騎士様をお支えするのです」

チコがえっへんと胸を張る。

能力を備え、勇敢でありさえすれば、たとえ身分の低い市民や農奴であっても立身出世が叶う。中でも王族を守る王室騎士団に入ることは少年たちにとって大きな憧れであり、誇りなんだろう。

「チコも立派な騎士様になれるといいね」

「はい。頑張ります！」

ふたりで顔を見合わせて微笑む。

宿舎に着き、チコが置いていってくれたパンや干し肉などの軽食を食べ終わる頃、訓練を終えたミゲルさんが戻ってきた。

「待たせたな」

「ミゲルさん。お帰りなさい」

彼も帰りがけに食事を摂り、汗を流してきたそうだ。まだ濡れた髪を掻き上げる仕草がなんとも男らしくて、いけないものを見ているような気分になる。

それにしても格好いい……

ぶかぶかの袖から両手を出して胸を押さえていると、それを見たミゲルさんが珍しく口元をゆるめた。

「そこまで大きかったか。寝間着代わりになればと思って出したんだが」

「……もしかして、これってミゲルさんの服ですか？」

「悪いな。すぐ貸せるのがそれしかなかった」

「わー！」

推しの服！　推しの服！　そんなことある？？？

「嫌か」

「まさか！　あの、その、すっごく嬉しいです！」

お父さんお母さん、ぼくはやりました……とうとう推しの服まで着させてもらいました……！

拳を握るぼくを見て、ミゲルさんがふっと笑う。

「かわいいものだ」

「…………え？」

かわいいって言った？　今、言ったよね？

それに笑った。あのミゲルさんが。仏頂面がデフォルトの、四六時中機嫌の悪いあの彼が。

何が起こったのかわからずぽかんとしていると、なぜかミゲルさんに腕一本で肩に担ぎ上げられ、そのまま寝台に連れていかれた。

彼はぼくをドサッと下ろすと、すぐ隣に腰を下ろす。

「悪いが、ベッドはひとつしかない。諦めろ」

「い、いいえ。とんでもない」

慌てて首を横にふった。

「ぼくの方こそ、居候させてもらってすみません。……でも、ミゲルさん狭くありませんか。それじゃ疲れも取れないでしょう。ぼくなら床でもいいですし……」

ベッドを下りようとしたところで腰に腕を回され、引き戻される。

「おまえを床に寝かせるくらいなら俺がそうする」

「でも」

「余計な気を使うな。いいから寝ろ」

「だって」

「おまえを抱き枕にするのも悪くないと言っている」

あまりにストレートなもの言いに、一瞬にして動きが止まった。

普段は絶対にそんなこと言わないのに、ぼくが遠慮しなくていいように言葉を捻《ひね》り出してくれたんだろう。口下手なこの人が。

胸の奥がじわじわとあたたかくなる。嬉しくて、くすぐったくて、ゆるみそうになる頬を押さえながらぼくはいそいそと布団を被った。

「わかりました。じゃあぼくも、ミゲルさんのお役に立つことにします」

「あぁ。そうしろ」

逞《たくま》しい腕が伸びてきて頭をすっぽり包み込まれる。密着することに慌てたのは最初のうちだけで、すぐに眠気に襲われた。

ミゲルさんの匂いだ……それに、あったかい……

ドキドキするのとホッとするのとで、なんだかとても不思議な気分だ。

この世界に来てはじめて、ぼくは人肌に触れながらゆっくりと眠った。


翌日、目を覚ました時にはもうミゲルさんの姿はなかった。

朝早くから訓練に励んでいるんだろう。それならぼくも着替えて何か手伝いをと思ったところで部屋のドアが開き、チコを伴ったミゲルさんが戻ってきた。

「あぁ、起きたか」

「おはようございます。昨日はありがとうございました」

「礼には及ばん。それより、おまえの服を用意させた」

チコが差し出したのはワインレッドの上着のようだ。それから黒いパンツと白いシャツ、それに黒い幅広のリボンもある。

「あれ？　スカートじゃなくていいんですか？」

「ドレスは歩きにくいだろう。昨日何度も躓《つまず》いていたしな」

ミゲルさん、気づいてたんだ。

「だが、おまえは仮にもプリンセスだ。俺たちのような格好をさせるわけにもいくまい。だからそれを着ていろ。女物として仕立てた男の上着だ」

「またなんてややこしいことを……」

前合わせは確かに男性用だけど、よく見れば上着の肩幅は狭く、腰もタイトで、おまけに襟の形もわずかに丸い。よくこんなものが用意できたなと感心してしまう。

試しに袖を通してみると、服は誂《あつら》えたようにぴったりだった。

「あぁ、良さそうだな」

数歩下がったところから眺めながらミゲルさんが満足そうに頷く。

「フェルナンド様がなぜドレスにこだわったか、わかりたくはないがわかる気もする。おまえを着飾らせるのが楽しかったんだろう」

「どうしたんですか、急に」

「男とはそういうものだ。だが、俺には俺のやり方がある。おまえを『男装の令嬢』として扱おう」

男が女物の服を着て男装と言い張るのもなかなか無理があるとは思うけど、それを言ったらそもそもぼくがプリンセスと呼ばれる時点で……おっと、それ以上はいけない。

そこへ、軽やかなノックの音が響いた。

ミゲルさんの応えを受けて入ってきたのは、昨日顔を合わせたリカルドさんとパブロさんだ。

「失礼いたします。ミゲル様、準備が整いました」

「今日は天気もいいし、馬たちの調子も良さそうでさ」

ミゲルさんはふたりを労うと、こちらに向き直った。

「トワ、紹介しよう。彼は第一騎兵隊隊長リカルド。貴族階級の出身で、団長からの信頼も厚い。俺のいない時に困ったことがあればリカルドに相談しろ」

「トワ様、はじめてご挨拶させていただきます。リカルドでございます」

亜麻色の髪に青い目をした男性が優雅に一礼する。騎士らしく精悍《せいかん》な顔つきではあるけれど、おだやかでやさしそうな人だ。

「こんにちは、リカルドさん。あの、ぼくのことは『トワ』って呼んでください」

「いいえ。トワ様は、ミゲル様のプリンセスと伺っております。ミゲル様の大切な方を呼び捨てになどできません」

「……男なのにプリンセスで、男装の令嬢なんてややこしいことしてても？」

「もちろんです」

リカルドさんがにっこり笑う。なんともまぁ許容範囲の広いこと。多少のことでは動じないのも騎士というものなのかもしれない。

「そして彼は、第二騎兵隊隊長のパブロだ。俺と同じ村の出身でな。見てのとおり騎士団一の力自慢だ。粗野なところもあるが、根はいいやつだから大目に見てやってくれ」

「ひでぇや、副長。人を荒くれ者みたいに……」

芝居がかった調子で肩を落とすパブロさんにみんなが「ぷっ」と噴き出した。ぼくもついつられてしまう。

「トワ様、パブロと申します。騎士団一同歓迎しますぜ」

黒い髪に黒い瞳、さらに肌まで浅黒いパブロさんが両手を広げて一礼する。人懐っこい笑顔といい、大きな口を開けて豪快に笑うところといい、なんとも気持ちのいい人だ。

その彼が、ぼくとミゲルさんを交互に見ながらしみじみと頷いた。

「それにしてもまぁ、俺たちの副長がとうとうプリンセスをお迎えたぁ……」

「我々王室騎士団が魔物討伐に出る日も近いということですね」

それを聞いてハッとした。

そうか。ぼくがミゲルさんのルートに入っている以上、彼が魔物退治の指揮を執るんだ。

魔物を倒すには、プリンセスに宿る特別な力をエンゲージによって得なければならない。それができるのはプリンセスがルートに入っている間だけだ。つまり、ぼくがルートを選択している相手こそがこの国を救うために指揮を執る。

「どこまでもお供しますぜ、副長。一言お命じくだされば我が第二騎兵隊、命に代えても……！」

「こら、そう簡単に命を投げ出そうとするんじゃない。それに城の警護も必要だ。魔物討伐とはいえ、全隊を引き連れていくわけにはいかないだろう」

「それならなおのこと、第二騎兵隊を！」

「ここは第一騎兵隊をお連れください。必ずやお役に立ってご覧に入れます」

我こそは！　と譲らないふたりにミゲルさんが眉根を寄せる。

「いずれその時は来る。団長のご命令の下、自らの役目を果たすだけだ」

きっぱり言いきると、この話はこれで終わりと言うようにミゲルさんはドアを指した。

「さぁ、そろそろ行くぞ。トワ、おまえもだ。いいところへ連れていってやる」

「え？　ぼくもですか？」

「いいから来い」

促されるまま外に出ると、そこにはリカルドさんたちが用意した三頭の馬がつながれていた。

「わぁ！　大っきい……！」

馬上槍試合の時も遠くから姿は見ていたけれど、こうして近くに立つと見上げるほど上の方に大きな顔がある。艶やかで張りのある身体といい、風に靡《なび》く鬣《たてがみ》といい、なんて美しい動物だろう。

三頭のうち、一際身体の大きい黒い馬がミゲルさんを見て甘えるように鼻を鳴らした。ミゲルさんが鼻面を撫でると、嬉しいのか、尻尾をぶんぶんとふっている。

「これが俺の愛馬だ。おまえ、馬に乗るのははじめてか」

「はい。遠くから見たことしか……。馬ってこんなに大きいんですね。それに、すごくかわいい」

「そうだろう。馬はいい」

ミゲルさんがふっと目を細める。いつもの仏頂面なんてどこへやら、やさしい素の表情に驚いた。

こんな顔もするんだ……

馬への深い愛情が伝わってくるようだ。普段から世話をし、訓練を重ね、有事の際はともに戦う、そんな愛馬は彼にとってかけがえのない戦友でもあるんだろう。

「はじめまして。よろしくね」

そっと首を撫でさせてもらうと、黒馬はやさしく鼻先を擦《こす》りつけてきた。

それを見てミゲルさんがふっと笑う。

「おまえのことが気に入ったそうだ」

「本当ですか」

「あぁ。そら、手伝ってやるから前に乗れ」

下から押し上げてもらってなんとか馬の背に座る。その後ろにひらりと跨がったミゲルさんは、お供のリカルドさんたちの準備が整うのを待って愛馬の手綱を取った。

「よし。それじゃ行くぞ」

ミゲルさんの合図とともに三頭は列になって騎士団宿舎の敷地を出る。跳ね橋を渡り、分厚い城門を潜り抜けると、そのまま一直線に城の外へと駆け出した。

その速いことといったら！

馬は黒い鬣《たてがみ》を靡《なび》かせ、蹄鉄《ていてつ》の音を響かせてびゅんびゅん風を切っていく。

少し怖くもあったけど、それ以上に新鮮だった。馬の上から見る景色がこんなに違って見えるなんて知らなかったし、風がこんなに気持ちいいとも知らなかった。

道中、街外れの塔に見覚えのあるものを見つけた時は声を上げそうになったけど。

間違いない。あれはエターナルシリーズ二作目で迷宮に掲げられていた旗だ。三作目となる今作ではヒーローとヒロインが遠乗りに出るイベントがあり、そこでチラッと映り込むことが報告されている。

ゲーム中にリンクを見つけた時も嬉しかったけど、それを実際にこの目で見られるなんて……！

心が躍《おど》って今にも叫び出したいくらいだ。

どれくらいそうして駆けただろう。街の城塞を抜け、周囲に広がる広大な農村を突っ切る頃にはそれまでと景色が一変した。

「わ、ぁ……」

見渡す限り、どこまでもなだらかな丘が続いている。カラリと晴れ渡った空の下、吹き抜ける風が軽やかに踊っているようだ。それを胸いっぱいに吸い込んでぼくは草の匂いに目を閉じた。

カルディアが、こんなに自然豊かなところだったなんて。

ゲームにも遠乗りや森でのシーンはいくつかあるけど、実際その場に立つと伝わってくることが段違いだ。

思わずほうっと溜め息が洩《も》れた。

「疲れたか」

気遣わしげな声にふり返る。

「いいえ。すごく楽しくて胸がいっぱいで。もっと乗っていたいくらいです」

「そうか。ならばもう少し足を伸ばそう。あの丘からの景色もおまえに見せたい。城の中からでは見えなかったものだ」

ミゲルさんはお供ふたりを木陰に待機させると、そのまま小高い丘の上に馬を進めた。

ここまでかなりの距離を走ってきたにもかかわらず、馬は疲れた様子もなく力強く斜面を登っていく。さすがはミゲルさんの愛馬、主人に似て大したものだ。

辿り着いた頂上からは古い街並みが一望できた。

「城塞の外にも街が……？」

遠くまで茶色い屋根が続いている。一際高く聳《そび》え立っているのは教会の尖塔だろうか。その遥か先には農地や牧草地が見えた。

「今いる王都の隣の街だ。あの向こうには敵国がある。それゆえ辺境騎士団が警護を」

「あれが……」

資料で読んだことこそあるものの、こうして現地に来ると『敵国』という響きに身が引き締まる思いがする。

手伝ってもらって馬を降り、草で覆われた地面に並んで座る。

乗馬で普段使わない筋肉を動かしたからか、さっそく身体のあちこちが痛んだけど、それすらもなんだか心地よく思えた。

「少しは気分転換になったか」

「はい、すごく。馬に乗るのは楽しかったですし、それに、いろんなものが見られました。連れてきてくださってありがとうございます」

「そうか」

ミゲルさんがおだやかに頬をゆるめる。馬を撫でる時も彼はこんな顔をしていたと思い出した。

「馬って、あんなに速く走るんですね。ミゲルさんの指示をよく聞いて、賢い子だなぁって」

「生まれた時から世話をしているからな。俺のことを父親か何かだと思っているんだろう」

「だからあんなに息がぴったりなんだ。最高の相棒ですね」

「あぁ。騎士にとって馬はかけがえのないパートナーだ。いい馬に育ってくれた」

愛馬を見つめる彼の目はやさしさと安らぎに満ちている。心から大切にしていることが伝わってくる表情だ。

「ねぇ、ミゲルさん。ミゲルさんはどうして騎士になったんですか？　強い男に憧れてとか？」

「そうだな。それもあるが、俺の場合は父親が騎士だった」

「お父さんも！　そっかぁ。息子が後を継いでくれるなんて、お父さんは嬉しかったでしょうね」

親子二代で王家を守る騎士団員なんて格好いい。

けれど、そんなぼくの言葉にミゲルさんはなぜか顔を曇らせた。

「そうだと思いたいがな。……俺は、父に会ったことがない。死んだんだ。俺が生まれる少し前に、魔獣との戦いで」

「……っ」

「潔い最期だったと母から聞いた。国王陛下をお守りして、騎士として立派に死んだと。受勲もされた。名誉なことだ」

「でも」

「あぁ。どんなに名誉であったとしても、勲章で人の心を慰《なぐさ》めることはできない。母は深く悲しんだ。俺が騎士になることも内心反対していたかもしれない。それでも俺は、父が名誉ある男だった誇りを胸に生きていきたいと思った。それが遺志を継ぐことになるだろうと」

「ミゲルさん……」

彼のお母さんの気持ちもわかるだけにかける言葉が見つからない。大切な夫を失って、息子までもが命の危機に晒される立場となっては心が安まらないだろう。

それでも、ミゲルさんの思いもわかるのだ。騎士の誇りと名誉はそれほど重く、何より尊いものなのだろう。

言葉を探していると、ポンポンと背中を叩かれた。

「そんな顔をするな。俺は自分の意志で自分の人生を選んでいる。……それに、訓練しながら亡き父に思いを馳せることもある。そんな時に思うんだ、この道を選んで良かったと」

「ミゲルさんは、心まで強い方ですね」

「騎士は強くて当たり前だ。そうでなくては務まらない」

「そうですね。そうやって、お城のみなさんを守っているんですもんね」

「国のために死ぬなら本望だ。それが王室騎士としての誇りだと思っている」

「でも、ぼくは嫌です」

つい、本音が口から出た。

「あっ。その、今のミゲルさんの生き方を否定するつもりはないんです。お父さんの遺志を継いで、とてもご立派なことだと思います。……でも、死ぬお話をされると悲しくなります」

「トワ……？」

「だって、ミゲルさんの代わりなんてどこにもいない。あなたはぼくのたったひとりです」

推しとして焦がれ、男性として憧れた。心の拠り所みたいなものだ。そんな大事な人がいなくなってしまうなんて考えられない。

「ミゲルさんのお父さんが亡くなってお母さんが悲しんだように、ミゲルさんに万一のことがあったらぼくはきっと立ち直れません。……それでも、騎士としてのあなたを尊敬しています。矛盾してますね」

どうやったらこの気持ちは伝わるだろう。伝えたいことがたくさんあるのに、うまい言葉が見つからない。好きという気持ちしか差し出せない。

自分の無力さに俯いていると、大きな手にくしゃりと髪を掻き混ぜられた。

「おまえは俺を揺さぶってばかりだ」

「……え？」

「自分がどれほど俺を喜ばせているか、まるでわかっていないんだろう」

おそるおそる顔を上げる。

そこには、何かを堪《こら》えるように顔を歪めたミゲルさんがいた。

「騎士は死を怖れない――そう宣誓して王室騎士団に入団した。従卒たちにもそう教えている。それなのにおまえは、俺をおまえの『たったひとり』と呼ぶ。その一言で俺の決心を鈍らせる。国のために死ぬなら本望と本気で思ってきた男のな」

節くれ立った手が伸びてきて、そっと頬に触れる。無骨な手からは想像もできないほどやさしく頬を撫でられ、包み込まれて、思わずほうっと溜め息が洩《も》れた。

「ならばおまえが、俺に生きる意味を与えてくれ」

澄んだ瞳がまっすぐにぼくを見つめる。

「おまえが、俺の生きる意義になってくれ。おまえが『生きろ』と言えば俺は死なない」

「ミゲルさん……」

「俺は本気だ」

真剣な眼差しに息を呑む。彼が嘘をついているようには思えなかった。

だって知ってる。ミゲルさんは決して嘘を言う人ではないことを。どんなに無理をしても、痩せ我慢をしたとしても、絶対に約束だけは違えないということも。

そんな彼の、生きる意義になる――

あまりに途方もない話に戸惑ってしまった。

だって、彼は誰もが憧れる王室騎士団の副長だ。彼の家族だって、周囲の人間だって、みんなが口を揃えて『生きろ』と言うだろう。それなのに、どうしてぼくにそんな大役を任せるんだろう。

躊躇《ためら》っていると、そっと右の手を取られて握られた。

「おまえは、俺が死んだら立ち直れないと言った。だからおまえのために生きる」

「そんな……それだけで？」

「俺には充分な理由だ。おまえは俺が守ると約束した。俺は、おまえの心も守らねばならない」

熱を帯びた目で見つめられて、胸がきゅうっと痛くなった。

こんなにまっすぐに誓《ちか》ってくれるなんて。どんな約束も決して違えない彼が、ぼくを……

あぁ、心臓が鳴りすぎて苦しいくらいだ。

手を引かれ、手のひらに濡れた唇を押し当てられて、さらに鼓動がドクンと跳ねた。

「ミ、ミゲルさん……」

「それは、わかった、という顔だな。俺に都合のいいように解釈するぞ」

「あ……」

眼差しが凄みを増す。

目を逸らせないでいるうちに腕を引かれ、倒れ込むようにして広い胸に抱き留められた。慌てて体勢を立て直そうと胸に手をついたものの、それごとまとめて抱き締められて息が止まる。

「トワ」

耳元で低い声に名を呼ばれたと思った次の瞬間――熱いもので唇を塞がれた。

すぐに、唇の間からぬるりと舌が入ってくる。

「ん……！」

びっくりして逃げようとしたが、肩を掴まれ、押し戻された。

「ん……、んぅっ……」

くちづけはさらに深くなり、口内の奥深くまでミゲルさんの舌で掻き回される。生まれてはじめての深いキスだ。

舌同士を絡められ、自分の感触を教え込むかのように執拗に擦《こす》り合わされる。

かと思うと強く吸われ、舌先を甘噛《あまが》みされて、ぞくぞくしたものが背筋を這った。

「……はっ……ん、んっ……」

熱い舌と甘い唾液。それらが立てる淫靡《いんび》な水音。

こんなキスなんて知らない。こんな愛撫なんて知らない。

ふるえる手で縋《すが》りついたまま、どれくらい貪られていただろう。ようやくキスが解かれた時には舌は痺れ、唇の感覚もなくなっていた。

「大丈夫か」

「……は、……は、い……」

胸がドキドキ鳴りすぎて呼吸さえままならない。息を吸うたび冷たい空気が濡れた唇を刺激して、どうしてもキスの余韻を追いかけてしまう。

ぼく、ミゲルさんとキス、したんだ………

何もかも食い尽くされるような情熱的なキスを——

胸がきゅんと疼いた瞬間、シャラ ラン、というい つものジングルが頭に響いた。

「あっ？」

途端に我に返る。

ルートに入った状態でこの音が鳴ったということは、つまり。

「フラグ、立っちゃった……？」

ミゲルさんを恋愛対象として意識してしまったということになる。

まさかのガチ恋第二弾に思わず両手で顔を覆った。年齢＝恋人いない歴の恋愛初心者のくせに、いくらゲームの中だからって好き放題しすぎじゃないか？

ひとり悶絶していると、ポンと頭を叩かれた。

そろそろと顔を上げればミゲルさんが覗き込んでくる。

「今の音、確かに聞いたぞ」

「い、いえその……」

「誤魔化そうとしても無駄だ。男なら、己の心には責任を持て」

ううう。返す言葉もございません。

どうしたものかと思っていると、ミゲルさんはとんでもないことを言い出した。

「俺を好きだと言ってみろ。俺と同じように、愛していると」

「い、言えるわけないじゃないですか。ミゲルさんはぼくの推しです。不可侵の領域なんですっ」

「その不可侵相手に鐘を鳴らしたのはどこのどいつだ」

「うっ……」

なんでそんな痛いとこばっか突くんだよ〜〜。

胸を押さえて煩悶《はんもん》するぼくに、ミゲルさんは楽しそうに笑った。

「まぁいい。どのみち焦ってもうまくはいくまい。……だがわかったぞ。おまえは、俺を長生きさせる天才のようだ」

「へっ？」

「長く生きればそれだけ、おまえに愛される時間が増える」

「……っ」

な、なんて恥ずかしいことを真顔で言うんだこの人は……！

……そういうところも推しとして大好きではあるんだけど。

複雑な思いを抱えながら赤面するぼくに、ミゲルさんは鼻の頭に皺を寄せながら笑った。

そんな子供みたいな顔を見ていたら力が抜けてしまって、ぼくも一緒になって笑ってしまう。

うまく丸め込まれたような気がしないでもないけど、ミゲルさんが生きることに前向きになってくれたんなら、まぁいいか。何より、そうやって笑ってる推しはとても素敵だ。

ぼくたちの間をおだやかな風が吹き抜けていった。

それからというもの、ミゲルさんは時間を見つけてはあちこち連れていってくれた。

城の周りを散策したり、街へ下りてマーケットを見て回ったり。職人の工房を覗かせてもらったこともある。見るもの聞くものすべてが新鮮でおもしろく、今日はどこへ行くんだろう、何を見せてもらえるんだろうと考えるだけで胸が躍《おど》った。

ミゲルさんといると、シナリオの外にも人々の暮らしが息づいていることを肌で感じる。

エタロマって、こんな世界だったんだなぁ……

自分の中にあった大好きなものがさらに色づいていくようでとても嬉しい。わくわくする気持ちに背中を押されるようにしてぼくは細い路地に入った。

今日は、月に一度の市が立つ日だ。

珍しい骨董品や異国の織物など、掘り出し物がずらりと並ぶ。一緒に来ていたミゲルさんが骨董商と話し込んでしまったので、暇つぶしに他の店でも見ていようと歩き出してすぐのことだった。

「おい。待てよ」

「え？」

突然、浅黒い肌をした髭面の男に呼び止められた。ひどく痩せて生気のない顔をしているのに、目だけは異様なほどギラギラと光っている。

なんだ、この人……？

なんとなく嫌な感じがする。

とっさに後退ったぼくは、そこではじめてすぐ後ろにも別の男が立っていたことに気がついた。

こちらも黒い髭面の屈強な大男だ。

「あの、何か……？」

「騒ぐんじゃねぇ。いいからツラ見せろ。……へぇ、女みてぇなきれいな顔だな。悪くねぇ」

瘦せぎすの方がニヤリと嗤う。

後ろにいた男と目を合わせ、小さく頷いた。

「ちょっとつき合ってもらおうか。なぁに、おまえにだって悪い話じゃねぇよ」

「あの……」

「俺たちの言うとおりにすりゃ、おまえのこのポケット、金でいっぱいにしてやるからよ」

「黙ってついて来い。いいな」

後ろから両腕を封じられる。

しまったと思った時にはもう、ドン、と背中を押されていた。

「さっさと歩け」

「や、やめてください」

「おとなしく言うこと聞かないとせっかくの顔に傷がつくぜ？　商売道具なんだろ、あぁ？」

「そんなこと……、ちょっ、本当にやめてください……！」

力任せに胸ぐらを掴まれ、後ろからも執拗に背中を押されて、ぼくは必死の抵抗も虚しく石畳の上をズルズルと引き摺られていく。

人目を避けるように狭い脇道に押し込まれた途端、心細さが込み上げた。

どうしよう。

このままじゃミゲルさんから離れてしまう。声も届かなくなってしまう。

こんなことなら傍にいるんだった。おとなしく話が終わるのを待てば良かった。せっかく市に来たんだからと路地裏探検なんてしたせいで……

どうしよう。どうしよう。どうしよう。

「ミゲルさん……！」

精いっぱい愛しい人の名を呼んだ、その時だ。

「動くな！」

背後から聞き慣れた声が飛んでくる。凜とした、それでいて強い怒気を孕んだ声だ。

ふり返れば、大男の肩越しにミゲルさんの姿が見えた。

「ミゲルさん！」

「トワ！」

「なんだ、てめぇは」

大男がぼくを突き飛ばして向き直る。

対するミゲルさんは単身だ。剣こそ提げているものの、この狭い路地裏で長剣をふるうのは難しいに違いない。それでも彼は臆することなく男たちを睨み据えた。

「連れが世話になったようだな。俺は、王室騎士団副長のミゲルだ」

「げっ」

男たちが目に見えて狼狽《うろた》え出す。顔を見合わせ、厄介な相手だとばかりに眉を顰《ひそ》めた。

それでも引っ込みがつかないのか、「だ、だからどうした」と語気を強める。

「俺たちはこいつに用があるんだ。てめぇは黙ってろ」

「今すぐトワを放すなら穏便に済ませてやる。だが、抵抗するならふたりまとめて始末するぞ」

ミゲルさんがゆっくりと腰の剣を抜く。

「ヒッ……」

ギラリと光る刀身に大男が息を呑んだ、次の瞬間。

「ハッ」

「ぎゃあっ！」

鋭い音を立てて切っ先が空を切る。

まだ刃先も触れていないというのに、大男の驚きようと言ったら実戦経験がないのが丸わかりだ。

無様に仰け反った彼は慌てた拍子に近くにあった段差に躓《つまず》き、顔面から水溜まりに倒れ込んだ。

「痛ってぇ……」

起き上がることもできないまま男が呻き声を上げる。

「て、てめぇ、何すんだ！」

仲間の醜態に危機感を募らせたのか、ぼくを押さえつけていた痩せ型の男が叫んだ。

なんとか腕をふり払おうと藻掻いてみたものの、残念ながらビクともしない。そうこうしているうちに男が懐から短剣を取り出したのを見てギョッとした。

「おとなしくしろ」

鈍色に光るナイフを首に突きつけられて息を呑む。

「見ろ。こいつがどうなってもいいのか」

男の言葉にミゲルさんも動きを止めた。

「大事な連れを傷物にされたくなかったら黙ってるんだな。俺の言うとおりにしろ。剣を捨てて、俺たちにこいつを貸し出せ」

「なんだと」

「なぁに、用が済んだら返してやるよ。その時こいつがどうなってるかは知らんがな」

男が小馬鹿にしたように嗤う。

ミゲルさんはまっすぐ男を睨んだまま、禍々しいばかりの怒気を纏《まと》った。

「おまえは俺を怒らせた。それがどんな結果を招くことになるか、身をもって教えてやろう」

ミゲルさんが長剣を構える。

男は動揺したのか、ナイフの先をさらにぼくの顔に近づけた。

「こいつがどうなってもいいのか」

少しでも男の手がふるえたら切っ先が頬を引き裂くだろう。思わずごくりと喉が鳴る。

「トワ。必ず助ける。俺を信じろ」

「はい」

ミゲルさんと目を合わせた瞬間、自分でも不思議なくらい心が落ち着いた。

この人がいてくれるなら大丈夫。

ならば、自分は自分にできることをしようと、状況判断に集中する。

「う、うぅ……」

その時、倒れていた大男が身動《みじろ》いだ。

ナイフを持っている男の注意が逸れた瞬間を見逃さず、ミゲルさんが踏み込んでくる。

「ハッ！」

「うわぁぁっ」

それは一瞬の出来事だった。

ダン！　という踏み込み音とともにまっすぐ剣が突き出される。

男の胴体を貫通することこそなかったものの、触れた剣で軽く怪我をしたようで、男はあっさりナイフを取り落とした。

まるでフェンシングの試合のようだった。思いきり長剣をふり回せない場所だからこそ、タイミングを見計らって一突きにする作戦だったんだろう。

これが実戦に慣れてるってことなんだ……

驚きに立ち尽くすぼくを庇うように、ミゲルさんがすぐ前に立つ。

「怪我はないか」

「はい。ありがとうございます」

彼はホッとしたように頷くと、もう一度男たちに切っ先を向けた。

「命が惜しければ三つ数える間にここから立ち去れ。次は容赦しない。……いち」

「ヒィッ」

カウントダウンがはじまった途端、ふたりとも脱兎の勢いで逃げていく。

ぼくはハッとしてミゲルさんを見上げた。

「あの、良かったんですか。捕まえなくて」

「今はおまえが優先だ。……危ない目に遭わせてしまった。俺がついていながら悪かった」

「いいえ、そんな……。それに、もとはと言えばぼくが……」

言葉尻を奪うように大きな手で頬を包まれる。

「怖かっただろう」

「ミゲルさん」

「おまえが無事で良かった」

どこまでも澄んだ青い瞳。こうして見つめているだけで吸い込まれてしまいそうだ。彼が心から心配してくれていることが伝わってきて、不謹慎かもしれないけれど、嬉しかった。

「必ず助けるって言ってくれたじゃないですか。だから、何も怖くなかったです」

「トワ」

「ミゲルさん、すごく格好良かったですよ。ドキドキしました」

悪党相手に剣を構える彼のなんと勇ましかったことだろう。思い出しても胸が高鳴る。

手放しで褒めると案の定というかなんというか、ミゲルさんは途端に渋面を作った。

「さっきまで命が危なかったんだぞ。わかってるのか」

「でも、ミゲルさんがいてくれましたから。推しが守ってくれるなんて、こんな幸せはありません」

彼はさらに顔を顰《しか》める。

ふふふ。でももうわかりますよ。それが照れ隠しだってことぐらい。

嬉しくてにこにこしていると、剣を鞘に収めたミゲルさんに強引に抱き寄せられた。

「まったく、手のかかるやつだ」

さっきまで動き回っていたからか、いつにも増して体温が高い。触れたところから伝わってくる力強い鼓動にホッと安堵の溜め息が洩《も》れた。

「ミゲルさんに怪我がなくて良かった……」

そんなことになったら自分で自分を許せなくなる。自分のせいで推しが危険な目に遭うなんて、絶対に絶対にあっちゃいけない。

そう言うと、ミゲルさんは挑むような目でニヤリと笑った。

「これでわかったろう。おまえが俺の生きる意義だということを忘れるな。おまえひとりの命じゃないんだからな」

「そ、そんなこと言ったら一蓮托生じゃないですか」

「望むところだ」

ゆっくりと顔が近づいてくる。腰に手を回され、頤《おとがい》を掬《すく》い上げられて、勇ましい青い瞳に自分の姿が映るのが見えた。

「俺たちは運命の一対になる。心も身体も、何もかもだ」

愛している――

低く掠《かす》れた囁きとともに唇にキスが落ちてくる。

グイと腰を引き寄せられ、ぴったり合わさった下肢に彼の熱い昂ぶりを感じた。

「あっ」

ミゲルさんが……

ぼくに昂奮してる。ぼくに、欲情……、してるんだ。

驚いて見上げるぼくにミゲルさんが不敵に笑う。まるで捕食者だ。獲物を追い詰めるハンターのように、彼は情欲を隠しもせずにもう一度唇を塞いでくる。

「んっ……」

舌を差し入れられ、そのまま強く絡められて全身の肌が粟立った。触れ合ったところから熾火《おきび》を放り込まれたように身体が熱くなり、血が沸騰してしまいそうだ。

「トワ……」

掠《かす》れた声で名を呼ばれ、頭の芯がグラッとなった。

いけない。そう思うのに、キスが気持ち良くて止められない。

そうしているうちに、顎を掴んでいた手がするりと胸元へ滑り下り、シャツの中へ忍び込んできた。

「あっ」

直接肌に触れられた瞬間、頭の中にアラートが鳴り響く。

「ミ、ミゲルさん。すみませんが、これ以上はできません」

散々キスした後でこんなこと言うのも申し訳ないとは思うけど、それでも推しとの一線だけは越えちゃいけないものだと思う。たとえガチ恋していても、それはそれ、これはこれだ。

けれど、ミゲルさんは首を横にふった。

「俺はおまえを愛している。それはおまえも同じだろう」

「そう、ですが……」

「それなら何の問題がある。まさか、フェルナンド様に操立てしているんじゃあるまいな」

「え？　どうしてそこでフェルナンド様が……？」

「あの日庭で何をしていたか、俺が知らないとでも思っているのか」

「……っ」

そうだった。見られてるんだった。

恥ずかしさと後ろめたさで下を向くと、視線を逸らすことは許さないとばかりに顎を掴まれ、強引に上向かされた。熱を帯びた青い瞳に射貫くように見下ろされる。

「俺に夢中にさせてやる。他の男のことなんて思い出せなくなるようにな」

言うが早いか、嚙《か》みつくように唇を塞がれた。

まるで嵐だ。強く吸われ、思うさま口内を掻き回されて息もできない。

「んっ、ん……、んぅっ……」

そうしている間にもシャツのボタンは外され、いくつかは毟《むし》り取られて、さらにパンツの前まで寛げられた。

いけない。いけない。このままじゃ……！

節くれ立った指が腰骨を通って下着の中へと差し込まれる。熱い唇が剥き出しの鎖骨に触れた瞬間、脳内アラートが最大になった。

こうなったらもう最後の手段しかない。

ぼくは力の入らない足を叱咤しながら伸び上がると、ミゲルさんの頬にくちづけた。こんなところでログアウトしてしまうせめてものお詫びだ。

「ごめんなさい。ミゲルさん」

「トワ？」

「エターナル・エンド！」

強制終了のコマンドを発した瞬間、鍵の外れる音とともにまたしても視界からすべてが消える。

真っ暗闇の世界の中、ぼくの意識もぷつりと途切れた。

目覚めると、そこはいつもの自分の部屋だった。

二回目ともなるとどうにか勝手はわかる。驚きこそしなかったものの、疲労感が半端ない。

「なんだってあんな流れに……」

終了直前のやり取りを思い出し、頭を抱えた。

フェルナンド様といい、ミゲルさんといい、二度も『そういうこと』になりかけたというのは由々しき事態だ。仮にもぼくは男なのに。

……いや、ゲームの設定上はプリンセスだけど。ドレスも着たし、なんなら『男装の令嬢ということになっている男性』だなんてややこしいこともしてたけど。

「まぁ、この際性別は置いておこう。三人もそう言ってたし」

問題はエンゲージだ。

「魔物討伐の前にエッチするのって、やっぱり特別な意味があるのかな」

ゲームの裏設定？　それとも隠しコマンド？　もしかして、先に一線を越えておいた方が魔物討伐がスムーズにいくとか？　……いや、それどんな設定だ。

「うーん。さっぱりわからん……」

攻略本は穴が開くほど読み返してしまったし、ブログの類《たぐ》いも見尽くした。

もうこうなったらゲームの方面から考え方を変えるしかない。つまり、恋愛方面からのアプローチだ。自分がリア充みたいなことをするなんて考えたこともなかったけど、エンゲージについて知るためだ。背に腹は代えられない。

ぼくは心を無にすると、さっそくパソコンを立ち上げた。

『エッチ』『恋愛』『意味』など、思いつくままに検索ワードを打ち込んでリターンキーを押す。

するとまぁ、出るわ出るわ。ずらりと並んだ検索結果に圧倒されるほどだ。中には顔を赤らめてしまうような説明文も含まれていたものの、なるほどと思えるものもいくつもあった。

「そっか。愛情表現……」

確かに、特別な相手としかしない行為だ。愛を確かめ合うだけでなく、自分を受け入れてもらう安心感も得られるだろう。他にも『関係性が深まる』や『心が満たされる』といったキーワードも拾うことができた。

ゲームでも、ヒーローとヒロインは一心同体だ。

あの世界では、結びつきをより強固にするという意味で、あんな形のエンゲージが求められるのかもしれない。

「とはいえ……」

我が身に降りかかるとなれば話は別だ。

ぼくは長い溜め息をつきながらマウスホイールを動かした。

それにしても、こうして検索してみてはじめて知ったのだけど、世の中には驚くほどたくさんの恋愛ハウツーがあふれている。気になる彼の気を引く方法、彼女を格好良くデートに誘うには……と、画面をスクロールしてもしてもキリがないほどだ。

中には、注意喚起のような記事もあった。いわゆる恋愛詐欺関連だ。

「『甘い言葉ばかり並べる男は要注意』『独占欲＝愛されていると勘違いしてはダメ』……フェルナンド様？　ミゲルさん？」

身に覚えがありすぎる。さらには『すぐに身体を求めてくる男は遊び』という金言にぶち当たり、ぼくは否が応でも現実を直視させられることになった。

「痛たたたた……」

ふたりが軽い男なんかじゃないことはよくわかっているつもりだけど、どの記事を見てもだいたい当て嵌《は》まってしまうのが困る。

「ほらもう。急いでエンゲージなんてしようとするから」

やれやれと嘆息しつつ、ぼくはデスクチェアにぼすんと凭《もた》れた。

エンゲージというのは、異世界から召喚されたプリンセスの特別な力を発動するために必要な儀式だ。だから誰のルートに入ったとしても最終的には行われる。

問題なのは、エンゲージそのものではなく、そのやり方がゲームと違っているということだ。

「でも、フェルナンド様もミゲルさんも同じこと考えてたみたいだし、やっぱりあの世界ではあれがエンゲージなのかも」

となると、自分のやるべきことはただひとつ。

エンゲージ以外で力を発動する方法を探るしかない。まぁ、自分がどんな力を持ってるか、自分でもよくわかんないんだけど。

「それでも、とにかく頑張らなくちゃ」

こうしてまたも夜なべがはじまったものの、案の定というかなんと言うか。

情報収集をはじめていくらもしないうちにぼくは疲れでうとうとしてしまい、結局手がかりを得られないまま再び眠りに誘われるのだった。

4．魔法使い様のフラグが立ちました

目が覚めると、毎度おなじみ『エターナル・ロマンス』の世界だった。

やっぱりゲームをクリアしない限り、何度でも召喚されてしまうようだ。

「ガチだ……」

ぼくは呆然としながら起き上がり、キョロキョロと辺りを見回した。

倉庫か何かの中だろうか。石造りの建物の隅に麻袋が積み上がっている。鉄格子の嵌《は》まった窓から外を覗くと、倉庫らしき数棟の建物の向こうに薔薇の咲く庭園が見えた。

「あれ、フェルナンド様に連れてってもらったお庭かも」

ということは、どうやら城の敷地内にいるようだ。ここからなら騎士団宿舎も近い。

ミゲルさん――

熱っぽい眼差しを思い出し、罪悪感に胸がチクリと痛んだ。

彼は今頃どうしているだろう。逃げ出したぼくを恨んでいるかもしれない。

そんなことを考えていると、遠くの方から大きな音が近づいてきた。何か探しているのか、倉庫の扉を順番に開けては閉めてをくり返しているようだ。

ついに目の前のドアが勢い良く開くと、向こうにいた人物がハッと息を呑んだ。

「トワ。ここにいたか！」

「ミゲルさん」

「ずいぶん捜したぞ。かくれんぼはもう終わりだ」

ミゲルさんが青い目を眇《すが》める。髪の乱れもそのままに大股で近寄ってくると、出口を塞ぐように彼はドカッと腰を下ろした。

「まったく、灯台下暗しか。城の敷地内にいたとは……」

聞けば、あの後ミゲルさんは路地を隅から隅まで捜してくれたのだそうだ。四日間、仕事の合間を縫って街の人たちにまで訊ね回ったと聞いて血の気が引いた。

「も、もしかして……、鍵が外れる音、聞こえなかったんでしょうか……？」

「音はした。だが、諦められなかった」

もうどこにも行かせないというように手を握られる。

「言ったろう、おまえは俺が守ると。……たとえ俺から離れたとしても大切なことに変わりはない。俺の知らないところで危ない目に遭っているかもしれないと思うと気が気じゃなかったんだ」

「ミゲルさん……」

いなくなった後まで気にかけてくれていたなんて。

「ごめんなさい。心配かけて」

「気に病むな。それが性分だ」

ぎゅっと手を包み込まれ、そのまま恋人にするように指と指とを絡められた。

「おまえが逃げ出した理由はわかっている。だが、おまえは俺を愛しているはずだ。その証拠に鐘も鳴らした。それを知っていて、俺がおとなしく引き下がると思うか」

「あ……」

腕を引かれ、逞《たくま》しい胸に倒れ込む。

至近距離に迫った青い目は捕食者のように光っていた。

「トワ。俺のものになれ」

ノーを許さない強い眼差し。首筋に唇を押し当てられたかと思うと強く吸われ、ツキッとした痛みに身を竦《すく》めた。

「逃げるな。もっとだ」

「あっ、待っ……」

慌てて距離を取ろうとしたものの、もう片方の手も戒められてさらに引き寄せられてしまう。

逃げを打つたび左右の項に痕をつけられ、さらには耳の後ろや鎖骨の上にも赤い花が咲き乱れた。

「んっ……、ん……」

はじめは小さな痛みだったはずのそれが、どうしてだろう、くり返されるうちにゾクゾクするような快感に変わる。

そんな変化は直接触れているミゲルさんにも伝わるのか、彼は低く笑った。

「そうだ。それでいい。もっと俺に夢中になれ」

彼の手が服の上から身体をなぞり、さらにはボタンを外していく。これ以上はさすがにマズいとぼくは渾身の力で身体を捻《ひね》った。

「ダ、ダメですよ。できません」

「怖いことはしない。覚悟を決めろ」

「そんなこと言ったって……」

その時、寝る直前に見た記事が脳裏に蘇る。

「そうだ！　すぐに身体を求めてくる男は遊びだって本に書いてありました！」

言い放った瞬間、ミゲルさんの纏《まと》う空気が変わった。

「……ほう。遊びか。おまえはそう思っていたのか」

「え？」

「一目見た時から俺たちは運命の一対になると確信していた。にもかかわらず、おまえの最初の相手をフェルナンド様に譲ったんだ。あの時の俺の気持ちがわかるか」

「あ、あの……」

「俺はおまえを愛している。生きる意義にするほどにな。……だが、それもうまく伝わっていなかったようだ」

ミゲルさんはわずかに目を眇《すが》めると、息を整え、こちらを真正面から見据えてきた。

「身体だけが目的ならとっくの昔に押し倒している。おまえの気持ちなんてお構いなしにな。……だが、それではあまりに不誠実だ。おれはおまえを犯したいんじゃない。愛し合いたいんだ」

情熱的な眼差しに射貫かれて息をするのも苦しいほどだ。目を逸らすこともできずに見上げるぼくに、ミゲルさんは不敵に笑ってみせた。

「おまえには徹底的に教えてやらなければならないようだな。俺の本気を」

「あっ」

言うが早いか、彼の手が強引に下着の中に入り込んでくる。まだやわらかい自身を握られ、根元から擦《こす》り上げられて、驚きと羞恥に身体がふるえた。

「な、何して……、や、めっ……」

軽く扱かれただけで反応してしまう自分が恨めしい。腰が退けかけたところを狙ったかのように下着とまとめてパンツを下され、兆しはじめた自身が露わになる。それを少しでも隠そうと膝を閉じかけたものの、有無を言わさず左右に開かれ、その間に強引に身体を捻《ね》じこまれた。

「や、ぁっ……」

ミゲルさんの視線が注がれている。

羞恥に耐えられず目を瞑《つぶ》ったぼくは、熱くぬかるむものに自身を包まれてハッとした。

「……え？」

なんと、ミゲルさんがぼくの下肢に顔を埋めていたのだ。張り詰めた幹を下から上へ舐め上げている彼を目の当たりにし、軽いパニックに陥った。

「ま、待って……待って、何してるんですか。ミゲルさん……！」

頭がおかしくなりそうだ。

「そんなことしないでください。そんな、汚いから……！」

懇願すると、ミゲルさんが渋面のまま顔を上げた。

「俺がおまえをそんなふうに思うと思うのか」

「だって！」

「言ったろう。俺は本気でおまえがほしい。おまえの何もかもをだ」

「何、言って……、あっ、ぁ……っ」

拒む間もなく先端を咥《くわ》えられ、そのまま熱い口内に迎えられる。生まれてはじめて味わう他人の粘膜の感触に一瞬で頭の中が真っ白になった。

「あ、あ、あ、……っ、ぅん……」

じゅぷっ、じゅぷっ、という水音に頭の芯が焼き切れそうだ。重たい熱が下腹に集まり、今にも弾けてしまいそうだ。

「ダ、ダメ……、も……放し、て……、お願いっ……」

どんなに肩を押し返してもミゲルさんは放してくれない。

それどころか、これは俺のものだと主張するようにさらに強く吸い上げられて、深すぎる快感にガクガクと腰が揺れた。

「やぁっ、そんな……、したら……出ちゃ、う……達っちゃう……っ」

忙しなく下腹が波打つ。

覚えのある熱が迫り上がる。

じゅっと音を立てて吸われた瞬間。

「あぁぁっ――……！」

導かれるまま、限界まで膨らんだ熱が爆発した。

熱く絡みつく舌の感触が肌に残っている。目を開けることさえ億劫《おっくう》で、ビリビリと痺れるような感覚に身を委ねたままぼくは荒い呼吸をくり返した。

「トワ。トワ」

何度かやさしく頬を叩かれ、ゆっくり目を開ける。そこには気遣わしげな青い瞳があった。

「大丈夫か」

「……あ、はい……」

「驚かすな」

ホッとしたように唇が重なってくる。

けれど、触れられた途端に妙な違和感を覚えた。

「なんか、苦い……？」

「おまえの味だ」

意味がわかった瞬間、血の気が引く。

「すっ、すすす、すみません！」

「謝るな。俺にもっとおまえを味わわせろ」

「わっ！　だから、ダメ……、ですってば……！」

ささやかな抵抗も虚しく、ミゲルさんの手がシャツの中に潜り込んでくる。熱を放ったばかりの剥き出しの下肢にも再び手が伸ばされようとしていた、その時。

「――トワから離れろ」

覚えのある声が割り込んでくる。

びっくりしてそちらを向くと、ミゲルさんの肩越しにフェルナンド様が立っているのが見えた。

「フェルナンド様！」

彼はミゲルさんを睨んだまま、足早にこちらに近づいてくる。

「ミゲル。こんなところでトワに何をしている」

「フェルナンド様こそ、王子殿下ともあろう御方がこんなところに何のご用ですか」

ミゲルさんは手早くぼくの服を直すと、盾になるように立ちはだかった。

そんな彼に、フェルナンド様も挑むように口端を持ち上げる。

「トワはおまえのところからも逃げ出したそうだな。つまり、もうおまえのものではない」

「あなたのものでもないでしょう」

「ならば、もう一度その手を取るだけのこと」

フェルナンド様はこちらに向き直り、両手を広げてにっこり笑った。

「かわいいプリンセス。私のところに戻っておいで」

「いいや。もう一度俺のところに来い。トワ」

ミゲルさんもふり返り、距離を詰めてくる。

「あ、あの……えーと……」

「さぁ、私に愛されると言ってくれ」

「俺を選べ。後悔はさせない」

「いえ、ですから、そうじゃなくて……」

思いがけないことになってしまった。どうやってこの場を収めたものかとオロオロしていたその時だ。

「何やってるんですか、ふたりとも。トワさんを困らせたりして」

「わっ！」

どこからともなく声が聞こえたかと思うと、身体がひょいっと浮き上がる。こんなことができる人をぼくはひとりしか知らない。

「ロロ！」

名前を呼ぶと、何もなかったところからロロがひょっこり姿を現した。

「お久しぶりです、トワさん。お元気でしたか？」

「うん、なんとか。ロロも元気そうだね」

「はい。こうしてまたトワさんにお会いできて嬉しいです。ところでそれ、ちょっとお節介焼かせてもらいますね」

ロロがふたりに向かって「では、ごきげんよう」と微笑む。

「ロロ。おまえ何を……」

「おい、ちょっと待て魔法使い！」

追い縋《すが》るふたりなどお構いなしに、彼が人指し指をふった瞬間、ブワッ！　と鮮やかなピンクの煙が舞い上がった。

まるで桜吹雪だ。一瞬で何も見えなくなる。

次に目を開けた時にはもう倉庫の屋根はおろか、城の主塔さえ見下ろすほど高いところにいた。

「…………え？」

何これ、どうなってんの？？？

事態が飲み込めず瞬きをくり返すぼくに、ロロが照れくさそうに笑う。

「あは。ちょっと飛びすぎちゃいました」

地面が遙か下にある意味に気づいた途端、ぞわわわわっと鳥肌が立った。

「やばいやばいやばい。死んじゃう死んじゃう！」

「大丈夫ですよ。僕に掴まっててください。絶対にトワさんを落としませんから」

「おおおお願いね。頼むね、ロロ」

「はい。お任せを」

ロロが微笑みながら片目を瞑《つぶ》る。

その瞬間、またしても不思議なことに、トン、と足の裏が地面に触れた。

「え？　……え？」

さっきまで空の上にいたよね？

事態が把握しきれずキョロキョロと辺りを見回していると、ロロにやさしく背中を押された。

「ここが僕の家です。中でゆっくりお話ししましょう」

招かれるままフラフラと中に入る。どうぞと示された椅子に座った途端、身体中から力が抜けて「はー……」と安堵の溜め息が洩《も》れた。

「ごめんなさい、トワさん。びっくりさせちゃいましたね」

「う、うん。でももう平気。それより、助けてくれてありがとね」

「お安いご用です」

にっこり微笑まれるとこちらもついついつられてしまう。

ロロはお茶を淹れると、カップを差し出しながらぼくの隣に腰を下ろした。

「ねぇ、トワさん。おふたりと過ごしてみてどうでした？」

「どう……？　そうだなぁ」

一言で言うなら、どっちも楽しかった。

ゲームをプレイするだけではわからなかったこの世界のことをたくさん見たり聞いたりできたし、推しと過ごす時間はとても幸せだった。

ただひとつ、エンゲージを除いては――

ふたりにしたゲームの説明も含めて思ったことを素直に話すと、ロロは「あらら」と苦笑した。

「フェルナンド様もミゲルさんも、いい人なんですけどねぇ」

「いかんせん押しが強いというか……」

「肉食系ですもんねぇ。格好いいんですけどね」

「ねぇ。ふたりともほんと格好いいよね。それは思う。すごく思う。だって推しだし！」

胸の前で両手を握る。

急に生き生きし出したぼくを見てロロが笑った。

「推しって、好きな人ってことですか？」

「うん。好きな人、憧れの人、大切な人……って感じかな。エターナルシリーズのキャラクターはみんな好きだけど、その中でも特にエタロマが好きで——あ、もちろんロロも！」

「僕もですか。わぁ、嬉しい！」

ロロがパチパチと手を叩いて喜ぶ。

おおお、推しがかわいい……！

フェルナンド様やミゲルさんは「格好いい」タイプだけど、ロロは「かわいい」が似合うタイプだ。その場にいてくれるだけで気持ちがほっこり和む。

「ロロのシナリオも何回もやったんだよ。いろんな魔法を見せてくれるのが楽しくて」

「トワさん、魔法お好きですか」

「うん。大好き。ぼくのいた世界にはなかったし、自分でも使えたらいいのになって憧れたもん」

「そうなんですね」

ふむ、とロロが頷く。

「じゃあ、魔法にかかってみます？」

「え？　魔法に？　ぼくが？」

「そう。僕がトワさんに魔法をかけてあげます。幸せな気持ちになる魔法」

ロロが人指し指をふると同時に、室内だというのに頭上から何かが降ってきた。見れば、ピンク色の花びらだ。ふわふわと舞い降りる花とともにいい香りまで漂ってくる。

「わぁ……！　すごい、きれい！」

まるでフラワーシャワーみたいだ。結婚式のＣＭなんかで見たことがある。

花びらを手で受け止めた瞬間、それは光の粒が弾けるようにキラキラ煌めきながら消えていった。

「夢みたい……」

「気に入ってもらえましたか？」

「うん。すごく！」

「ふふふ。それは良かった。……あらためて、僕の家にようこそ。トワさん」

ロロの手が伸びてきて、左右の手を重ねるようにして上下から包まれる。やさしくやさしく手の甲を撫でられているうちに気持ちが解れていくのがわかった。

「目まぐるしい日々でしたね。でも、せっかくこの世界に来てくださったんですから、もっと安心して、力を抜いて……一緒に楽しいことをいっぱいしましょう。何も心配はいりませんよ。僕に任せて、僕に預けて」

「ロロ……」

「トワさんを幸せにしてあげたいです」

やさしい微笑みを向けられて、胸の中いっぱいに甘やかなものが広がっていく。彼のやさしさが心の奥に染み込むような、なんとも言えない心地よさだ。

ずっと、こうしていたいな……

――カチャリ。

願いを言葉にした瞬間、頭の中で鍵がかかる音がした。

「あ……」

「ありがとうございます。最後に僕を選んでくれて」

ロロが嬉しそうに目を細める。

「一緒に幸せになりましょうね」

かくしてぼくは、今度はロロのルートに入ることになった。


ルートに入ったぼくは、そのままロロの家に住まわせてもらうことになった。

カルディアの中心地からはだいぶ離れたところにある、森の中の一軒家だ。

これまでひとりで暮らしていたところに、いきなり他人が転がり込んだら迷惑じゃないかと思ったのだけど、ロロは明るく「そんなことありませんよー」と笑い飛ばした。

「部屋が狭いなら広くしちゃいますし、ベッドが必要なら作りますから」

ロロが人指し指をふった途端、家の間取りがポンと変わる。さっきまで廊下だったところが部屋に、暖炉だったところが炊事場に変わって、思わず「へっ？」と間抜けな声が出た。

だって、石造りの家がだよ？

まるでおもちゃのブロックのように一瞬で造り替えられてしまうなんて。

「わー……」

あんぐりと口を開けているうちに、家はすっかり『ふたり仕様』に様変わりした。こんなのゲームでも見たことない。

「使い勝手が悪いところがあったら遠慮なく言ってくださいね。いつでも直しますから」

「う、うん。ありがとう……」

お気遣いまでいただいたものの、びっくりしすぎて頭が追いつかないというのが本音だ。

それでもひとつだけわかるのは、ロロの魔法がすごいってこと。

感心しながらじっと彼の手元を見ていると、ぼくの考えていることを読んだのか、ロロは照れくさそうに「僕なんて全然ですよー」と笑った。

「僕の師匠なんて、国と国を入れ替えることもできるんですよ。後が面倒だからやらないって言ってましたけど」

「え？　え？」

「あ、興味あります？　良かったら紹介しましょうか」

なんか今、すごい話をサラッとしたね？

目を丸くするぼくに、ロロが「おっと。その前に……」と人指し指をふる。

すると、それまで着ていたジャケットが一瞬でシンプルな長衣になった。

「わ！　服が変わった！」

コバルトブルーの貫頭衣《かんとうい》で、腰の辺りを革紐で結んである。下はサラサラとした生地の白いパンツ。この国では男女問わずこんな服装の人が多いから、ユニセックスな印象になった。

「ドレスや男装の令嬢もいいですが、トワさんにはこういうのが似合うんじゃないかなって」

「ロロはすごいねぇ。うん、気に入ったよ。ありがとう」

「それじゃ、行きましょうか。工房にいると思いますから」

揃って玄関のドアを出る。

けれど、「ここです」と示されたのは家のすぐ横に生えている大木だった。なんと、この中に工房があるという。

「え？　木に入る？　……え？」

「ふふふ。いい反応しますねぇ」

ロロが指した先には、鈍色の丸いドアノブのついた小さな扉があった。ハート形の窓からはほんのりオレンジ色の光が洩《も》れている。

ロロはドアを開け「さぁ、どうぞ」とぼくを促す。

木の洞に入るなんてはじめてだ。身を屈め、そろそろと足を踏み入れた時だった。

「わ！」

なぜか、ひゅうっと目線が下がっていく。とっさに後ろをふり返ったぼくは、巨大なドアを見て目を丸くした。……違う。ドアが大きくなったんじゃない。ぼくが小さくなったんだ。

まるで子供の頃に読んだ『ふしぎの国のアリス』みたいだ。

後から入ってきたロロも、扉を閉めるなり小さくなった。

「こっちですよ」

言われるがまま、今度は目の前の箱に乗り込む。

ふたり乗りのトロッコのようだ。レールが敷かれているものの、その先がどこに続いているかまでは暗くてよくわからない。

目を凝らそうとした瞬間、突然トロッコがものすごい勢いで走りはじめた。

「わあああああ！」

暗闇の中、みるみるスピードが上がっていく。ガタガタと大きな音を立てて揺れるトロッコは今にも壊れてしまいそうだ。生きた心地もしないまま、やっと目が慣れてきたと思ったら今度はとんでもないスピードで、ぐるん！　と方向転換した。

「ぐえ！」

待って待って、Gがエグい！

遠心力を得たトロッコはさらに加速し、螺旋状のレールを滑り下りるようにぐるぐると急降下していく。

「あああああああ」

ダメだこれ、死んじゃう！　神様〜〜〜！

固く目を閉じたまま、どれくらいトロッコの縁にしがみついていただろう。

カタン、という軽い揺れとともにトロッコが止まる。

もはや声を出す気力もなく、ほうほうの体で箱から這い出たぼくだったが、目の前の光景を見た途端、さっきまでの恐ろしさもどこかへ吹き飛んでしまった。

「う、わぁ……何これ、すごい……！」

壁一面の本、本、本！

見上げるほど、いや、天辺なんて見えないぐらい高いところまで飴色の本棚で埋め尽くされている。装飾の施された柱と美しい螺旋階段でフロアがつながっており、好きなだけ行き来しながら本の虫になれそうだ。中央の空間には琥珀色の大きな地球儀が支えもなしに浮かんでいた。

不思議だけど、どこか懐かしい。ランプを思わせるオレンジ色の光にノスタルジックな気持ちにさせられる。

すっかり圧倒されていると、ロロに「トワさん、口開いちゃってますよ」と笑われた。

「びっくりしました？」

「し、した。びっくりした。すごいした！」

「魔法使いにはいろんな書物が必要ですから」

「あ、そっか……そうなんだ……？」

それでこの量の本？　もしかして、これ全部読んでるとか？

「そうですね。だいたいは」

頭の中で思ったことにも当たり前のように返される。なかなか便利だな、これは。

「すごいね、ロロは」

「好奇心旺盛なだけですよ」

「魔法研究にかけては儂をも凌《しの》ぐ勢いじゃからの」

不意に、知らない声が割り込んできた。

「え？　え？」

驚いたのはぼくだけで、ロロは声のした方に向かって「もう」と頬を膨らませている。

「トワさんがびっくりしてるじゃないですか」

「あの、ロロ……？」

そっちには誰もいないと思うけど……いや、待って。幽霊とか絶対やめてね？

「大丈夫ですよ。幽霊なんかじゃありません。ちょっと人を驚かせるのが好きなだけで」

ロロが指をふると、白い髭を生やした老人の姿が浮かび上がる。

深緑色のフード付マントを纏《まと》い、長い白髪の三つ編みを背中に垂らしたその人は、目を丸くしたぼくを見て「ほっほっほっ」と笑った。

「新鮮な反応じゃの。ロロではこうはいかん」

「何年一緒にいると思ってるんですか」

ロロは苦笑いしつつ、彼を紹介してくれた。

「トワさん。こちらは僕の師匠のララ様です」

「よう来なさった、トワ殿。地上ではプリンセスと呼ばれておるようじゃの」

「どうして、それ……？」

「なに、造作もないことじゃよ。こうして地下に潜ったり、旅をしたり、あるいは数年眠ったままでも我々はすべてを把握しておる。常に気を巡らすことじゃ」

ララ様が得意げに片目を瞑《つぶ》る。

おっと。ウインクだなんて、なんだかフェルナンド様みたいだ。

艶めいた流し目を思い返していると、ララ様とロロは揃って「あー」と笑った。

「あの方はご婦人方の憧れの的じゃからな。おまえさんもしっかり虜になったようだが」

「え？　い、いえ、それはその……」

「ほっほっほっ。儂らには何でもお見通しじゃ。隠しごとはできん。腹を括《くく》った方が楽になるぞい」

長い髭をもふもふと揺らしながらララ様が笑う。

彼は「どれ、座って話をしよう」と書架近くの椅子を勧めてくれた。ぼくとロロは長椅子に並んで、ララ様は飴色のロッキングチェアに腰を下ろす。そこが彼の定位置のようだ。

「いつもここで読書を？」

「あぁ。魔法書に囲まれていると落ち着く。古今東西、ありとあらゆる時代の魔法に包まれているようなもんじゃからの。……興味があるなら読んでみるかね？」

近くの一冊を手渡される。

革に装飾模様が空押しされた美しい本だ。しっとりした手触りも長い年月を感じさせる。

けれど、表紙を捲《めく》って驚いた。

「……あれ？」

二ページ、三ページと捲《めく》っていっても真っ白な紙が続くばかり。

これってこういうものなの……？

不思議に思って顔を上げると、申し訳なさそうな顔のロロと目が合った。

「ごめんなさい、トワさん。トワさんにはまだ早かったですよね」

「どういうこと？」

「魔力に応じて文字が現れる仕組みじゃ」

ララ様がもふもふと口髭を揺らす。

「魔法書というのは、読み手の力にふさわしい内容しか見せてはくれぬ。本が相手を選ぶんじゃ。分不相応な魔法を扱って、周囲に悪影響を与えんようにな」

「へぇ、なるほど……」

つまり、ストッパーが働いてるってわけか。だったら魔力のないぼくは何も読めなくて当然だ。

でも、それならどうしてララ様はぼくに本を見せたんだろう……？

気になってもう一度本に目を落とすと、うっすらとだけど、最初のページに文字らしきものが浮かびはじめた。

「……あれ？」

汚れだろうか。それとも目の錯覚？

目を擦《こす》ってみたものの、文字は消えてなくなるどころか、いっそう鮮明になるばかりだ。

「こんなことってある？」

「ほれ。何と書いてある」

「えーと……ヨ、ヨウ、コソ……トワ……『ようこそ、トワ』？」

音読した途端耐えきれなくなったのか、ララ様は「ふはっ」と噴き出した。

「よしよし。読めたようじゃな」

「もう。ララ様ったら、またそんなことして」

ロロもくすくすと笑っている。そんなふたりを見て合点がいった。

「これ、今だけ特別に出したメッセージですね？」

「いかにも。おぬしは察しが良い」

「おかしいと思ったんですよ。魔力もないのに読めるだなんて……。でも、ちょっとわくわくしました。真っ白な紙の上にじわじわ文字が出てくるんだもん」

こういうのも魔法なんだな。

「それに、歓迎してもらえて嬉しいです」

「ふふん。洒落ておるじゃろう」

ララ様が皺だらけの顔をさらにくしゃくしゃにして笑う。

「まったくもう、ララ様は。偉大なる大魔法使い様なのに悪戯《いたずら》が大好きなんだから……」

「えっ」

偉大なる大魔法使い？

驚いたのは他でもない。その呼び名に覚えがあったからだ。

そうだ。どうして気づかなかったんだろう。国の位置を入れ替えられるほどの力を持つその人こそ、『エターナル・ロマンス』で重要な役割を果たしたサブキャラクターじゃないか。

じっと見つめていると、ララ様はなぜか渋い顔でぼくから本を取り上げた。

「ほれ見ろ。おぬしがそんなことを言ったせいで、トワ殿が鵜呑みにしてしまったではないか」

「あの、ララ様……」

「偉大なる大魔法使いなどと呼ぶのは一部の人間だけじゃよ。儂など、魔物を倒すこともできなんだ。封印することしかできなかったのだから」

「やっぱり！」

思ったとおりだ。

遙か昔――――それは、カルディアの王都がまだ城塞都市ではなかった頃のこと。

魔物や魔獣がたびたび森を出ては人々や農地を襲い、命を脅かしていた。王は国を守るために城壁を築き、王室騎士団を設立しただけでなく、冒険者に特別な恩賞を用意して討伐を推奨した。

そんな追い風を受け、冒険者や魔法使いらはパーティを組んで魔物討伐に挑んだものの、相手はとても強く、特に森の奥深くに棲《す》む最高クラスの魔物には腕自慢たちが束になっても敵わなかった。そのため、せめて少しでも被害を食い止めようと大魔法使いが魔物を封印した――――というのが、『エターナル・ロマンス』の公式設定である。

その部分はあくまでシナリオの背景として用意されているだけで、実際にゲームをプレイする際には当時のパーティや大魔法使いに会うことはない。

それが、まさかこんなところで。

「あなたが、あの偉大なる大魔法使い様だったんですね。あなたが……！」

感激のあまり涙目になるぼくに、ララ様はなぜか苦笑いしながら弟子を見た。

「そう喜ばれると悪い気はせんが、儂ばかり褒めるでない。後でロロが八つ当たりをしおる」

「え？」

「やだなぁ。八つ当たりなんてしませんよー。寝床に鼠をけしかけるくらいで」

笑顔のロロとは対照的に、ララ様は「ヒッ」と身を強張らせる。鼠は大の苦手なんだそうだ。

大魔法使い様なのに、苦手とかあるんだ……。

「儂はそんな魔法など教えとらんというのに、ひとりで勝手に覚えてきおって……」

ブツブツと文句を言いながらララ様は鼠を追い払う真似をする。

ロロは気にする様子もなく、「本はそのためにあるんですよ」と呑気に笑った。

魔力というのは、普通は修行の過程で少しずつ増え、その結果本も読めるようになるそうだ。

けれど、生まれつき強大な魔力を備えていたロロは最初からほとんどの本を読むことができた。

おかげで魔法のみならず、魔草の見分け方から魔道具の扱い方まで、ありとあらゆることをあっという間に習得してしまったという。

それでも、ララ様に出会わなければ魔法使いとして重要な心構えや魔力の制御方法はわからないままだっただろうから、今の素敵なロロが在るのはララ様のおかげでもある。

しみじみと思うぼくに、ララ様やロロは「そうじゃな」「そうですね」と異口同音に笑った。

ララ様が仕事に戻ると言うので、お邪魔にならないようにロロと一緒に地上に戻る。

ちなみに、往路のてんやわんやはぼくを驚かそうとしただけで、ロロが人指し指をふりさえすれば一息に地下と地上を行き来することができるらしい。

もう、そういうところがララ様に似てるんだよね……。

なんて、ブーイングが起きそうなので言わないでおくけど。

「お疲れさまでした。どうぞ、トワさん」

「あ、ありがと」

家に戻るなり、ロロがソファを勧めてくれる。

お言葉に甘えてふかふかのソファに腰を下ろすと、どこからともなくかわいらしい鳴き声が聞こえてきた。

「ニャー」

「あ、猫！」

この世界にも猫がいるんだ。

……うん？　でもなんかちょっと不思議だな。だって毛が淡いピンクだし、目はルビーみたいに透き通った赤色だ。

近寄ってきたのでよしよしと頭を撫でてやると、猫はふかふかの身体を擦り寄せて甘えてきた。

「うわぁ、かわいい……！　ふわふわであったかいなぁ、おまえ。いい子だなぁ」

「ふふふ。ニャーはトワさんのことが気に入ったんですね」

「ニャー？」

「その子、猫じゃありませんよ。ニャーです」

……ニャーとは。

「えっと、鳴き声のことじゃなく？」

「はい。ニャーという生きものです」

「じゃあ、名前は？」

「ニャーですけど」

「種類がニャーで名前もニャーなの？　人間に人間って名づけるようなもんじゃない？　他の子と区別できないんじゃ……」

「大丈夫ですよ。ニャーはその子しかいないので」

「そうなんだ……？」

わかったような、わからないような。それに、ゴロゴロ喉を鳴らす姿はどう見ても猫だけど。

座ったまま身を屈めて覗き込むと、そんなぼくがおもしろかったのか、ニャーはひょいっと背中に飛び乗ってきた。

「わっ」

びっくりして身体を起こした拍子に後ろの壁に頭をゴチンとぶつけてしまう。こんな時、自分の鈍くささが心底憎い。危険を察したニャーはひらりと床に飛び下り、難を逃れたようだ。

「痛てて……」

「大丈夫ですか、トワさん」

「ニャー！　ニャー！」

ニャーはすぐに膝の上に飛び乗ると、前肢でぼくの顔を触ったり、匂いをかいできた。ふんふんというあたたかい鼻息がくすぐったい。心配してくれてるのかなと思ってそちらを見ると、驚いたことにニャーの毛が青くなっていた。

「待って。身体の色、変わってない？」

「トワさんのことが心配みたいですね」

「それで色が変わるの!?」

「ニャーですもん」

当然のように言われて驚いた。よく見たら目も青いし、尻尾なんて三つ叉になっちゃって、それをぶんぶんふり回してるもんだからちょっとした扇風機みたいだ。

あんまりニャーニャー鳴くので放っておけず、ぼくはまだ痛む後頭部をさすりながらニャーの青い身体を撫でてやった。

「もう大丈夫だよ、ニャー」

「ニャー……」

「うんうん。心配かけてごめんね」

「ニャーニャーニャー！」

「ふふふ。ありがとね」

会話が成り立っているわけじゃないとは思うけど、ぼくを見ながら一生懸命鳴いてくれているのは嬉しい。よしよしと撫でてやると、ニャーの毛はピンクからクリームへ、そしてグリーンからブルーへと触れたところから次々に変わった。

「うわぁ。すごいな！　レインボーニャーだな、おまえ」

こんな生きもの見たことない。

大昂奮で全身を撫で回してやるとニャーも嬉しいのか、喉をゴロゴロ言わせながら身体を右へ左へとくねらせた。

「ニャーがこんなに懐くなんて……」

それを見て、ロロが目を丸くしている。

「普段は懐かないの？」

「そうですね。ここに来る人間が限られてるっていうのもありますけど、外に連れ出しても生身の生きものにはあまり関心を示さないんです。この子自体、魔法で作られているので」

「あ、そういうことか」

だからさっき「ニャーはその子しかいないので」って言ったんだ。

「ロロが生みの親ってこと？」

「はい。なので、僕にしか懐かなかったんですが……」

ニャーはぼくの服まで気に入ったのか、さっきから裾に出たり入ったり、こちらをチラッと見たり、また出たり入ったりをくり返している。クリームパンのような前肢の先をちょいとつつくと、ニャーは楽しそうに尻尾をくねくねと揺らした。

「ふふふ。トワさんのこと、大好きになったみたいです。こういうところは作り手に似るんですね」

「え？」

「僕も大好きですよ。トワさん」

ロロが目を細めておだやかに微笑む。

不意に大人びた笑顔を向けられ、不覚にもドキッとしてしまった。まるで予想もしなかった方向から変化球を食らった気分だ。

ロロってこんなに格好良かったっけ？

かわいいとしか思っていなかったのがとんだ誤算だ。

「ふふふ。トワさんたら赤くなっちゃって。ニャーみたいですね」

「も、もう」

上目遣いに睨んだものの、すぐに頬がゆるんでしまう。

しかたない。だってロロはぼくの大事な推しだし、ニャーはとってもかわいいし！

かくして、ぼくたちはふかふかのニャーをかわるがわる膝に乗せ、心ゆくまで癒やしタイムを満《まん》喫《きつ》したのだった。

それからというもの、ロロはいろんな魔法を見せてくれた。

空から宝石の欠片を降らせてくれたこともあったし、一緒に虹の上を歩いたりもした。ニャーに人の言葉を話せるようにしたこともあったっけ。

あの時は大変だったなぁ……

思い出しても笑ってしまう。

ニャーがここぞとばかりに「なでで！」「かまって！」「あそびにいこ！」「カリカリあきた」「ロロとトワといっしょにねる」とあれこれ言うせいで、ロロがとうとう目を回したのだ。

ご主人様が大好きなニャーは、ロロがさっそく「一緒に寝る」を叶えてくれたと思ったらしく、ふんふんと鼻息荒くぼくを引っ張っていくとその場にくるんと丸まった。

全身の毛はもちろん艶々のピンク色だ。嬉しいことがあると、この子は必ずピンクになる。同じ髪色をしたロロと丸まって眠る様子がとにかくかわいくてひとり悶えたものだった。

すべてがそんな調子だったから、ロロといて退屈したことは一度もない。楽しいことに夢中になっているうちにあっという間に時間が過ぎる。

「なんだか嬉しそうですね。トワさん」

思い出し笑いをしていると、後ろからロロがやってきた。

「はい、どうぞ」

「あ、ありがとう……って、うわー、きれい！」

テーブルに置かれたグラスに目が釘づけになった。

ロンググラスの上から下まで見事な七層になっている。赤、橙、黄、黄緑……と、まるで虹を閉じ込めたみたいだ。

「一口飲むごとに味が変わるので、そんなところも楽しんでくださいね」

「え？　味が変わる？　一口ごとに？」

半信半疑で口をつけると、イチゴの爽やかな甘さが口の中に広がった。

「わっ、おいしい」

たった今摘んできたばかりのような、フレッシュな香りがとてもいい。

うっとりしながらもう一度グラスに顔を近づけると、今度はオレンジの匂いがした。

「えっ？　ほんとに？」

「ほんとですよー」

思いきって口に含めば、今度は搾り立てのオレンジジュースだ。

「すごい！」

次はパイナップル、その次はキウイというように、飲むたびに色も味も香りまで変わっていく。

さすがニャーの生みの親。あちらがレインボーニャーなら、こちらはレインボージュースだ。

「これ、めちゃめちゃ楽しいね！　しかもすごくおいしいし」

「ふふふ。喜んでもらえて良かったです」

ロロもホッとしたように隣に座って一緒に七色のジュースを味わう。「グレープの渋みがいい感じ」「そこからのイチゴがまた甘くて」と一口ごとに楽しみながらあっという間に飲み干した。

「ふー、おいしかったー。ごちそうさま」

「どういたしまして」

満足感にお腹を撫でながら、空になったグラスをしみじみ眺める。

「ロロの魔法ってすごいねぇ。みんなを幸せにするね」

楽しいし、おもしろいし、何より相手を喜ばせたいって気持ちがすごく伝わってくる。ゲームでシナリオを回すだけじゃ決してわからなかったことだ。

素直に褒めると、ロロは一瞬きょとんとした後で、照れくさそうに頬をゆるめた。

「トワさんにそう言っていただけて嬉しいです。昔からの夢だったから」

「ロロの夢？」

おいしいジュースを作ること？

それとも、かわいいニャーと暮らすこと？

首を傾げていると、心の中を読んだロロが「違いますよー」と笑いながら眉尻を下げた。

「人の役に立つことです。……って言っても、そんな大した話じゃないんですけど」

「いいじゃない、聞かせてよ。ロロのこともっと知りたい。だって推しだし！」

ロロは「トワさんったら」と噴き出す。

そうしてひとしきり笑った後で、彼はおもむろに居住まいを正した。

「僕ね……捨て子だったんです。森の中に捨てられていたのをララ様が見つけてくれました。そのおかげで今の僕があるんです。普段はなんだかんだ言ってますけど、ララ様は僕の命の恩人です」

生後間もないロロを見つけた時、ララ様は目を疑ったそうだ。

魔物や魔獣がひしめく森で無防備な赤ん坊など半日も生きてはいられない。それなのに、ロロは傷ひとつなくおだやかに笑っていたという。

「生まれつき備わっていた強い魔力が、魔物たちから守ってくれたんじゃないかって。ララ様が」

「そうだったんだ。それは良かった、けど……」

生まれた時から親の愛を知らず、血のつながりに頼れない暮らしは、小さな子供にとって心細いこともあったかもしれない。

ぼくの考えていることを読んだのだろう。それでもロロは明るく笑いながら首をふった。

「捨て子だったことは普段は忘れてるんですよ。魔力だって、本がたくさん読めて便利だなぁぐらいにしか」

彼は軽く肩を竦《すく》め、そうして小さく息を吐くと、どこか遠くを見るような目をした。

「僕は天涯孤独の身の上です。持っているのは魔法だけ……だから、育ててもらった恩返しをするためにも魔法で身を立てようと決めました。幸い魔力ならありましたし、ララ様もたくさんのことを教えてくれましたから。僕はいつか、ララ様みたいな魔法使いになるのが夢なんです。ララ様の後を継いで、ララ様が倒せなかった魔物を倒して、そしてこの国を平和にしたい。みんなを幸せにする魔法を生み出したい。……なんて、欲張りですけど」

ロロは照れくさそうに、けれどキラキラした目で夢を語る。

そんな彼を心から素敵だなと思った。

「すごいね、ロロは。ロロの中にはそんな熱い思いがあったんだね」

「トワさん」

「今教えてくれたこと、ララ様に言ったら喜ぶんじゃないかな」

「どうですかねぇ。『儂の後を継ぐだと？　おぬしには百年早いわ』とか言われそうで……」

「あはは。似てる似てる」

顔を見合わせて笑う。

ララ様は今頃くしゃみでもしているだろう。

「教えたことをぐんぐん吸収していくロロを育てるのは楽しかっただろうね。ふたりのことだから喧嘩もたくさんしたんでしょう？　その分思い出になったりしてさ。……ねぇ、それってもう本物の家族だよ」

「……え……？」

ロロは驚いたように目を瞠《みは》り、何度か瞬きをした後でそろそろと目を伏せた。

「そんなこと、思ってもみませんでした。僕が誰かの家族だなんて……」

彼は何度も確かめるように、かぞく、と口を動かす。

ロロの生い立ちを思えば無理もない。長い間、恩人であるララ様のために魔法を勉強することを心の支えにしてきたはずだ。

けれどその一方で、寂しい時に背中をさすってくれる手を、辛い時にやさしく抱き締めてくれる腕を、彼は欲していたのかもしれない。

「ロロ」

だから、せめて力いっぱい抱き締める。

「今はぼくもいる。ロロの傍にいるよ。……ララ様には敵わないけど」

そう言うと、ロロはなぜかガバッと身体を離して顔を覗き込んできた。

「ちょっと、トワさん。いい雰囲気なんですから、今はララ様の話はいいんですよ」

「そんなこと言ったって、順番的には最初でしょ?」

「この場合はノーカンですっ」

「さっきまで命の恩人って言ってたくせにっ」

しんみりした空気なんてどこへやら。大きな声で言い合った後、お互い顔を見合わせて笑ってしまった。

「誰かを幸せにしたいんなら、まずは自分が幸せにならなくっちゃ。ぼくは、こんな素敵なロロが幸せにならない方がおかしいって思ってるよ」

「トワさん……」

まっすぐ彼の目を見つめる。

ロロは落ち着きなく視線を泳がせた後で、頬を染め、ついには下を向いてしまった。

「……なんだか照れますね」

「ロロのそういう顔、はじめて見た」

「僕だってはじめてしました。今、絶対変な顔してるでしょう。やだな、恥ずかしいな……」

ロロが片手で顔を覆う。

「なんで隠すの。もっと見せてよ。かわいいよ」

「僕だって男ですから、少しは『格好いい』って言われたいです」

「ふふふ。ロロは、格好良くてかわいい」

「もう。何ですか、それ」

上目遣いに睨む彼を見てまた笑う。

最初は頑張っていたロロもついに耐えきれなくなったのか、つられるように噴き出した。

瑞々しい笑顔にきゅんとなった瞬間、胸の高鳴りとともに、シャラン、というおなじみのジングルが頭の中で響き渡る。

「えっ。フラグ……？」

驚くぼくと同じくらい、あるいはそれ以上に、ロロも「えええ」と目を丸くした。

「トワさん、どんな趣味してるんですか！　人の変な顔見てときめくとか」

「い、いや、だってその……」

人は意外性に弱い生きものなんだよ！

「もう。トワさんにはいいとこだけ見せたかったのになぁ」

拗ねて唇を尖らせる、そんな姿にもときめいてるなんて知ったらロロはなんて言うだろう。

……あ、もっと睨まれてしまった。そうでした。思ったことは全部筒抜けなんでした。

ぼくは「こほん」と咳払いすると、あらためてロロに向き直った。

「どんなロロも、ぼくにとっては大切だよ。それにほら、ぼくは一人っ子だから、弟ができたみたいで嬉しいし」

「そう言ってもらえて光栄ですが、僕は弟じゃ物足りないです」

「うん？」

「トワさんは僕の大事な人なので。親にも紹介しましたし」

ロロが意味ありげに片目を瞑《つぶ》る。

その意味するところを理解した瞬間、心臓がドクンと高鳴った。

「も、もしかして、ララ様に紹介するってそういうことだった……？」

「そうですよ。僕を選んでくれたお姫様ですもん。ちゃんと会わせておきたいでしょ？」

「外堀を埋められた……」

「やだなぁ、人聞きの悪い。僕は既成事実を作って強引にどうにかしようなんて考えてませんよ。僕は、トワさんと楽しい恋がしたいんです」

「そ、そうなんだ」

なんだか急に雲行きが怪しくなってきたぞ。

「てことはさ。ロロは、その……ぼくのこと……」

「大好きですよ？　独り占めしたいですし、手をつないだり、キスしたり、あんなことやこんなこともしたいです」

「そうだったんだ⁉」

素《す》っ頓狂《とんきょう》な声が出た。なんというか、ロロはそういうのとは無縁だと思っていた。

でもそれはぼくの勝手な思い込みだったわけで。

「えーと、一応おさらいすると、ぼくは男です」

「知ってます」

「年上だよ？」

「年下かもしれないでしょう？」

そうでした。そうでしたね。

狼狽《うろた》えるぼくとは対照的に、ロロはおだやかな笑みを絶やさない。

「トワさん、僕のこと好きですよね？」

「直球だね！」

まぁ、フラグが立ったのを聞かれた以上、言い訳のしようもないんだけど。

「だって推しだもん。それにさ、ロロと一緒にいるのは楽しいし」

魔法を見せてもらうたびにわくわくする。大空を飛ぶのはまだ怖いけど、虹の上を歩くのは好きだ。ニャーと三人で遊ぶのも癒やされるし、一口ごとに味の変わるレインボージュースもすっかりお気に入りになった。

ロロがかけてくれた『幸せな気持ちになる魔法』は今も効果抜群みたいだ。これからもこんな毎日が続いたらと願うばかりだった。

「僕もトワさんといると楽しいです。だから、もっともっと僕のことを好きになってください。そして僕をほしがってください。同じだけ全部あなたにあげたい」

手を取られ、手のひらにそっとキスを落とされる。

ロロの唇が触れた瞬間そこが、ジン……と熱くなった。それは甘い疼きとなって身体中に広がっていく。

「な……何、これ……？」

まるではじめての感覚だ。

驚くぼくに、ロロが嬉しそうにふふっと笑った。

「トワさんがもっと素直になれるように」

「も、もしかして魔法かけた？　まさか媚薬的なやつ？」

「そんなんじゃありませんよ。僕は心からトワさんに愛されたいんです。なので、ちょっとだけ、ね？」

「いや、それってどういう……わっ！」

そう言っている間にも二度、三度と立て続けに手のひらにキスを落とされる。指先にもちゅっと音を立ててくちづけられて、くすぐったいだけではない何かがじわじわと迫り上がってきた。

あのロロが、キスとかするなんて……

なんだかいけないことをしているような気分になる。唇で指を挟むようにされ、そのままあたたかな口内に迎えられて、熱くぬかるんだその感触についミゲルさんとの情事を思い出した。

そうだ……あの時、はじめて口でされたんだっけ……

蘇った記憶の生々しさにごくりと喉を鳴らした時だ。

「こんな時に他の人のことを考えるなんて。いけないですよ、トワさん」

「ひゃっ」

ズバリと言い当てられておかしな声が出る。そうだ、お見通しなんだった。

「もう。困った人なんだから」

ロロはぼくの手を離すと、身体の横に手をついてグイッと身を乗り出してきた。

「トワさん、今は僕のことだけ見てくれなくちゃ。……それとも、僕のことしか考えられないようにしてあげましょうか？」

満面の笑みだからこそ余計に怖い。

……いよいよマズいぞ、これは。

スイッチが入ってしまったみたいだ。ロロは素直になる魔法をかけたと言っていたけど、身体はどんどん熱くなるばかりだし、このままじゃあらぬことになりかねない。

こうなったらしかたがない。またしても同じ手を使うけど。

「ごめんね、ロロ」

「え？」

そっと薔薇色の頬にキスを贈り、覚悟を決める。

「エターナル・エンド！」

強制終了コマンドを叫んだ瞬間、辺りは一瞬で闇に包まれ、そのまま何もわからなくなる――はずだったのだけれど。

待てど暮らせど視界がブラックアウトすることもなければ、世界が終わることもなかった。

「……あ、あれ……？」

コマンドが利かなかった？

まさかとは思うけど、もしかして回数制限とかあった？

それともバグっちゃったとか？　嘘でしょ……？？？

現実を受け止めきれずあたふたするぼくに向かって、ロロが両の口端をつり上げる。

「……トワさん。今、何しました？」

「ななな、何も」

「僕から逃げようとしましたよね。僕知ってるんですよ」

ですよねー！

ロロがにっこり微笑みながら人指し指をくるくると回す。

途端に、見えないロープに縛られたように身体が動かなくなった。

「トワさんにはじっくり教えてあげますね。そんなことしちゃダメなんだよって」

「わっ」

彼の瞬きひとつで長衣の前がシュルシュルと開けられていく。

ロロはというと、少し離れたところにある椅子に座り直し、にこにことぼくを観察しはじめた。

「ちょっ……、ロロ、何してるの」

「トワさんを見てます。きれいだなぁって」

「それは良かった……じゃなくて、あの、どんどん脱がされてるんだけど」

「はい。これからもっと脱がせますね！」

いや、そこで張りきらないで！

どうにかしてやめさせたくても術はなく、あっという間に服を脱がされ、さらには下着まで取り払われて、ぼくは生まれたままの姿を晒した。

「トワさん、とってもきれいです。肌もなめらかだし、プロポーションも抜群で」

「いやいや、どこが。絶対ロロの方がきれいでしょ」

「え？　見ます？」

「いや、いいです！　大丈夫！　また今度！」

裸になんてなられたらさらに貞操の危機が迫ってしまう。

ぷるぷると首をふるぼくに、ロロはおかしそうに肩を揺らした。

「そんな、闇雲に襲ったりしませんよ。トワさんに怖い思いさせたくないですもん。僕は身体目当ての男じゃありませんからね」

でも、視姦はしてません……？

「トワさんは僕の推しですから。何でも知りたいんです。というわけで、僕はここからトワさんのすべてを目に焼きつけさせていただきますね」

ロロがひょいっと人指し指をふる。

するとたちまち、どこからともなく白い羽根がふわふわと舞い降りてきた。

「わぁ！」

これまでも花びらや宝石などいろんなものを降らせてくれたけど、今回の羽根もすごくきれいだ。

でも、どうして急にこんなことを……？

不思議に思いながら見上げていたぼくだったが、その答えはすぐにわかった。

「ひゃっ」

羽根が、生きもののように肌の上を滑っていく。

人の手で撫でられるのとは違う、触れるか触れないかのフェザータッチだ。やわらかな羽根が首筋を、左右の乳首を、そして臍の上を、ふわふわと撫で回すように滑り落ちていく。

「ん、んんっ……」

胸なんて、今まで服が擦《こす》れてもなんとも思わなかったのに。

それなのにどうしてだろう。今は羽根の一枚一枚、いや、いっそ繊維の一本一本が肌に絡みついているんじゃないかとすら思える。

「やっ……、ぁ……っ……」

胸の先端をさわさわと撫でられ、生まれてはじめて抱くもどかしさに身を捩った。

なんだ、これ……

くすぐったいだけではない何かが身体の奥から迫り上がってくる。やめてほしいと思うのに、同時にもっと強く触れてほしいと思ってしまう。

絶え間ない刺激によっていつしか先端は赤みを増し、ぷっくりと立ち上がっていた。

「かわいいですよ、トワさん」

さらに見やすくするためか、見えない力に両腕を後ろに回され、胸を突き出すように拘束される。

「ちょっ……、んっ……」

そうする間にも羽根は後から後から降り注ぎ、ついにはぼく自身にまで絡みついた。

その瞬間、頭の中に警鐘が鳴り響く。

「ロロ……ダメ、だよ。そろそろおしまい」

「まだはじまったばかりじゃないですか」

「いや、そもそもはじまっちゃダメなことだからね。……ね、コマンド使おうとしたのは謝るから」

あちこちがのっぴきならない状態になりつつあるけど、とにかくいったん落ち着こう。じゃないと、いつまでもエンゲージを避けてゲームをクリアできないままだ。

そこまで考えてハッとした。

……そうだ。だからこのままじゃダメなんだ。

大好きな『エターナル・ロマンス』の中に入って、ロロやミゲルさん、フェルナンド様に会えてすごく嬉しかったけど、このままじゃもとの世界にも戻れないし、ここから先にもきっと行けない。

もう一度はじめから、純粋にエタロマを楽しんでいた頃に戻ってやり直そう。

そしてプリンセスとして使命を果たし、魔物の手から国を救い、大団円を迎えるんだ。

――カチャリ。

強く念じた瞬間、鍵が外れる音がした。

「え？」

その瞬間、大量の羽根が霧散する。

身体の自由も戻ったことに気づいて大急ぎで貫頭衣《かんとうい》を被ると、ロロが残念そうに肩を竦《すく》めた。

「……鍵、外れちゃいましたね」

まさか、『エターナル・エンド』以外でルートを出る手段があるなんて思わなかった。おそらくどんな攻略本にも載っていないに違いない。

「トワさんがやり直そうと思うなんて……」

「だって、このままじゃにっちもさっちもいかないし。まずはクリアしないことにはさ」

「そしたらそれで終わりじゃないですか」

ロロがむうっと唇を尖らせた。その顔には「独り占めできなくなって悔しい」と書いてある。

推しにそう思ってもらえるのは嬉しいけど、でも、それはそれ、これはこれだ。

「全部終わったらまたあらためて考えようよ。せっかくこの世界にいるんだし」

「え？　すぐに帰っちゃうんじゃないんですか？」

さっきまでの拗ね顔はどこへやら、ロロはパッと顔を輝かせた。

うーん、その笑顔に弱いんだよなぁ。

「もとの世界にもいつか戻るかもしれないけど、みんなが許してくれるなら、もうちょっとここにいたいなって」

「トワさん！」

「でも、その話も全部終わってからね。コマンドも利かないし、こうなったら進むしかないでしょ」

「ふふふ。前向きですねぇ」

「数少ないぼくの長所だからね」

楽観的とかお気楽だとか言われたりしたこともあったけど、前を向いて生きていく方が人生はきっと楽しいし、何より、オタクたるもの打たれ強くなくてはやっていけないのだ。

「よーし。そうと決まったら頑張るぞー！」

「おー！」

ふたりで拳をふり上げ、笑い合う。

かくして、ぼくは新たな目標を定めることとなった。

5．フラグの折り方がわかりません！

ロロのルートを脱したことでフリーになったぼくは、彼の家を出ることにした。

散々引き留められたし、ニャーの「甘えっ子攻撃」も受けて心はグラグラ揺れたけど、それでも気持ち的に一区切りつけておきたかったんだ。

これまでの足跡を辿るように、足は自然とあの広場に向かう。

ぼくは噴水の前に立つと、周囲をぐるりと見回した。

「そう。ここからはじまったんだよね……」

目を覚ましてびっくりしたっけ。

だって、自分の部屋でゲームしてたら次の瞬間にはここだもんね。中世の街並みには驚いたし、エタロマそっくりなもんだからさらに混乱させられた。

ここでフェルナンド様に助けてもらったっけ。途中でミゲルさんが割り込んできて、さらにロロが現れて……。プリンセスって呼ばれて頭の中が「？？？」でいっぱいになったんだよね。

「ふふふ。懐かしいなぁ」

フェルナンド様にはお城で本物のお姫様のように扱ってもらった。世話を焼いてくれたレスタードや侍女たちとのやり取りも懐かしい。薔薇の花園を散歩したり、舞踏会を楽しんだり……けれどその一方でフェルナンド様の複雑な事情を知り、彼の内面に触れた。

だからだろうか、よく知っていたはずの人物像が一回りも二回りも深く、また重みを持って感じられるようになった。

それは他のふたりも同じだ。

ミゲルさんには男装の令嬢として大切にしてもらった。彼を慕うリカルドさんやパブロさん、それに小姓のチコに、宿舎のみんなも良くしてくれたっけ。馬で遠乗りしたり、街を散策したり……そんな冒険の傍らでミゲルさんが背負う十字架を知り、彼の内面に触れた。

ロロには友達のように、そして家族のように接してもらった。彼の養い親であるララ様にはからかわれたりもしたけれど、それがまた楽しくて。魔法をかけてもらったり、魔法で一緒に遊んだり……愉快に過ごす一方でロロの辛い生い立ちを知り、彼の内面に触れた。

こんなにも厚みを持った人たちが生身の人間でなくて何だろう。

彼らも様々なことに喜び、怒り、悲しみ、楽しむ。自分とちっとも変わらない。

「不思議だな……でも、なんだか嬉しい」

感慨を胸にぼくは大きく息を吸い込み、そしてゆっくり吐き出した。

はじめはここをゲームの中だと思っていたけど、いつの間にかひとつの現実のように感じている。

シナリオにないシーンや台詞《せりふ》もあったから、余計にそう思ったのかもしれない。三人の心の内を聞いてからはなおさら、その思いは強まるばかりだった。

もしシナリオどおりに進まないとしたら、これからぼくたちはどうなっていくだろう。

次の一歩を踏み出すつもりで歩きはじめる。ぼくは広場を出ると、通りを渡り、そのまま街の外れへ足を向けた。

漫《そぞ》ろ歩いているうちに小川に行き着き、吸い寄せられるように川縁りに下りる。

考えごとをする時って、なんか水辺が落ち着くよね。この辺りは静かで人も疎らなのでうってつけだ。

ぼくは大きな木の根元に腰を下ろすと、ゴツゴツした幹に凭《もた》れかかった。

「ふう……」

川の流れはゆるやかで、こうしているととても安らぐ。心地よい風に髪を遊ばせながらぼくは自分の背中を押すつもりで「さて」と声に出した。

「これからどうしようかな」

もう一度はじめからやり直そう――そう決めたはいいものの、具体的には何をどうしたらいいのか取っかかりを掴めない。また誰かのルートに入る手もあるけど、それはなんだか違う気がした。

だって、ひとりを選ぶってことは、他のふたりを選ばないってことだ。

ゲームではそうしてきたけど、それは残りのルートを後で回収できるとわかってるからで、ひとつの選択しかできない現実となると難易度はハチャメチャに上がる。……いや、上がるっていうかもう、選べない。だって全員推しだもん。

「推しだもんなぁ～～～」

こんなことで頭を抱える日が来るとは思わなかった。

溜め息をつき、髪を掻き、それでも飽き足らずにもう一度長い長い溜め息をついたその時、後ろからくすくす笑う声が聞こえてきた。

「……え？　あ！」

ふり返れば、少し離れたところにフェルナンド様が立っている。後ろにはミゲルさんとロロの姿も見えた。

「悩ましい顔も魅力的だな」

「捜したぞ。毎度手間かけさせやがって」

「なんだか忙しそうですね、トワさん」

三人がこちらに歩み寄ってくる。

「どうしたんですか。みなさんお揃いで」

ぽかんとするぼくの隣に腰を下ろしながら、ミゲルさんが顔を顰《しか》めた。

「おまえが心配だから来たに決まってるだろ」

「僕が止めても聞かなくて……トワさんはひとりになって考えたいことがあるって何度も説明したんですけど……」

ロロが申し訳なさそうに眉尻を下げる。

うん。なんかごめんね……。

「おまえは大切なプリンセスだ。街には厄介な連中もいる。何かあってからじゃ遅いんだぞ」

「それはそうかもしれませんが……」

「悩んでいることがあるのだろう。良かったら話してくれないか。おまえの助けになれるのなら、私はいくらでも身を尽くそう」

「フェルナンド様まで……」

なんだかお騒がせしてしまったみたいだ。

聞けば、フェルナンド様はひとりになったぼくを心配して公務を切り上げ、ミゲルさんに護衛を命じてやってきたのだという。この機会に抜けがけしないよう紳士協定を結んだのだとふたりは誇らしげに胸を張った。

一方のロロはというと、魔法でぼくの居場所を特定したそうで、それをフェルナンド様たちに教える際に「力尽くでトワさんを押し倒したりしない」約束を取りつけてくれたのだとか。

お気遣いありがとうございます！

でも、なんだってこう、常に貞操の危機に晒されてるんだ……

「それはトワさんが言うところの、フラグが立ったままだからですよ」

疑問に思っていると、心の中を読んだらしいロロが答えてくれた。

「え？　どういうこと？」

「トワさん、三人分の恋愛フラグを立てたままでしょう」

「つまり、全員同時進行中ってことだ」

ミゲルさんもそれに加わる。

「え？　……えっ？」

あまりに予想外の指摘に、何を言われているのか理解できなかった。

ぱちぱちと瞬きをくり返し、三人の顔を順番に見ているうちに、ザーッと血の気が引いていく。

確かに、言われてみればそうかもしれない…………

ルートを外れて強制終了するたびに元の世界と行ったり来たりで、フラグのことまで頭が回っていなかった。そもそも、コマンドを使ったのにまたこの世界に戻ってくること自体がイレギュラーだったから、その後どうなるかなんて想像もつかなかったんだ。

「ごっ、ごごご、ごめんなさい。そんなことになってるなんて……ぼく、全然わかってなくて……」

慌てて立ち上がり、三人に向かって頭を下げた。

相手が推しの時点で好きにならない選択肢はないし、三人とも大切だからぼくの中で矛盾はないけど、だからといって、好きになられた方としては同時になんていい気分はしないだろう。

フェルナンド様に肩を叩かれ、ビクッとする。

おそるおそる頭を上げると、三人はなぜか決意に満ちた目をしていた。

「そんな顔をするな。大丈夫だ、わかっている。おまえの愛は私にあると」

「これぱかりはフェルナンド様といえども譲れません。トワの愛は俺のものです」

「ふたりとも、トワさんを怖がらせないって約束したでしょう。トワさんは僕が幸せにします」

待って。同時進行なのは許せるの……？？？

予想外のリアクションに目が丸くなる。三人とも、自分と結ばれればそれで良しということなんだろうか。

すごい心の広さだな……

普通、間違いなく揉める場面だろうに。そんなところもぼくの推しはやっぱり素敵だ。

一周回ってほくほくした気分でいると、ミゲルさんが「それより」と胡乱《うろん》な目を向けてきた。

「俺がやった服をなぜ着ない」

「へ？」

「私がプレゼントしたドレスも似合っていたと思うが」

「えっと、その……」

「僕がご用意したんです。普段着の方が落ち着くでしょうから」

「ロロの言いたいことはわかるが、それとこれとは話が別だ」

「そのとおり。自分以外のやつが着せた服というのはやはりどうも落ち着かない」

普段はなんだかんだとお互いをライバル視しているふうのフェルナンド様とミゲルさんなのに、今は顔を見合わせ、頷き合う。

そんなふたりを見て、ロロが「しょうがないですねぇ」と苦笑した。

「それなら、新しく選んではどうですか。そこにマーケットもありますし、一緒にお買い物でも」

「なるほど。それはいいな」

ロロの提案にフェルナンド様たちもにっこり笑う。

さっそく動こうとする三人をぼくは慌てて止めた。

「す、すみません。服を買うだけのお金がないので、働いて貯めてからでもいいですか？」

「働く？」

「おまえが？」

「プリンセスなのに、ですか？」

案の定、三人はたちまち渋面を作った。

「おまえの使命は国を救うことだぞ」

「そ、それはそうなんですけど……でも、先立つものがないので……」

なにせ着の身着のままだ。しばらくはどこかで住み込みで働いて当面の生活費を稼ぐつもりだと言うと、三人の眉間の皺がいっそう深くなった。

「おまえの発想はいつも予想の斜め上を行く……」

「どこの世界に、国を守るために召喚されておきながら日銭を稼ぐプリンセスがいるんだ」

「いっそ、魔法で服を作りましょうか？」

「いいや。それではおまえが贈った服ということになる。本末転倒だろう」

「そうだ。ここは公平にことを進めたい」

なんか、すごく真剣に話し合われてるんだけど……申し訳ないことに……

ぽかんとしているうちに、三人が同じ額のお金を貸してくれることになった。何から何まで面倒を見てもらって心苦しい。必ずお返ししますからと約束して、ぼくたち四人は近くのマーケットへと足を向けた。

王子様と騎士様と魔法使い様という、豪華にもほどがあるメンバーでのお買い物ツアーだったこ

とで気の毒だったのは、たまたまその場に居合わせた客や店員たちだ。みんなびっくりしたように
こちらを見たり、慌てて立ち止まってはフェルナンド様に最敬礼を捧げたりした。

そうだよね、王族だもんね……

フェルナンド様に負けず劣らず有名らしいミゲルさんに歓声を上げる少女たちや、ロロに羨望の眼差しで話しかける少年もいた。さすがは王家を守る王室騎士団副長、そして偉大なる大魔法使いを師に持つ名の通った魔法使いだ。

それだけ目立つ人たちなのに、三人は周囲の視線などお構いなしにぼくの服を選ぶのに熱中している。誰かひとりのコーディネートだと揉めるだろうと思って、フェルナンド様にはシャツを、ミゲルさんには靴を、ロロにはパンツを、あらかじめお願いしておいたんだ。

その結果、フェルナンド様はドレープたっぷりの生成りのシャツを、ミゲルさんはやわらかい革製の黒のブーツを、ロロはバーガンディのタイトなパンツを選んでくれた。

プリンセス度は下がったけれど、生地は軽くて丈夫そうだし、何より動きやすいのでありがたい。これならあちこち歩き回るのも楽そうだ。

「どうでしょう?」

さっそく店の奥で着替えてみると、三人はいっせいに破顔した。

「あぁ、とても良く似合う」

「男の格好も悪くない」

「素敵ですよ、トワさん」

「良かった。値段も手頃でしたし、みなさんお買い物上手ですね」

ぼくが言うと、フェルナンド様たちは得意げに頷く。

なんか、こういうのも新鮮だな……

わいわい言いながら服を見立ててもらうのは楽しかったし、そもそもこの三人が庶民の店で買い物すること自体が本来はあり得ないだろうから、そういう意味でも貴重な場にいさせてもらった。

こういうデートのシナリオもゲームにあったらいいのにね。

そんな妄想をしていると、考えを読んだロロが「もう、トワさんったら」と笑った。

「でも、僕も楽しかったです」

「うん。ぼくも」

店の主人に代金を支払い、買った服を着て外に出る。

広場に戻ったところで、ぼくは三人をふり返った。

「それじゃ、ぼくはここで……」

順番に感謝の握手を交わす。

「本当にひとりで大丈夫か」

「大丈夫ですよ。それに、やりたいことも思いついたんです。『かわいい子には旅をさせろ』って言うでしょう？　ね、また三日後にここでお会いしましょう」

フェルナンド様の真似をしてウインクをすると、思いのほか威力があったようで、三人はいっせいに頬をゆるめた。ロロは照れくさそうにもじもじしてるし、ミゲルさんはガシガシと頭を掻く。

フェルナンド様に至っては両手を胸に当てて神様に祈りでも捧げてるみたいだ。

うん。あいかわらずで何よりです！

「それじゃ、今日はありがとうございました。みなさんも気をつけて帰ってくださいね」

名残惜しげに手をふる三人に別れを告げると、ぼくは広場を横切り、その先へと足を向けた。

まずは寝床を確保しないとね。

さっきマーケットで買い物をしながら店員さんたちに訊いてみたところ、全員が口を揃えて「あの宿屋がいいですよ」と薦めてくれたところがあるので、そこに行ってみようと思う。世話焼きの女将さんがとてもいい人だそうで、料金も安く、食事もおいしいらしい。

大通りを教わった方へ歩いていくと、一目でそれとわかる建物があった。

二階建てで、一階が食堂、二階が宿泊施設になっている。入口の横には馬をつないでおく馬留があり、そのさらに奥には厩舎が見えた。

今はお客さんはいないようだ。お昼には遅いし、夜には早い、中途半端な時間だからだろう。厨房と思しき辺りからはおいしそうな香りが漂ってくるから、夜の仕込みの真っ最中に違いない。

「ごめんくださーい」

「はーい」

奥に向かって声をかけると、恰幅《かっぷく》のいい女将さんが迎えてくれた。

そしてぼくの顔を見るなり「あ！」と声を上げる。

「あんた知ってるよ。プリンセスなんだってね！」

「えっ」

こんな第一声ってある？

びっくりして目を丸くしていると、女将さんは笑いながらぼくの背中に手を回した。

「街中あんたの噂で持ちきりだよ。そんな人が来てくれるなんて嬉しいねぇ。さぁ、入んな」

バンバン背中を叩かれながら店内に入る。

食堂の椅子に座らされたところで、ぼくに気づいたらしい女性がふたり奥から出てきた。女将さんと同じぐらいの年格好の人たちだ。

「あら！　あんた、さっきマーケットで見かけたよ」

「プリンセスじゃない！　まー、男の子なのにかわいらしい」

突然囲まれて固まっていると、女将さんが「あたしら三姉妹なんだよ」と教えてくれた。

長女がこの宿屋を継ぎ、次女と三女はそれぞれ通りの向こうにあるパン屋と肉屋に嫁いでそこで女将をしているらしい。どうりで三人息がぴったりだ。

「あんた、ミゲル様に気に入られてるんだって？　うらやましいねぇ。騎士様に求愛されるなんて、あたしだったらイチコロだよ」

「あの方のお父様も騎士だったんだよ。それはそれはいい方でねぇ」

「はい、お聞きしました。魔獣から国王を守って殉職なさったたって……」

「そう。だから余計ミゲル様には幸せになってほしいんだよね。本人にはありがた迷惑かもしれないけどさ」

「そんな……」

「いいのいいの、あたしらが勝手に思ってるだけだから。あんたのことも歓迎するよ、プリンセス」

「ありがとうございます。……でも、プリンセスは恥ずかしいので、『トワ』と呼んでください」

「あっはっは！　なんだい、それくらいで真っ赤になって」

豪快に笑う三人を見ているうちになんだかおかしくなってきて、ぼくもつられて笑ってしまった。

「それよりあんた、お昼は食べた？　まだなんじゃないの？」

「まだなんだったらお昼の残りでいいわね。うちの自慢の肉と豆の煮込み、おいしいわよ」

「パンなら家で焼いたのがあるわ。これも食べなさいな、トワ。遠慮しなくていいから」

あれよあれよという間に食事が用意される。その連携プレーたるや、阿吽の呼吸そのものだ。

「ありがとうございます。実は、お昼を食べ損ねてて……」

「ほらごらん。あたしたちにはお見通しだよ。遠慮しないでたくさん食べな」

「はい。じゃあ、いただきます」

供された煮込み料理にスプーンを入れる。

さすが店の自慢というだけあって、肉はホロホロとやわらかく、豆はほっくり炊き上がっていて、素朴な味わいながらとてもおいしかった。こちらに来てからいろんなものを食べたけど、こういう家庭料理ははじめてだ。

スプーンが止まらず、あっという間に煮込みを平らげ、パンもペロリと食べきった。

「すごくおいしかったです。ごちそうさまでした。代金はおいくらでしょう？」

「やだね、いいよいいよ。残りものだもの」

「でも……」

「年を取るとね、若い子に食べさせたくなるもんなの」

「見てて気持ちいい食べっぷりだったねぇ。それが見られただけで充分よ」

そう言いながら、あっという間に食器を片づけてしまう。

どんなに言っても昼食代を受け取ってくれそうにないので、ならばと、三日分の宿代を前払いさせてもらうことにした。これなら寝床も確保できるし、正当な支払いなので困らせることもない。

女将さんは「あんたも人がいいねぇ」と苦笑していたが、そちらはきちんと受け取ってくれた。交渉成立だ。

案内された二階の部屋は、狭いながらも快適に過ごせそうだった。ベッドや椅子、それに小さなサイドテーブルもある。

ぼくは窓を開けて新鮮な空気を入れ、街の景色を見下ろした。

にぎやかな大通りを行き交う人々、馬に荷車。通りの先には教会や広場があり、マーケットの向こうには木材と煉瓦《れんが》を組み合わせた木骨造の家がどこまでも続いている。

「いいなぁ。いい景色」

眺めているだけで笑みが浮かんだ。

大好きな人たちの生まれた場所は、いつしか自分にとっても大切なものになった。

だって、ここには暮らしがある。あの家のひとつひとつ、あの店のひとつひとつに人々の営みがあり、歴史があり、それがカルディアという国を作っている。女将さんがミゲルさんのお父さんのことを今でも語り伝えるように、ここには脈々と受け継がれるものがある。それは伝統だったり、習慣だったり、あるいは煮込み料理の味だったりするんだろう。

「そういうのって素敵だな」

三人とずっと一緒にこの景色を見られたらいいのに。

それでも、ゲームをクリアしたらおしまい。この風景を眺めることもなくなるだろう。それを思うとなんだか寂しくなってくる。

「いやいや、何言ってるんだ」

ぼくは慌てて頭をふってその考えを追い出した。

自分にはプリンセスとしての使命がある。魔物を倒すため役に立たなくちゃいけない。

そのためには、プリンセスが持つという特別な力を三人のうちの誰かに提供しなくちゃいけないわけで。

エンゲージ……いや、それ以外の方法で！

「よし。頑張るぞ」

トントンとこぶしで胸を叩いて気合いを入れると、ぼくは勇んで外に飛び出した。

フェルナンド様に宣言した『やりたいこと』というのは、ずばりこれだ。エンゲージ以外の方法で、どうにかして特別な力を発揮する方法をこの機会に探ってみようと思いついた。

今ならフリーだし、自由に動き回れると思ってね。

ぼくは大きく深呼吸をすると、街に向かって歩きはじめた。

まずは、文献を当たってみようと思う。カルディアは歴史のある大国だし、王家の蔵書なら何か手がかりが掴めるかもしれない。……もちろん、フェルナンド様には内緒で。

というわけで、街へお使いに来ていた侍女たちに声をかけた。城にいた頃、彼女たちが週に二度ほど外出すると聞いていたのが役に立った。

ぼくと再会した時の、彼女たちの驚きようといったら。

「まぁ、トワ様……！　お久しぶりでございます。お元気でいらっしゃいましたか」

「トワ様がいなくなってしまわれて、城内は火が消えたようでございます。わたくしたちも毎日寂しく思っておりました」

侍女たちが口々に捲《まく》し立てる。

そうだよね。毎日身支度を調えてくれたり、話し相手になってくれていたのにね。

「ごめんなさい。いろいろしてもらってたのに、挨拶もせずに突然いなくなって……」

「とんでもございません。ご事情もおありでございましょう」

「またこうしてお会いできたのですから。トワ様がお元気そうで安心いたしました」

「ありがとうございます。みなさんも。……あの、久しぶりに会ったばかりでこんなお願いをするのも申し訳ないんですけど、実はちょっと急ぎで知りたいことがあって……」

今はもうフェルナンド様のプリンセスではないけれど。

そうつけ加えたにもかかわらず、侍女たちはにっこり笑いながらかつてのように一礼した。

「どうぞ、なんなりとおっしゃってくださいませ」

「いいんですか」

「もちろんでございます。トワ様は、わたくしたちの『推し』ですから！」

「推しをお支えすることがわたくしたちの喜びです。さぁ、遠慮なくおっしゃってくださいませ」

さすが、推しのいる人間は違う。彼女たちを他人とは思えないと感じたわけだ。

「ありがとうございます。実は――」

事情を話すと、侍女たちは街の用事を済ませるものと、城に戻るものとで二手に分かれた。

城に取って返したふたりから世話係のレスタードにも事情を説明してもらい、そこからは人海戦術で図書室にある文献を片っ端から探してもらう。魔物封印の伝説について、国を守る英雄とプリンセスについて、少しでも該当する記述がある本を持ってきてほしいとお願いしたのだ。

その間、城に出入りできないぼくは城壁の近くでじっと待っているしかなかった。

その時間の長かったこと！

そろそろ日が沈みそうな頃になってやっと、ひとりの侍女が駆け寄ってきたものの、手ぶらの彼女を見てぼくは察せざるを得なかった。

「トワ様。大変心苦しいご報告なのですが、残念ながらご要望のものは何も……」

集められるだけの人間で探し回っただけでなく、城の生き字引と呼ばれる家老にもそれとなく訊ねてみたものの、思い当たるものはなかったそうだ。

「お役に立てず申し訳ございません」

「そんなに落ち込まないでください。ぼくの方こそ、無理なお願いをしてすみませんでした」

「いいえ。トワ様のお力になれるのならいくらでも！　ですが、成果をお持ちできず……」

項垂れる彼女の肩を、ぼくは控えめにポンポンと叩いた。

「ぼくのために頑張ってくださって本当に嬉しかったです。お城のみなさんにもそう伝えてくださいね。……あ、それから、明日外出の用事ってありますか？」

「はい。ございますが……」

「良かった。その時、またちょっとだけ手を貸してください。お手間は取らせませんから」

「畏《かしこ》まりました。お任せくださいませ」

今度こそ役に立つとその顔には書いてある。

深々と一礼して戻っていく侍女を見送り、ぼくもくるりと踵を返した。来た時はあれほど意気込んでいた足取りも今や重く、両肩に疲れがドッとのしかかってくる。

「手がかりだけでも掴めると思ったんだけどなぁ……」

つい、溜め息が洩《も》れた。

それでも結果は結果だ。しかたがない。もともと確証なんてなかったんだし。

「しょんぼりしてる暇なんてないぞ。次の手を打とう、次の手を！」

無理矢理自分を奮い立たせると、宿に帰って遅い夕食を摂る。

その夜、ぼくは夢も見ずに眠った。

翌日、往来のにぎやかさで目が覚めた。

今日は、別の一手を打つことにしている。

文献は見つからなくとも、言い伝えならあるんじゃないかと思いついたんだ。まだ識字率が低かった頃の話や、何らかの理由で紙に記すことを禁じられたような内容も、古い口承としてなら残っているんじゃないかって。

「よし。今度こそ」

気合いを入れて身支度を済ませ、大急ぎで朝食を掻き込む。

昨夜の落ち込みようとは別人のようだと目を丸くする女将さんに「行ってきます」と言い残して、ぼくは意気込んでお城へ向かった。

城門の少し手前で昨日約束していた侍女と落ち合い、うまいこと話を通してもらって城門を抜ける。彼女とはそこで別れ、ぼくはひとり騎士団宿舎へ足を向けた。

今回の件ではミゲルさんを頼れない。彼以外で、できるだけ顔が広い人は……と思い浮かべて白羽の矢を立てたのがリカルドさんとパブロさんだった。

ちょうど訓練が一段落したところのようで、大勢の騎士や従卒たちが忙しなく行き交っている。

その中に見知った人物を見つけ、ぼくは物陰からそっと声をかけた。

「リカルドさん。パブロさん」

「うおっ！　トワ様じゃありませんか！」

「トワ様。どうしてこんなところに？」

「わー！　シーッ！」

慌てて人指し指を立てながら大急ぎでふたりを手招きする。

ぼくの慌てぶりに何かを感じ取ってくれたのか、ふたりは素早く左右に目を走らせると、さり気なく集団を抜けてこちらにやってきてくれた。

「驚かせてすみません。実は、ミゲルさんに内緒でお願いがありまして……」

「副長に内緒、ですかい？」

「あぁ、それでそわそわしておいでだったのですね」

リカルドさんがふっと微笑む。

「ご安心ください。ミゲル様は本日、団長とともに外出していらっしゃいます」

「あ、そうだったんですか」

推しの御尊顔を拝めないのは残念だけど、見つからずに済んだのだからまずは良しだ。

ホッと胸を撫で下ろすぼくを、パブロさんが心配そうに覗き込んできた。

「副長に聞かれちゃマズい話ってのは……何かあったんですかい」

「あっ、あの、別に仲違いしたとか、仲を取り持ってほしいとか、そういう話じゃないんです。単にこの世界についてきちんと知っておきたいなって……」

「この世界を？　そりゃまたどうして」

「ぼく、プリンセスとしてどうやったら役に立てるのかがわからないんです。いろんな方法があるとは思うんですが、全然手がかりが掴めなくて……。あっ、でも今さらこんなこと言うのも恥ずかしいので、ミゲルさんには秘密にしてください」

そう言うと、パブロさんはリカルドさんと顔を見合わせてふっと笑う。

「そんなことで悩んでたんですかい。トワ様はやさしい御方だ」

「いえいえ、ぼくなんて……。本当は自分でなんとかできればいいんですが、プリンセス本人が調べて回るっていうのも、それはそれでミゲルさんの顔を潰してしまいそうで……」

「なるほど。それで我々に」

「はい。リカルドさんとパブロさんならこの国の方ですし、そういったことに詳しい方、口の固い方をよくご存じかと思ったんです。とても不躾なお願いをして申し訳ないんですが、お心当たりのある方に訊いてみてもらえませんか」

ふたりは再度顔を見合わせ、大きく頷いた。

「わかりました。信頼のおけるものに訊ねてみましょう」

「俺も村のやつらに訊ねてみますさぁ」

「ありがとうございます！　リカルドさん、パブロさん」

「ミゲル様の大切な方のご用命とあらばなんなりと。……それで、この情報はいつまでに集めればよろしいでしょう？」

「……無理を言ってすみませんが、できれば今日中に」

パブロさんがブハッと噴き出す。

「こりゃあ、大至急あちこち回らねぇと」

「一日仕事になるな。隊の演習メニューを今日と明日で入れ替えよう」

「すみません、ご迷惑をおかけして……それに、ミゲルさんに黙って勝手なことをさせてしまって」

頭を下げるぼくに、リカルドさんは笑いながら首をふった。

「ここにミゲル様がいらっしゃったとしても、お手伝いするよう命じられると思いますから」

「そうそう。副長はトワ様にベロベロに甘いからなぁ。はっはっは！」

たちまち顔が熱くなる。

そんなぼくに一礼すると、リカルドさんはすぐに騎士の顔に戻った。

「それでは、本日七の刻を目処に結果をご報告いたします。トワ様は街の広場でお待ちください。……パブロ、私が第一、第二騎兵隊に指示を出してくる。その間に馬の用意を頼む」

「あいよ！」

ふたりはすぐさま不在の間の指示を出すと、馬に飛び乗って宿舎を出ていった。

ひとり街に戻ったぼくも、自分でも何かできないかと思って歩き回ってみたのだけれど、残念ながら芳しい成果は上がらなかった。

なにせ、インターネットもなければ本屋もない。余所から来た人間がひとりで情報を掻き集めようとしても手の出しようがない。ふと、骨董店の店主ならあるいは……と考えたものの、またあの路地裏で襲われたりしたらと思うとどうしても足が向かなかった。

しかたないので自力での調査を諦め、宿で夕食を摂りながら時間を潰す。あまりにそわそわしていたせいで女将さんには笑われるし、他のお客さんにまで心配されてしまった。

約束の時間の少し前、逸る気持ちを抑えて広場に赴く。

けれど、そこで待っていたふたりが伝えてくれたのは、侍女たちの時と同じく「収穫なし」の一言だった。

「お力になれず申し訳ありません」

「街の物知りや村の長老たちにも訊いてみたんですがねぇ」

パブロさんたちが無念そうに項垂れる。

「そうですか……。貴重な一日を、こちらこそすみませんでした」

「また何かあったら、いつでも声かけてくださいよ。俺たちで良ければ力になりますぜ」

「ありがとうございます、パブロさん。リカルドさんもありがとうございました」

馬に乗って帰っていくふたりを見送り、溜め息をひとつ。

その日もトボトボと宿に帰るしかなかった。


そうして迎えた最終日。

いよいよ腹を括《くく》る時が来たようだ。正攻法でダメなら魔法の力に頼るしかない。

もちろん、ロロには内緒で――いや、彼が本気を出せば一発でバレちゃうだろうけど。でも、とにかく今はそれしか思いつく方法がない。そして迷っている時間はなかった。

「とにかく、やれることは全部やらなきゃ」

意を決してロロの家を訪れる。

外から様子を窺《うかが》った限り、煙突から煙も出ていないし、中に人がいる気配はない。留守の間を狙うなんてと良心が痛んだものの、ええいままよ、と思いきって大木の根元の扉を開けた。

するとすぐに、ヒュン！　と身体が小さくなる。

この前も思ったけど、これどういう仕組みなんだろうね。

「さて、ここからは恐怖のトロッコに……って、わっ……わあああ！」

急に強い風が吹いてきたかと思うと、あっという間に足を掬《すく》われ、奈落の底へと吸い込まれる。

真っ暗闇の中で落ち続ける恐怖にひたすら大声を上げていると、しばらくして、トン、と足の裏が地面に触れた。

「え？」

どうやらどこかに下ろされたようだ。

ホッとすると同時に身体中から力が抜けて、ヘナヘナとその場にへたり込む。

「は～～～～～」

「なんじゃ、これしきで。若いのにだらしがないの」

「ララ様！」

聞き覚えのある声に顔を上げると、白髪白髭の大魔法使い様がこちらを見下ろしていた。

「久しいな。ロロが連れてきた時以来か。あの頃は弟子のルートに入っていたようじゃが」

「はい。今はわけあって一度関係を解消させてもらってます。やっぱり、どうしてもちゃんとクリアしたくて」

「ロロでは不満か？」

「とんでもない！　推しに不満なんてありません。ただ、その……エンゲージが……」

言い淀むぼくを見て、ララ様はおかしそうに「ほっほっほっ」と笑う。

「トワ殿のいた世界とは少しばかり勝手が違うようじゃの。それをどうにかするために、儂のところに来たんじゃろう」

「そうなんです。エンゲージを回避する方法をご存じありませんか」

期待を込めて見上げるも、ララ様はきっぱりと首をふった。

「決まりは決まりじゃ。それ以外の方法など存在せんよ」

「そうですか……」

がっかりする気持ちと、やっぱりという思いが入り交じる。こうなったらしかたがない。

「ララ様。思いきってお願いがあります」

「断る」

即答だった。

「あの……ぼく、まだ何も……」

「言わずともわかっておるわい。魔法で決まりを変えてくれと言うのじゃろう」

「そう。そうなんです」

「だからダメだと言うておる」

「どうして！　ロロはぼくの大事な推しなんです。フェルナンド様も、ミゲルさんも、三人ともずっとずっと大好きだったぼくの神様たちなんです。オタクは推しと一線を越えたりしちゃダメでしょう？」

夢中でララ様に縋《すが》りつく。

ぼくの頭の中を覗いていたのか、ララ様は「うっ」と上半身を仰け反らせた。

「生々しい想像をするでない」

「えっ。どこまで見てるんですか。エッチ！」

「なんじゃと。大魔法使いを掴まえてエッチとはなんじゃ、エッチとは。……まったく困ったもんじゃの。その神が望むのなら、叶えてやることこそおぬしの本望ではないか」

「…………え？」

それは思いがけない言葉だった。

推しが望むなら、それを叶えることこそオタクの本望——

待って。そんな気がしてくるから困る。

いやいやいや、ファン投票とか布教活動ならまだしも、あれですよ、ララ様。エンゲージですよ。

「ええい。生々しい想像をするでないと言うておろうが」

「そんなこと言ったたって……」

生々しいからこそ相談したかったんですが……

ぼくの心の声など軽やかにスルーし、ララ様は威厳を取り戻すように大きく咳払いをした。

「とにかくじゃ。魔法は、世の中を良くするためにある。私利私欲のために使って世の理を捻《ね》じ曲げてはならぬ。よいな」

「あ、あのっ……」

ララ様の人指し指がひょいと動いたかと思うと、次の瞬間、ポンと地上に戻される。

ふり返ると、工房への扉が音もなく消えていくところだった。ぼくがまた押しかけてこないよう、ララ様が消したんだろう。

「困ったなぁ……」

最後の頼みの綱だったのに。

やれやれとその場に座り込んでいると、「ニャー」という声とともに近くの茂みからピンク色のふわふわが頭を出した。

「あ、ニャー！　久しぶりだねぇ。元気にしてた？」

「ニャー」

勢いよくニャーが駆け寄ってくる。前よりさらに毛が伸びたのか、まるでピンク色の毛玉みたいだ。胸に飛び込んできたニャーを抱き締め、やわらかな毛並みに顔を埋めた。

「ふふふ。ふわふわでほわほわ。わたあめみたい」

頭から尻尾の先まで一息に撫でてやると、ニャーは気持ち良さそうに喉を鳴らす。

「ねぇ、あのさ。ニャーはさ、プリンセスの力のこと知らない？　どうしたらいいと思う？」

「……ニー」

「そっかぁ。わかんないかぁ」

うんうん。そうだよね。でもわかんなくてもかわいいぞ。

こしょこしょと頭を撫でてやると、ニャーは嬉しそうに自分からも額を擦《こす》りつけてきた。もう、そんなところもますますかわいい。かわいいからそれだけで良し！

「それじゃ、そろそろ帰るか。またね、ニャー」

「ニャー！」

尻尾をぶんぶんふってお見送りしてくれるニャーに手をふり返し、帰路に就く。

宿に着いて夕食を済ませると、ぼくは二階に上がり、寝台にゴロリと横になった。

三日間、思いつく限りのことをしてみたけれど、エンゲージ回避はできそうになかった。このまま じゃ一線を越えるしかなくなってしまう。

三人のことは推しとして大好きだし、フラグが立つほど恋愛対象としても好きだ。一緒にいるだけでドキドキするし、気づくとしょっちゅう見惚れている。

「でも、そうは言っても推しなんだよ……」

憧れの存在をそんな目で見ていいと思う？

いやいや、誰がなんと言ってもダメでしょうよ。

煩悶《はんもん》するぼくの胸に先ほどの言葉が蘇った。

推しが望むなら、それを叶えることこそオタクの本望――

「そうなの？　ねぇ、ほんとに？」

ガバッと起き上がり、誰もいないところに向かって問いかける。

三人はどう思ってるんだろう。フェルナンド様は。ミゲルさんは。ロロは。本当にぼくとエンゲージしたいと思ってるんだろうか。

そこまで考えて、さすがにこれは愚問だったと苦笑した。

「推しが望んでるんだよなぁ」

じゃあさ。仮にぼくが覚悟を決めて、いざエンゲージしましょうってなったとしてだ。

「誰と？」

今は誰のルートにも入っていない。その代わり、三人に対して恋愛フラグが立っている。全員と同時進行中だとミゲルさんが言っていた。

ということは、つまり。

「三人いっぺんに……？　ううう嘘でしょ？？？」

とんでもない想像に頭を抱えた。

そんなの、いくらなんでもハーレムすぎる。いや、間違えた。破廉恥すぎる。こちとら筋金入りの恋愛初心者だぞ。そんなことされたら死んじゃうに決まってる。

「………もうこうなったらフラグを折ろう」

推しへの気持ちをなかったことにはできないので、フラグだけでもうまいこと折って危機を回避しよう。できたら三本。無理なら二本。だって一本だけじゃ３Ｐが成立してしまう。

「だからなに普通に３Ｐとか言ってんだぼくは！」

もうやだこの妄想癖。

冷静になってあらためて部屋を見回したぼくは、現状に長い長い溜め息をついた。

「推したちのハーレムって、それこそどんなバグなんだ……」

妄想するだけでバチが当たりそうだ。

けれどその一方で胸が高鳴ってしまうのを止められない。フェルナンド様の甘い言葉が、ミゲルさんの力強い眼差しが、ロロのやさしい指先が、まっすぐ自分に向けられるのだと思うとそれだけでドキドキしてしまう。

「……って、だから！　そういうのが！」

ぶんぶんと頭をふって力尽くで妄想を追い出した。

このままじゃマズい。ぼくがマズい。暴走してしまう前に、とにかくなんとかしなくちゃ。

「でも、フラグなんてどうやって折ったらいいんだよおおお」

まったく解決の糸口は掴めず。

この日も悶々としたまま夜は更けていくのだった。

大聖堂の鐘が、ゴーン、ゴーン……と鳴り響く。

荘厳な鐘の音も寝不足の頭にはこたえるばかりだ。小さく溜め息をつきながらぼくは広場で三人が来るのを待っていた。

あんな妄想をしたからか、昨夜は三人が夢に出てきて、あろうことかハーレム前哨戦をくり広げてくれた。

おかげでドキドキしたり、ハラハラしたりでちっとも休んだ気がしない。今もこうして目を閉じればすべてが赤裸々に蘇る。フェルナンド様がどんなふうに甘く囁き、ロロの手がどんなふうに肌を撫で、そしてミゲルさんの唇がどんなふうにぼくにキスをしたのか——

「トワ」

「ほわぁっ！」

唐突に名を呼ばれ、心臓が飛び出しそうなほど驚いた。

顔を上げれば、目の前に愛馬に跨がったミゲルさんがいる。後ろには馬車に乗ったフェルナンド様の姿も見えた。

「おい。そんなに驚くことか」

「すっ、すみません。ちょっと考えごとしてて……」

とても人には言えないような破廉恥極まりない夢を思い出していたもので。

羞恥のあまり顔が赤くなっていくのが自分でもわかった。

「私のことを想っていてくれたのなら嬉しいのだが」

馬車を降りたフェルナンド様に手を取られ、流れるように甲にキスを落とされる。その濡れた唇の感触に夢のことを思い出してしまい、さらに心臓がドキッとなった。

「ふふふ。当たりか？　顔が赤い」

「なんだと。俺のことを考えていたわけじゃないのか。トワ」

「えっ」

「耳まで赤くなったじゃないか。おい、どういうことだ」

「いえっ、ですから、これはその……！」

「ふたりとも。トワさんがびっくりしてるでしょう」

何もないところからロロが姿を現す。彼はふわりとぼくの隣に降り立つと、フェルナンド様たちから守るように間に入ってくれた。

「大丈夫ですか、トワさん」

「う、うん。ありがと」

ミゲルさんが小さく舌打ちしたけど聞かなかったことにする。

「これで全員揃ったな」

フェルナンド様の後ろには護衛や侍従が十数人、それに加えてミゲルさんのお供もいるようだ。

ずいぶん大所帯だなと思って見ていると、ぼくの視線に気づいたフェルナンド様が「今回はお目こぼししてもらえなくてな」と苦笑した。これが本来の在り方なんだそうだ。

さすがは王子様。何かあったら一大事だもんね。

「私の愛する宝石姫。この二日間、おまえに会えずに寂しかった」

「フェルナンド様……」

「どっかの誰かに目をつけられていたりしないだろうな」

「ミゲルさん、ぼくを買い被りすぎです」

「会わなかった間、トワさんがどうしていたか訊きたいです。みんなで川縁りに行きませんか」

「ロロ、ナイスアシスト」

かくして、ぼくたちはこの間の川に向かうことにした。

護衛やお供の方々には少し離れたところで待機してもらう。いくら人も疎らとはいえ、せっかくの憩いの場所に物々しい人たちが押し寄せるのは気が引けるからだ。その間の護衛についてはミゲルさんが「俺に任せとけ」と請け負ってくれた。

誰もがのんびりお喋《しゃべ》りしたり、ひなたぼっこしたりと、思い思いの午後を楽しんでいる。

そんな中を四人で歩いていた時だ。

「おい。止まれ」

後ろから呼び止められる。

ふり返ると、そこには薄汚れた格好の男が立っていた。ひどく酔っ払っているのか目は虚ろで、どこを見ているかも定かではないほどだ。

「おまえら、羽振り良さそうじゃねぇか。いいご身分だなぁ。有り金全部置いていきな」

「貴様……なんという不敬」

ミゲルさんがフェルナンド様の前に立ち塞がる。普段はライバルだなんだと彼を目の敵にしていても、王室騎士団として忠誠を誓《ちか》った相手には指一本触れさせないと言わんばかりだ。

待機していた護衛たちも素早く戦闘配置についた。

辺りは一瞬で緊迫した空気に包まれる。

「貴様のようなものが軽々しく近づいて良い御方ではない。今すぐ立ち去れ」

「あぁ？　ふざけんなよ。金持ちだからっていい気になりやがって……うらぁっ！」

「……っ」

どこに隠し持っていたのか、男が短剣を抜いた。ギラリと光る刀身がミゲルさんの目の前を横一文字に切り裂いていく。

幸いミゲルさんに怪我はなかったものの、勢いあまった男の方は止まりきれずに蹈鞴《たたら》を踏んだ。

「トワ、ロロ！」

フェルナンド様がぼくとロロを安全なところまで引っ張っていってくれる。すぐに護衛がやってきて、ぼくらをぐるりと取り囲んだ。

男は体勢を立て直し、再びミゲルさんに挑みかかる。

「避けんじゃねぇよ、卑怯者がよ！」

「言っていることが聞こえないのか。痛い目を見るぞ」

「ハッ。おまえみたいな腰抜け野郎に何ができる」

「ほう」

ミゲルさんの纏《まと》う雰囲気が変わった。

静かに、だが沸々と怒りの炎が燃え上がるのが離れたところからでも伝わってくる。彼はゆっくり腰の長剣を抜くと、男に向かってそれを構えた。

「誰に喧嘩を売っているかもわかっていないようだな、この命知らずが……。騒ぎになるようなことは控えたかったがしかたがない。容赦はしないから覚悟しておけ」

「なんだとぉ？」

「ハッ！」

ダン！　という足音が響く。

そこからはあっという間だった。ミゲルさんの長剣が鮮やかに空を切り、男の刀を払いのける。

短剣はたやすく空を舞い、地面に深々と突き刺さった。

「ヒッ……、ヒイッ！」

男が恐怖に腰を抜かす。

それでもミゲルさんは許すことなく、男の額にその切っ先を突きつけた。

「終いだ」

「た、助けてくれ！　頼む、このとおりだ！」

さっきまでの威勢などどこへやら、男はふるえながら地面に平伏する。

ミゲルさんは剣を手にしたまま男に近寄り、他に武器を持っていないことを確認した上で首根っこを掴んで引っ張り上げた。

「負けを認めるか」

「認める！　認めます！」

「今後こうしたバカな真似はしないと誓《ちか》うか」

「誓《ちか》います！」

「本当だな」

「本当です！　嘘じゃねぇ！」

至近距離で睨まれた男はすっかり戦意喪失し、ガタガタとふるえるばかりだ。

ミゲルさんが手を放すと、男は支えを失ってドサッと地面に転がった。

すぐさま供のものたちが男を捕らえにやってくる。

「良くやってくれた。ミゲル」

フェルナンド様の労いに、それまで緊張感に包まれていた場の空気がふっと解けた。

「実に鮮やかな手並みだった」

「さすがは王室騎士団ですねぇ」

「あの時も、そうやって守ってくれましたよね」

「そうだったか」

ミゲルさんは素っ気なく鼻を鳴らしただけだったけど、まんざらでもないのは見ればわかる。

「お疲れさまでした。格好良かったですよ、ミゲルさん」

彼だけに聞こえる声で伝えると、ミゲルさんはようやくニヤリと笑った。

「最初からそう言え」

「もう。ミゲルさんたら」

顔を見合わせてくすりと笑う。

そんなぼくたちのすぐ横で、今度はフェルナンド様がテキパキと場を仕切った。護衛らを呼び寄せ、酔っ払いを拘束させている。

「この男は城へ連れていけ」

「地下牢でよろしいですか」

「あぁ。来週にでも裁判を行う。それまでに身辺を調べておけ」

思いがけない展開にギョッとした。

「あ、あの。金を出せと脅しただけで牢屋に入れられてしまうんですか」

「トワ。こいつは王族に剣を向けたんだ。死刑にされたって文句は言えない」

「そんな……」

ミゲルさんの言葉に焦りが募る。そうだとしても、いくらなんでもあんまりじゃないか。

ぼくの言いたいことが伝わったのだろう。ロロがポンと肩を叩いた。

「だからこそ、事情を訊くために収容するんですよ」

「でも」

「少なくとも、お金ほしさに人を脅したことは反省してもらわないといけないでしょう?」

確かに、それはそうだ。ミゲルさんがいなかったら今頃どうなっていたことか。

もっともな指摘に目を泳がせるぼくを見て、フェルナンド様がぼくの背中をポンポンと叩いた。

「悪事を野放しにしていては国の治安は保たれない。それはとても不幸なことだ」

「言ってることはわかります。でも……」

捕まった人はどうなるんだろう。本当に死刑にされてしまうんだろうか。それとも、悔い改めるチャンスがもらえるんだろうか。

それに、フェルナンド様は男の身辺を調べるよう護衛に指示していた。上がってきた報告の信憑性を見極めながら刑の重みを判断するというのは、想像するよりずっと重圧を覚える仕事だろう。下手したら人ひとりの人生が変わってしまう決定を下すこともあるかもしれない。

考えていることが顔に出ていたのか、フェルナンド様が今度は励ますようにぼくの背中をやさしく撫でた。

「心配するな。不当な罰を与えたりはしない。それに、揉めごとの後始末も王族の務めなのだ」

「でも、それじゃフェルナンド様が休む暇がないじゃないですか」

「そういうものだ」

あまりに平然と言われて言葉に詰まった。

「もしかして……ぼくがお城にいる間もそうだったんですか？　ぼくが来る前も、ずっと……？」

だから彼は、仕事ばかりで薔薇が咲いたことにも気づかずにいたと言ったんだろうか。今ならそれがどういうことかよくわかる。

「フェルナンド様……」

「そんな顔をするな。私は当たり前のことをしているだけだ」

「そうですよ、トワさん。国王陛下とフェルナンド様のおかげでカルディアは平和なんです」

「それでこそ仕え甲斐があるというもの」

ロロとミゲルさんも口々に第二王子を讃える。

罪人を連行させたフェルナンド様は、ようやくいつもの顔に戻ってにっこり笑った。

「驚かせてしまったな。周囲も騒がせてしまった」

フェルナンド様は騒ぎを遠巻きに見ていた街の人たちにも笑いかける。

「気分を変えよう。こんな時は甘いものがいい」

彼は護衛にお菓子を買ってこさせると、騒ぎを見守っていた人たちに振る舞った。

人々は第二王子の心遣いを大いに喜び、感謝しながら帰っていく。

「さぁ、私たちもいただこう」

それを合図に侍従たちが川縁りに布を広げ、即席のお茶会の場を作ってくれた。まるでピクニックだ。靴を脱いでその上に上がると、フェルナンド様が焼き菓子を差し出してくれた。

「気に入ってもらえるといいが」

「ありがとうございます。いただきます」

小さな包みの中からクッキーを摘まむ。アーモンドを練り込んであるのか香ばしく風味豊かで、口に入れた途端ほろりと解けた。

「わっ、おいしい。やさしい味」

「カルディアの伝統菓子だ。私も子供の頃によく食べた」

「そうなんですね。これが……」

はじめて食べるのに、どこか懐かしい気持ちにさせられる。嬉しくなってもうひとつ、もうひとつと手を伸ばすぼくに、フェルナンド様たちは微笑みながらお代わりを勧めてくれた。

「そろそろお茶も飲みたい頃でしょう」

声を上げたのはロロだ。

「僕からは、楽しいものを差し上げましょう」

彼がひょいと人指し指をふるなり布の上には四人分の飲みものが現れた。ぼくの大好きな、一口飲むたびに味の変わるレインボージュースだ。

「やったー！」

「ふふふ。喜んでもらえて嬉しいです」

ロロはフェルナンド様やミゲルさんにもジュースを勧める。

はじめは七色に分かれた飲みものを不思議そうに眺めていたふたりだったが、そろそろと口をつけるなり、「驚いたな……」「何だこりゃ」と目を丸くした。

「なんと複雑な味わいだ」

「魔法使いってのは、こんなこともできるのか」

うんうん、わかるよ、その気持ち。魔法って本当にびっくりするし、何よりわくわくするよね。

ふたりの様子を見ているうちに布教心がムクムクと湧き上がり、ぼくは魔法にかかった経験者としてロロのところで見聞きしたことを話して聞かせた。

ロロがひょいと人指し指をふれば空からは花びらや宝石が降ってくるし、家の間取り変更も自由自在だ。雨上がりの虹を歩いて渡ることだってできるし、気分で毛の色が変わるニャーともすっかり仲良しになった。彼らと一緒にいると楽しくて、ホッとするので時間を忘れる。

そんなことを大喜びで話していると、なぜかふたりは眉間に皺を寄せた。

「それは良かった、と言いたいところだが……楽しかったのはロロと一緒にいた時だけか？」

「へ？」

「俺といた時もおまえは楽しそうにしていたが、あれは嘘だったのか」

「あ、あの、えーと……」

もしかして、嫉妬してる？　推しが……？

ついつい胸がきゅんとなった。なんだってこう、このふたりは仏頂面でかわいいことを言うんだろう。いつもは柔和な微笑みを崩さないフェルナンド様でさえ、ミゲルさんが乗り移ったみたいだ。

思わず「ふふっ」と笑みが洩《も》れる。

そんなぼくを見て、ふたりはさらに渋面を作った。

「ごめんなさい。おふたりと過ごした時間もとても楽しかったですよ」

まずはフェルナンド様の手を取る。

フェルナンド様には正真正銘プリンセスとして扱ってもらい、お姫様に憧れていたぼくの長年の夢を叶えてくれた。城内を案内してもらったり、薔薇の咲き乱れる庭を散歩したりと、それは素敵な時間だった。ガゼボでダンスレッスンをしてもらったこともあったし、その後の舞踏会も楽しかった。それに、馬上槍試合では勇ましい姿に胸がドキドキしたっけ。

　続いてミゲルさんの手を握る。

　ミゲルさんには遠乗りに連れていってもらった。風がびゅんびゅん吹き抜けていって馬の上はとても気持ちが良かったっけ。カルディアの外の景色を見せてもらって世界がぐんと広がった。路地裏では怪しい男たちに連れていかれそうになったけど、ミゲルさんが命懸けで守ってくれた。彼の格好良かったこと。思い出してもまだドキドキする。

「全部ぼくの大切な宝物です。もちろん、こうして四人でいることも」

　推しと過ごせるなんて夢みたいだと今でも思う。

　大好きな『エターナル・ロマンス』の世界にいられることもすごく嬉しい。

　そう言うと、三人はおだやかに笑った。

「私たちも、おまえと一緒にいられて幸せだ」

「右に同じく」

「同感です」

「ふふふ。三人とも意見が一致するなんて珍しいですね。いつもはもっと大騒ぎなのに」

　だいたいはフェルナンド様とミゲルさんが張り合い、それをロロとぼくが止めるというのがお決まりのパターンだ。

「おまえが望むならそうするが」

「いえいえ、まさか」

「言っておくが、フェルナンド様とは今でもライバル同士であることに変わりはないぞ」

「それでもです。ぼくは、推しが仲良くしてるところも見たいんです」

「トワさんは欲張りですねぇ」

「自分に素直になろうと思って」

「まったくおまえは……」

フェルナンド様とミゲルさんが顔を見合わせて苦笑する。そんなふたりに楽しそうに笑うロロを見ているうちに、ぼくもつられて笑ってしまった。

本当に、何もかもが夢みたいだ。いずれもとの世界に戻らなくちゃとは思ってるけど、なんだか帰りたくないな。

……って、そんなわけにはいかないんだけど。

でも、ずっとここにいられたらなぁとも思ってしまう。

「遠慮しなくていいんですよ、トワさん」

すかさず、考えを読んだらしいロロが声をかけてきた。

フェルナンド様とミゲルさんが、ぼくとロロを交互に見ながら首を傾げる。

「急にどうした？」

「もしや、魔法使いの読心術か」

ロロがにこにこしながら頷く。

「トワさんが『ずっとここにいられたらなぁ』と心の中で呟いていたので、背中を押して差し上げようかと」

「ほう。なるほど」

「そいつは良くやった」

途端にふたりの目がキラリと光る。まるで獲物を前にした肉食獣のようだ。

それを見て、ロロは猛獣使いさながらに不敵に笑った。

「これからは、三人で押すのもアリかもしれませんね」

「三人で、か。確かに、その方が包囲網を張りやすい」

「誰のものにもなっていない、この状況を逆に利用するわけだな」

「ちょっと！　だから、どうしてそういうことだけ悪知恵が働くんです！」

三人は揃って満面の笑みを浮かべる。

「覚悟してくれ、トワ」

「俺たちのものにしてみせる」

「みんなで幸せになりましょう」

「〜〜〜〜〜！」

もう、どうなってんの！！！

なんでぼくの推しは揃いも揃ってポジティブ思考の塊なんだ。これこそ『三人いっぺん』の危機じゃないか。ていうか、三人は本当にそれでいいの？　細かいことは置いとくタイプ？

……いや、でも待てよ。

思い返せば、ぼく自身もそうだった気がする。

あれは三人に出会った日。ひょんなことからこの世界に召喚されたぼくは、驚きながらも「二次元なんて滅多に入れないんだし！」と楽しむことを選んだんだっけ。

ぼくが推しに似たのか、それとも推しがぼくに似てきたのか……

和気藹々《わきあいあい》としてるのを見ると、一周回ってこういうのもありかもしれないと思えてくるから不思議だ。オタクの美学や、ぼくの貞操が危機的状況なのは変わらないけど（そしてそれは日に日に高まっているんだけど！）やっぱりこの三人といるとわくわくするんだ。

ぼくの視線に気づいたのか、三人がこちらに目を向ける。

フェルナンド様は艶やかに片目を瞑《つぶ》り、ミゲルさんは不敵に口端をつり上げ、ロロは蕩《とろ》けそうににっこり笑った。

「ふおお……！」

三人とも、お願いだから殺傷力を自覚してください。ぼくが軽率に死んじゃうでしょうが。

ドキドキしっぱなしの胸を押さえ、心臓が飛び出さないように真一文字に唇を結ぶ。

そんなぼくに声を立てて笑う三人を、腹癒せに上目遣いに睨んでやった。……効果はまったくなさそうだけど。

「笑ってる場合じゃないんですからね」

「すまない。おまえがあまりにかわいくてな」

「そうやって睨んでる顔も悪くない」

「まぁまぁ。トワさん怒らないで、ね？」

まったく、これだから推しは！　推しゆえに！　……弱いんだよなぁ。

またも顔を見合わせて笑ってしまう。

「それより、会えない間はどうしていた。やりたいことがあると言っていたが」

フェルナンド様ににこやかな笑みを向けられ、思わず「うっ」と言葉に詰まった。

あなた方三人に内緒でエンゲージ以外の方法を模索してました！　なんて、言えるわけがない。

「えーと、その……街の人たちと親交を深めてました。ほら、せっかくこの世界に来たんですし、人々と同じ目線でこの国のことをもっと知りたいなって。宿屋の女将さんたちと親しくなったり、手料理をご馳走になったり、すごく楽しかったですよ」

嘘じゃない。間違ってもいない。それ以上突っ込まれると困るだけで。

「街のことなら、俺に言えば案内してやったのに」

すかさず割り込んできたのはミゲルさんだ。

「かわいい子には旅をさせろって言うでしょ。ひとりで回るのもいいものですよ。……あ、宿屋の女将さんがミゲルさん推しだって言ってました。応援してるんですって」

「は？」

「ふふふ。こういう話はひとりでいてこそ聞けるものですよねぇ。ぼくも自分の推しを応援されて嬉しいです」

ミゲルさんは照れくさいのか、なんとも言えない顔になった。

「そう言うミゲルさんは何をされていたんですか？　フェルナンド様とロロは？」

「俺は訓練に決まっている」

「私は政務だ」

「僕は修行を」

「いつもと同じじゃないですか。もう」

でも、それが平和の証なのかもしれないね。国のために担う役割があるのは素晴らしいことだ。

話は訓練のこと、政務のこと、そして修行のことと止めどなく続いていく。

おだやかな日差しの中、四人のピクニックは和やかに続いた。


川縁りのピクニックから数日経ったある日。

延泊を決めた宿で昼食を食べながら女将さんとのんびり世間話をしていると、なにやら表が騒がしくなり、突然身なりの良い男性が飛び込んできた。

見知った顔に思わず椅子を立つ。

「レスタード！」

カルディアの城で暮らしていた頃、世話係として仕えてくれたレスタードだ。こうして顔を見るのはどれくらいぶりになるだろう。

胸騒ぎがした。

「トワ様。ご昼食中に大変申し訳ございません。あぁ、行き違いにならずに本当に良かった」

珍しく慌てている。いつも一分の隙もなく整えられていたレスタードの髪が乱れているのを見て、胸騒ぎがした。

「どうしたんです。何かあったんですか」

「詳しいお話は道中で。今すぐ来ていただきたいのです」

「え?」

「フェルナンド様がお呼びでございます。どうか、トワ様」

切羽詰まった様子に只事ではないと感じ、女将さんと顔を見合わせる。

力強く頷いてくれた彼女に背中を押されるようにして、ぼくはレスタードに従った。

「わかりました。連れていってください」

彼が深々と頭を下げる。

ぼくはせめてもとお茶を飲み干すと、女将さんに向かって一礼した。

「ごちそうさまでした。最後まで食べられなくてすみません。今日は帰れるかどうかわからないので、もしお客さんでいっぱいになるようだったらぼくの部屋は貸してもらって構いません」

「わかったよ。他でもない王子様からのお呼び出しだ。あんたの荷物は預かっとくから、心配しないで行ってきな。あぁそれと、ミゲル様にもよろしくね」

「もう。女将さんたら。……それじゃ、行ってきます」

彼女の妹たちにも見送られ、取るものも取りあえずレスタードの乗ってきた馬車に乗り込む。

向かい側に座った彼は、さっきより幾分表情は和らいだものの、なおも緊張した面持ちだった。

「あの……」

話しかけた途端、レスタードの肩が動揺に揺れる。

良くないことが起きているんだと直感した。

「何があったんです。教えてください」

レスタードは苦しげに顔を上げると、意を決したように口を開いた。

「実は、魔獣が……」

カルディアでは隣国との国境沿いだけでなく、王都の周囲にも警備兵を配置し常時警戒に当たっている。城壁の向こうには強大な力を持つ魔物や魔獣の棲《す》む森があるからだ。

「このところ、立て続けに『魔獣の数が増えている』という報告が上がっておりまして……」

「魔獣の数が？」

「他にも、『力を増している』『群れを成して人や農地を襲っている』といったものまで」

「でも、魔獣が悪さをすることはこれまで何度もあったんですよね？」

そのたびに冒険者や魔法使いによって退治されてきたはずだ。ゲームの設定資料にもそう書いてあったと記憶している。

けれど、レスタードは顔を顰《しか》めるばかりだった。

「これまでとはどうも様子が違うのです。他にも、この騒ぎに便乗するように様々なことが起こっておりまして、陛下は大変お苦しみに……。フェルナンド様も日夜状況把握に努めておいでです。準備が整い次第、魔獣退治に向かわれる可能性もあるとのこと」

「そうか。それでぼくを呼んだんですね」

「プリンセスであるトワ様にも情報を共有したいとのことでございます」

「わかりました。とにかく詳しい話を聞かなくちゃ」

話しているうちに馬車は見慣れた城門を潜る。

馬車留めで馬車を降り、主塔に向かって歩くうち不安に胸がざわつきはじめた。

急にこんなことになるなんて。ついこの間、四人で楽しくピクニックしたのが嘘みたいだ。ある日突然災いが降りかかってくるなんて……

「いけない」

緊張に息を詰めてしまいそうになり、ぼくは大きく深呼吸をした。

大好きなフェルナンド様は常に不測の事態に備えている。カルディアの第二王子として国王を支え、兄を立てながらこの国の舵取りに懸命になっている。それなら、ぼくもしっかりしなくちゃ。せっかくこの世界に召喚してもらったんだ。プリンセスとして役に立ちたい。

「……よし」

意を決して階段を上る。

通された執務室にはフェルナンド様をはじめ、大臣や宰相、騎士団長などの錚々《そうそう》たる顔ぶれが揃っていた。その中にはミゲルさんやロロ、それにララ様の姿もある。

「よく来てくれたな、トワ」

「フェルナンド様」

立ち上がって迎えてくれた彼と手を取り合う。

フェルナンド様の隣を勧められて席に着くと、宰相から詳しい説明がはじまった。

「城塞警備各拠点からの報告によりますと、大型の魔獣に留まらず、魔物も多数含まれているとのことでございます」

「魔物もか」

「警備に当たった兵士が魔法攻撃を受けたとの報告がございます。低級魔物ではあったようですが、回復にそれなりの魔力を要したと……」

「そいつは厄介だな」

ミゲルさんが顔を顰《しか》めた。

魔獣というのは魔力を有した獣のことだ。そこいらの野獣より力が強く、厄介なタイプも多いが、魔物と違って魔法は使えない。そのため、物理攻撃でも対抗することができる。倒せば魔石などのドロップアイテムを落としていくこともあるので、冒険者たちの貴重な収入源になっていた。

だが、魔物となると話は別だ。

遠距離から魔法攻撃をしかけてくるため、それに対抗できる術を持つ魔法使いしか相手ができない。その上、圧倒的な力を持つ魔物は魔法使いそのものを取り込んで自らの糧にしてしまう。そうしてさらに力を増大させ、ますます手に負えなくなっていくのだ。

その数が、増えている。

それはつまり、日常生活が脅かされる危機にあるということだ。

宰相がテーブルの上に概略図のような地図を広げた。

「目撃情報はこのとおり、ほぼ森の東側に集中しております。城塞まで距離があるとはいえ、やつらは確実に王都に向かって移動しており、日に日に街に近づいている模様。満月の夜は特に姿を現す頻度が高いとのことでございます。……甚だ遺憾《いかん》ながら、おそらく『あれ』の仕業かと」

フェルナンド様を窺《うかが》うと、彼は険しい顔のまま目を眇《すが》めた。

「封印が解けかかっているのかもしれない」

「え……？」

森の奥深くには、強大な力を持つ伝説の魔物が封印されている。民の命を守るため、倒すことはできなくともせめて眠らせておこうとララ様が術をかけたものだ。

それが、何かのきっかけで目を覚ましかけているのかもしれないと。

「そんなバカな……。だって、ララ様はこの国の偉大なる大魔法使い様ですよ。その術が破られるなんてあるでしょうか」

「トワ殿。魔法を過信してはいかん」

「ララ様」

それまで黙って話を聞いていたララ様が静かに口を開いた。

「魔法は決して完全ではない。所詮は人の子が作り出したもの。どこかに綻びはあるものじゃ」

「そんな……」

「長い眠りの中にいる間も力を溜めておったのじゃろう。それによって徐々に戒めを破ろうとしておる」

封印された魔物が眠りから覚めるに従って強大な魔力の波動が広がり、それが魔獣や魔物たちを活性化させているのだろうとララ様は続けた。

「問題はそれだけではない。この事態に乗じて、黒魔法使いたちが騒ぎはじめている」

「黒魔法、使い……？」

聞き慣れない単語だ。

するとロロが心底悔しそうに口を開いた。

「魔法は、人々を幸せにするためにあります。誰かを呪ったり、ましてや災いをもたらすために使うなんて、絶対にあってはならないことなんです」

「左様。そのように誓《ちか》いを立てたものだけが魔法使いを名乗ることができる。……じゃが、中には真逆の道を進もうとするものもおる。その名を口にすることすら悍《おぞ》ましい、黒魔法使いたちがの」

ララ様も忌々しげに顔を歪める。『魔法使い』と一括《くく》りにされるからこそ、ふたりからすれば決して許すわけにはいかない存在なんだろう。

ぼくがゲームのルールを捻《ね》じ曲げてほしいと頼んだ時も、そんなことのために魔法を使ってはならないと一蹴した人だ。ロロも魔法で人の役に立つのが夢だと言っていた。そんなまっすぐな人たちと相容れないのが黒魔法使いなんだ。

誰かを呪う……災いをもたらす存在……

怖ろしさに身震いが起こる。

そんなぼくを励ますように肩にあたたかなものが触れた。フェルナンド様の手だ。

「おまえに黒魔法使いについて説明しておこう。口に出すのも憚られるような存在だが、正しく知っておいてほしい」

フェルナンド様は、ララ様たちに目配《めくば》せした後で静かに語りはじめた。

「黒魔法使いとは、禁忌と呼ばれる黒魔法を用い、社会の闇に紛れて悪事を働くものたちだ」

人々の嫉妬や劣等感といった負の感情を言葉巧みに煽り立て、憎い相手を酷い目に遭わせてやりたい、報復したいといった強い気持ちを起こさせる。そして高価な代償と引き換えに相手に災いをもたらすのだそうだ。

たとえば相手を不治の病に罹患させたり、死なない呪いをかけて肉食獣の餌にしたり。船から足を滑らせて大海原に落としたり、燃え盛る暖炉に頭を突っ込ませたりと、その手段は残忍極まりない。それがますます「相手を酷い目に遭わせたい」「地獄の底まで落としてやりたい」という仄暗い望みを抱いている人間の興味関心を掻き立てた。

「それゆえ、父上は黒魔法を禁止した。人々が不幸に執心しないようにと……。禁を破って黒魔法を操ったものは厳罰に処されることになり、実際、かなりの数の黒魔法使いたちが裁かれた。それが見せしめとなったのか黒魔法は急速に使われなくなり、国民も落ち着きを取り戻した。すべてはうまくいったと思っていた」

けれど、実際はそうではなかった。

黒魔法使いたちは消えてなどいなかったのだ。彼らは闇に潜伏し、じっと機会を窺《うかが》っていた。

「やつらは黒魔法を禁じた王を恨んだ。自らの生業《なりわい》を取り上げ、仲間を虐げ、辛酸を舐めさせたとな。報復の時を虎視眈々と狙っていたのだろう。……そして時は来てしまった」

フェルナンド様が沈痛な面持ちで目を閉じる。

そんな第二王子に代わり、今度はミゲルさんが口を開いた。

「よりにもよって、国王陛下に呪いの黒魔法を向けるなど……」

「えっ！」

大変なことだ。

目を丸くするぼくを一瞥し、ミゲルさんは腹立ち紛れに、ドン、と拳でテーブルを叩いた。

「この大騒ぎだ。あいつらにとってはどさくさに紛れてことを起こす絶好のチャンスだったろう。そのせいで陛下は体調を崩され、さらにはこの隙を狙って敵国が戦いを仕掛けようと動きはじめているとの報もある」

「そんな……」

「陛下をお守りできなかったことは、王室騎士団として恥じるばかりだ」

絞り出すような呟きに、ロロがとっさに口を挟んだ。

「それは違います、ミゲルさん。黒魔法使いたちを制御できなかった僕たち魔法使いの責任です」

「いいや。おまえたちのせいではない。父上に代わって、私がもっと目を光らせておけば……」

フェルナンド様も言葉を重ねる。

それでも、ミゲルさんの表情が和らぐことはなかった。

王を守って殉職した騎士を父に持つ彼だ。誇り高き父を追って自らも騎士の道を選んだミゲルさんが、いざという時に手も足も出なかったのだ。どれほど悔しい思いをしているだろう。

ロロが言うように、普通の人間は魔法に太刀打ちできない。

フェルナンド様が言うように、先手を打つことも必要だったかもしれない。

でも、今言ってももう遅いんだ。ぼくたちはこれからのことを考えなくちゃいけない。

込み上げるものを抑えきれず、ぼくは思いきって立ち上がった。

「こういう時は、まずはカードを整理しましょう」

「トワ？」

「いろんなことがいっぺんに起こると人は混乱します。だから、まずはひとつひとつ考えましょう。こういう時は、思いつきで対処すると必ず後悔するので落ち着いて」

数多の乙女ゲームを制《クリア》してきたぼくが言うんだから間違いない。焦ったせいで何度辛酸を舐めたことか。思い出しただけで悲しくなる。

レアイベントに弾かれたこともあるし、推しに貢ぐはずのレアアイテムを目の前でかっ攫《さら》われたこともある。推しの愛を失ったことさえ。あれはしばらくトラウマになった……

「とにかく、焦ったら負けです。すべての持ち札を吟味して、適切にカードを切っていかなくちゃ」

熱弁をふるうぼくに一同はぽかんとしている。理解が追いつかないという顔だ。

それに気づいた瞬間、ハッとした。

「す、すみません。ぼくなんかが偉そうに……」

いても立ってもいられず、つい捲《まく》し立ててしまった。

これはゲームの話じゃないのに。エタロマにこんなシナリオはない。これはひとつの現実世界の話だ。国を揺るがすほどの一大事なのに。

申し訳なさに小さくなっていると、ポンと背中を叩かれた。

「トワの言うとおりだ」

「フェルナンド様」

「このような厄災が降りかかろうとは思いもしなかった。それゆえに、我々は冷静さを欠いていたように思う。落ち着いて状況を整理しよう。まずはそこからだ」

力強く宣言し、彼はテーブルに着いた全員を見回した。

「軍議を開く。詳細な地図と駒をここへ――」

フェルナンド様の指示でその場が息を吹き返す。

話し合いは、その夜遅くまで続いた。

6．フラグは折らないと決めました

魔物の覚醒と魔獣の活性化。

黒魔法使いによる国王への呪い。

それに追い打ちをかけるような敵国襲撃の予兆。

カルディア建国以来の国難を前に、フェルナンド様、ミゲルさん、ロロの三人が立ち上がった。

先陣を切ったのはロロだ。

「魔法使いの端くれとして、黒魔法使いたちを許しておくわけにはいきません」

そう言って、王にかけられた邪悪な呪いに挑んだものの、残念ながら魔法を解くことはできなかった。怨み辛みといった負の感情を極限まで煮詰めた黒魔法はそれゆえに強力で、黒魔法使いにしか解除することはできないらしい。

持って生まれた強い魔力も、長年の修行で身につけた魔法も、何もかも通用しなかったことに愕然としたロロはとんでもない行動に出た。呪いを自らに転移させて王を救おうとしたのだ。これは周囲の人間が気づいて大慌てで止めたと聞いた。

ロロがそんな無茶をするなんて……

普段の彼からは想像もできない。魔法使いとしてのプライドがあるからこそ、それを歪める存在が、そしてそれに敵わない自分が悔しくてしかたなかったんだろう。

ロロは諦めることなくすぐに気持ちを切り替えると、今度は魔物討伐のために森に向かった。ララ様のような大魔法使いになりたいと言っていた彼にとって、その手で件の魔物を討ち取ることは悲願だったに違いない。

けれど、これもまた惨敗に終わった。

カルディアにその人ありと謳われた大魔法使い様ですら封印するのがやっとだった、強大な力を持つ魔物だ。まだ完全に覚醒していないにもかかわらず、まるで歯が立たなかったという。

同行した他の魔法使いたちは魔物が眠る穴に近づくことすらできず、魔力に精神を侵されて倒れた。幾重にも防御魔法を張ってなんとか入口に辿り着いたロロも、地の底から吐き出された強烈な炎系の攻撃ファイアブレスに煽られて、致命傷こそ免れたものの重傷を負ってしまった。

救護隊が駆けつけた時には、誰ひとり立っているものはいなかったという。

あんまりだ……

圧倒的な力の差に血の気が引く。

けれどそんなぼくとは対照的に、ミゲルさんは奮い立った。

「魔法使いが身体を張ったんだ。俺たち騎士が国を守らなくてどうする」

彼はすぐさま団員たちを引き連れて国境に向かう。

けれど、そこで王室騎士団を待ち受けていたのは壮絶な光景だった。

国境警備に当たっていた辺境騎士団はすでに大きく数を減らし、敵国の侵攻を食い止めるどころか、壊滅しそうになっていたのだ。馬上槍試合でフェルナンド様と一騎打ちした男性も所属する、戦闘に秀でた軍隊だ。これまで幾度も周辺国からの侵攻を退けてきた。

それでも、常に勝つとは限らない。情勢や天候が勝負を左右することだってある。

加えて、作戦の差も大きかった。圧倒的な機動力を誇る騎兵や、貫通力に長けたクロスボウで確実に戦力を削ってくる武装歩兵を前に長弓での応戦が間に合わず、多くの負傷者を出してしまったのだ。

騎士団が陣形を組もうとするのを見て、敵は卑怯にもそれを待たずに攻撃を開始した。普通ならあり得ないことだ。ミゲルさんは撃たれそうになったリカルドさんを助けようとして肩と背中に弓を受け、大怪我をした。副長が倒れたことで隊は混乱し、阿鼻叫喚の現場と化したそうだ。

ミゲルさんらしい……

仲間思いのやさしい人だ。考えるより先に身体が動いたんだろう。庇われたリカルドさんは半狂乱になりながら「ミゲル様の仇！」と敵陣に突っ込んでいったと聞いた。

ロロもミゲルさんも辛うじて一命は取り留めたものの、容態は危険な状態が続いている。

退却を余儀なくされた騎士団は損失も大きく、再び態勢を整えて打って出るまでにはそれなりの時間がかかるだろう。

そんな危機的な状況の中、それでもフェルナンド様は弱音ひとつ吐かずに前を向き続けた。

「ロロもミゲルも命懸けで立ち向かった。私がカルディアの舵を取らずしてなんとする」

そう言うことで自らに発破をかけていたのかもしれない。

彼は病床の父王に代わって政務の大部分を取り仕切った。魔獣の襲撃に備えて森の周囲に冒険者と魔法使いを配備するとともに、城塞や城壁の修繕を急がせ護りを厚くした。食料を備蓄させていざという時の籠城に備え、何があっても黒魔法に縋《すが》ってはならないと民衆に強く言い聞かせた。

そんな中、敵国から停戦条件が叩きつけられる。

そこには「無条件降伏せよ」と書かれていた。カルディアの領土を差し出せという意味だ。瀕死の国に揺さぶりをかければ、これ以上軍を動かさずとも容易に手に入ると踏んだのだろう。だからこそフェルナンド様は「何があっても、先祖から受け継いだこの国を守る」と徹底抗戦を選んだ。

国境線上の戦いを援護するよう宰相に命じ、彼自身もますます寝食を忘れて国防に当たる。その姿は鬼気迫るほどで、声をかけることすら躊躇《ためら》われた。

なんて孤独な戦いだろう……。

国の命運を握っているとは、いったいどれほどの重圧だろう。王である彼の父に助言を仰ぐこともできないこの状況で。

せめて王太子と相談しながら進められれば良かったのだろうけれど、王位継承者である彼の兄は突然の事態に怯えるばかりで、終ぞ私室から出てくることはなかった。

この国は、今やフェルナンド様ただひとりに託されている。

カルディアはかつてない危機を迎えていた。

事態は悪化の一途を辿っていた。

戦況は厳しく、じわじわと国の体力が削られていく現実に危機感を募らせたフェルナンド様は、カルディアを存続させるための最終手段として、自らを敵国の人質にすると言い出した。

「な、何をおっしゃるのですか！」

「どうかお考え直しください。王子殿下！」

「王子殿下を敵に渡すくらいなら、我々は潔く自刃してこの国で果てます！」

会議の場に集った全員が血相を変えて止める。

それでも、フェルナンド様は首を横にふるばかりだった。

「私が行けば、カルディアは敵の属国となり統治権を失うだろう。だが、これ以上の攻撃はなくなるはずだ。それで救われる多くの命がある。父上のご病気が治るまでは兄上を王として立て、混乱を鎮めることに全力を尽くせ」

「お待ちください。どうか、どうか……！」

「人質ならばこの私が。王子殿下の名代として私にその役目をお与えください」

宰相がフェルナンド様の前に進み出る。長年国王の右腕を務め、このような事態となってからはフェルナンド様を支え続けた、カルディアの大切な柱のひとりだ。

けれど、意を決した申し出にもフェルナンド様は頷かなかった。

「おまえの気持ちはありがたい。だが、人質は王族でなければならない。この国の主権を明け渡すことを、身をもって示さなければ」

「ですが、王子殿下のお命を危険に晒すようなことはできません。陛下もきっと反対なさいます」

「私の身を案じてくれるのか。すまないな」

「王子殿下！」

「だが、もはやこれしか手はないのだ。熟考した上での結論だ。父上にも話をしてある」

「そ、そんな……」

フェルナンド様に縋《すが》っていた人たちが、固い決意を前にずるずるとその場に崩れ落ちる。信じられない、信じたくないという思いと絶望が交錯し、立ってなんていられないのだろう。

「いっそ、無条件降伏しては……」

弱気な発言に、フェルナンド様は毅然《きぜん》と首をふった。

「それを許した瞬間、カルディアという国はこの世からなくなる。国民は捕虜となり、無慈悲な労働で搾取され尽くして死ぬだろう。軍の関係者も皆殺しだ。甘い誘いに乗ってはならない」

「ならば、王太子殿下に行っていただくというのは……」

誰かが口にした途端、フェルナンド様の纏《まと》う空気が変わった。

「なんということを言うのだ。兄上は王太子だ。この国の王位継承者なのだぞ」

「ですが、国の舵を取っておられるのは王子殿下ではありませんか」

「私は兄上を支える立場だ。その私に、兄上を見捨てろと言うのか！」

珍しく声を荒らげた彼は、すぐにハッとしたように目を伏せる。

「……取り乱した。許せ」

自らを律する呟きに、臣下たちがいっせいに頭を垂れた。

そんなやり取りを見ているうちにやっとのことで理解が追いつき、静かに血の気が引いていく。

フェルナンド様が、人質になる……？

つまり、二度と生きては会えなくなる。

殺されてしまっても、その亡骸すら母国には戻らないだろう。

「フェルナンド様」

半ば強引に会議を終わらせ、部屋を後にしたフェルナンド様にぼくは夢中で追い縋《すが》った。素人が口を挟んでいい話ではないとわかっていても、どうしても止めずにはいられなかったんだ。

「お願いです。どうか、みんなで考えるための時間をください」

「トワ。おまえまで……」

「だって、ぼくは嫌です。フェルナンド様なしで生きていくなんて！」

この大変な国難を前に、まだそんなことを言うのかと詰《なじ》られても良かった。個人的な感情なんて捨て置けと叱られても構わなかった。どうしても、どうしても彼を失いたくなかった。

フェルナンド様は無言のまま、じっとぼくを見つめてくる。

どれくらいそうして見つめ合っていただろう。彼はふっと息を吐くと、ついてこいと言うように先に立って歩きはじめた。

静かな廊下にコツコツという足音が重なる。

連れていかれたのは主塔の奥にある、これまで足を踏み入れたことのない場所だった。人の気配はなく、城の中にもかかわらずシンと静まり返っている。

「考えごとをする時、ここに来る」

フェルナンド様はそう言って壁際の長椅子に腰を下ろした。

すぐ横を目で示され、ぼくも隣に座らせてもらう。言いたいことはたくさんあるのに胸が閊《つか》えてしかたなかった。何から話せばいいかわからなくて、縋《すが》る思いでフェルナンド様を見てしまう。

そんなぼくを労るように、彼は無言で手を握った。

「……っ」

そのあたたかさ、力強さに胸の奥がぎゅっとなる。

この人を失いたくない——

とっさに強く握り返した。

フェルナンド様がこちらを見る。その澄んだ黄緑色の瞳をまっすぐ見上げ、胸の内にある想いのままぼくは静かに口を開いた。

「いつもこの国のために心を砕いてくださって、ぼくたちを守ってくださって、本当にありがとうございます」

「トワ……？」

「そうするのが当たり前だと思って頑張りすぎてるフェルナンド様に、ぼくだけでもちゃんと言います。フェルナンド様はすごく頑張ってます。ぼくは、そんなフェルナンド様を尊敬しています」

推しとして、そしてひとりの男として、心からそう思っている。

フェルナンド様は驚きに目を瞠《みは》った後で、はにかむように微笑した。

「まさか、おまえにそんなふうに言ってもらえるとは」

「なんでもかんでも自分で背負うのが当たり前だって思ってるでしょう。でも、フェルナンド様は王子様である前にひとりの人間なんですよ。欲も思いもあるはずなのに、それを封印しているだけでしょう？」

途端に、彼は困ったように眉尻を下げる。

生まれた時からそうやって育てられたのだとしたら無理もない。だからこそ歯痒かった。

「自分を犠牲にしてでも国を守りたいって、すごいことだと思うんです。ぼくにはできない」

「王族とはそういうものだ」

「でも、ひとりの男です」

「私利私欲に走ってはならない」

「それなら、ぼくのことはもうどうでもいいんですか」

そう言った瞬間、フェルナンド様が息を呑んだ。

「ぼくを愛していると言ってくれました。あの気持ちはもう、どこかへ行ってしまいましたか」

「私の愛を疑っているのか。いくらおまえでも許さない」

「じゃあ、言ってください。愛してるって。おまえとずっと一緒にいたいって」

「……っ」

熱を帯びた瞳が揺れる。

一緒にいたいと言ってしまえば人質になることはできない。だから願った。言わせたかった。

はじめて見せる彼の迷いに、ぼくはありったけの気持ちを込めた。

「ぼくは、フェルナンド様が好きです。あなたとずっと一緒にいたい」

嘘偽りのない本心だと胸を張って言える。

「だから、ぼくはフェルナンド様を失いたくないんです。……でも、フェルナンド様が大切にしてきたこの国を犠牲にもしたくない。ミゲルさんだって、ロロだって、絶対に失いたくない存在です。彼らが負った苦しみを無駄になんてしたくない」

「トワ」

腕を伸ばされ、気づいた時には広い胸に抱き締められていた。

「こんなことになるのなら、おまえを召喚しなければ良かった。私たちの事情に巻き込んだ結果、辛い思いをさせてしまったな」

「そんなことっ……」

「せっかくこの国や私を愛してくれたのに、幸せにしてやれなくて本当にすまない」

そっと唇が重ねられる。それは、かつての甘やかさや官能などとはほど遠い、贖罪《しょくざい》のためのくちづけだった。

「愛している。愛している……。私の大切なトワ。私の愛、私のすべて」

もう一度、息が止まりそうなほど強く強く抱き締められる。

やがて侍従が呼びにやってきて、フェルナンド様は足早に政務へと戻っていった。

最後まで、一緒にいたいって言ってくれなかった……

その後ろ姿を遠く見送りながら、ぼくは胸がざわめくのを止められずにいた。


それからというもの、ぼくは寝食を忘れて考えに耽った。

どうしたらいいんだろう。

どうやったら、フェルナンド様を人質にせずに済む？　敵国の侵攻を食い止められる？　国王にかけられた黒魔法を解ける？　魔獣を退治し、魔物を再び封印できる？

問題は山積するばかりだ。

それでも諦めるわけにはいかないと、ぼくはできる限り考え続けた。

うわの空になったぼくをレスタードや侍女たちは心配し、あれこれ世話を焼いてくれた。そのやさしい気遣いには心から感謝している。

ぼくに余裕があれば彼女たちと楽しくお喋《しゃべ》りしたり、笑い合ったりして気持ちを和ませることもできたかもしれないけれど。こうしている間にも事態は悪化してると思うと、とても自分ひとりが楽しむ気分にはなれなかった。

事実、城内は日増しに緊迫感を増している。ピリピリした空気に触れているだけで心まで疲れてしまいそうだ。

悶々としているうちに、足は自然と庭園へ向いていた。

フェルナンド様に連れてきてもらったあの庭だ。ガゼボに座り、あの時と同じように美しく咲き誇る薔薇の花々を眺めながら、ぼくは懐かしさに目を細めた。

「ここでダンスを教えてもらったっけ。フェルナンド様と踊れてすごく楽しかった……。それから、ここではじめて触れられて……」

当時のことを思い出した途端、頬がぶわっと熱くなる。

こんなことを考えるのもずいぶん久しぶりだ。あの頃は毎日が貞操の危機だったのに。

慌てて両手で顔を押さえながら、ぼくは大きく深呼吸をした。

「フェルナンド様に触れられた時、ものすごくドキドキした……」

恥ずかしくて、でも気持ち良くて、舞い上がりそうになったことを今でもはっきり覚えている。

それでも推しと一線を越えるわけにはいかないと、必死で『エターナル・エンド』を唱えたのが遠い昔のことのようだ。もとの世界に戻ってエンゲージを回避する方法はないかと血眼で探し回り、見つからなくて頭を抱えたものだった。

「あ！」

その時、パッと閃いた。

「エンゲージって手があるじゃん」

そうだ。どうして忘れていたんだろう。

この『エターナル・ロマンス』は、ヒーローとヒロインがふたりで力を合わせて魔物退治と恋愛成就を目指すゲームだ。心を通わせたふたりはエンゲージによって固い絆を結び、ヒーローはヒロインの力を得て見事魔物を討伐する。

つまり、だ。

ぼくが本当に特別な力を持っているとするなら、それをエンゲージによって与えることでピンチに立ち向かえるようになるんじゃないだろうか。

「でも、それなら誰に……？」

三人の顔が脳裏に浮かぶ。

誰に、ともう一度自身に問いかけ、ぼくはすぐに首をふった。シナリオどおり誰かひとりを選ぶなんてできない。ぼくにとって三人は等しくかけがえのない存在だからだ。

そんなフェルナンド様が、ミゲルさんが、ロロが、身体を張り、神経をすり減らして頑張ってるんだ。ぼくだって力になりたい。

けれど、そのためには「二次元と三次元の境界線を死守する」という考えをあらため、肉体的にも彼らを受け入れなくてはならない。

「ぼくが、抱かれる………」

ゴクリと喉が鳴った。

なにせ『超』がつくほどの恋愛初心者だ。それらしい経験どころか知識すら危うい。だからいざそうなった時、どんなことをされ、自分がどうなってしまうのかわからなくて怖かった。

いくらプリンセスと呼ばれたって自分は男だ。褥《しとね》で相手が悦《よろこ》ぶようなことも言えなければ、誘うことすらできないと思う。がっかりされたらどうしよう、嫌われたらどうしようと、不安ばかりが頭に浮かんだ。

何より、あれだけ『エターナル・エンド』を叫んだ身だ。あんなに嫌がっていたくせにと言われたら返す言葉もない。

明確な答えが出ないまま、時間だけが過ぎていった。


数日後、ミゲルさんとロロとの面会が許されることになった。

大変な怪我をしてからというもの、ミゲルさんは騎士団宿舎で、ロロは王室付医師の治療を受ける関係で城の一室で療養していたのだけど、お見舞いを受けられるくらい回復してきたようだ。

良かった……

まずはそのことにホッとしながら支度をした。

一緒にふたりの様子を見に行こうとフェルナンド様に誘ってもらっている。王の名代として多忙を極める人だけに、たとえわずかな時間であってもお見舞いに割いてくれたことが嬉しかった。

フェルナンド様の部屋につながる秘密のドアをノックする。

応えを受けて中に入ると、彼はビロードの椅子に腰かけ、書類を眺めているところだった。

「ここでもお仕事をなさってるんですか」

フェルナンド様が顔を上げる。

「少しばかりな。だがもう終わる」

彼は微笑を浮かべたものの、その顔には疲れが見て取れた。連日連夜、山積する問題と向き合って神経をすり減らしているんだ。無理もない。

ずいぶん痩せた……目も、あんなに光をなくして……

それなのに彼は微笑みを絶やさない。そうすることが自分の務めだとでも言うように。

フェルナンド様は優雅に椅子から立ち上がると、ゆっくりこちらへ歩み寄ってきた。

「このところ、あまり食事が進まないそうだな。眠りも浅いようだとレスタードから聞いた」

「ご存じなんですか」

驚いた。そんなことまで耳に入っていたなんて。

「私が報告するよう命じたのだ。どんなことも悉《つぶさ》にと。おまえのことはすべて知っておきたい」

「フェルナンド様」

そっと手が伸びてきて、やさしく左の頬を包まれる。

「思い悩ませてしまっているのだろうな。……すまない。だが、身体だけは大事にしてくれ。おまえは私の大切な人なのだから」

フェルナンド様はそう言って慈しむように目を細めた。

あぁ、彼は変わらない。重責をその双肩に背負い、ギリギリのところに立っているにもかかわらず、ぼくの心配ばかりする。眼差しから伝わってくる深い愛情に胸の奥がぎゅうっとなった。

込み上げる想いのまま、フェルナンド様の手に自分のそれを重ねる。

この手を離したくない。

この人を失いたくない。

たとえ失望されたとしても、フェルナンド様のものになりたい――

「……トワ」

静かに声をかけられてハッとした。

顔を上げれば、フェルナンド様が気遣わしげにこちらを見ている。

「そんな顔をするな。今すぐどこかへ行ったりしない」

じゃあ、いつ……と訊ねかけ、慌てて口を閉じた。今だけはそれを忘れていたい。

「さぁ、見舞いに行こう。ふたりとも、おまえが来るのを心待ちにしているはずだ」

「フェルナンド様にも。フェルナンド様にもすごく会いたいと思っていると思います。ふたりとも」

そう言って重ねていた手をぎゅっと握ると、彼は一瞬の間を置いて小さく笑った。ようやく見られたいつもの顔だ。

「これでも恋敵なんだがな」

「でも、紳士協定を結んだ仲じゃないですか」

「なるほど。違いない」

もう一度、今度は顔を見合わせて笑う。

そうして、ぼくたちはフェルナンド様の護衛とともに、まずは王室騎士団の宿舎へ向かった。

ミゲルさんの部屋を訪れるのは久しぶりだ。そういえば一度だけ、エンゲージの回避方法を知りたくてリカルドさんやパブロさんに相談しに来たことがあったっけ。

「ミゲル。入るぞ」

フェルナンド様がドアをノックする。

応えを受けて扉を開けると、驚いたことにミゲルさんはベッドに座って外を見ていた。

「ミゲルさん！　起き上がったりして平気なんですか」

「なんだ、入ってくるなり大声出して。そんなに驚くようなことか」

びっくりして思わず駆け寄ったぼくにミゲルさんは眉を顰《ひそ》め、それから「しかたのないやつだな」と顔をくしゃっとさせて笑う。この世界に来たことで知った、ぼくが一番好きな笑い方だ。

「傷の具合はどうだ。もう塞がったか」

フェルナンド様が声をかけると、ミゲルさんは我に返ったように急いでベッドから下りた。

「王子殿下わざわざのお渡り、恐れ入ります。おかげさまでこのとおり……と言いたいところですが、まだ完全には。ですが、傷はだいぶ塞がりました。すぐに戦線に復帰してご覧に入れます」

「そうか。だが無理はするなよ」

ミゲルさんが恭しく頭を下げる。

「あの……、完全じゃないっていうのは、どういう意味でしょうか」

「撃たれた方の左腕が思うように動かなくてな。それに、力を入れるとまだ痛む」

「そんな……」

「心配するな。すぐにもとどおりになる。それに、歩くことに支障はない」

いざとなれば馬を諦め、歩兵として戦うと意気込んでいる。

そんなミゲルさんにいても立ってもいられなくなって、とっさに彼の手を取った。

「ぼくからもお願いです。どうか無理はしないでくださいね。ミゲルさんに万一のことがあったら……ぼくは、そんなの耐えられません」

「わかっている。おまえのために生きると約束したからな」

「ミゲルさん……」

トクンと胸が鳴る。

熱っぽい眼差しにドキドキしていると、後ろから「ほう？」というフェルナンド様の声がした。

「おまえたち、そんな約束を交わしていたのか」

「えっと、これはその……」

「トワは俺の生きる意義ですから」

「トワは私の命そのものだ」

まるでどちらも譲らない。

慌てるぼくにくすりと笑うと、フェルナンド様はいつものおだやかな表情に戻ってミゲルさんに目を向けた。

「これからロロのところに顔を出す。傷に障らないようであれば、おまえも来ないか」

「お供させていただきます」

ミゲルさんが一礼する。

こうしてフェルナンド様とその護衛、それからミゲルさんとぼくで、今度は主塔の一角にある客間に向かった。

はじめてお城に来た時に用意してもらったのがこの部屋だった。中庭に面しているのでたくさん光が入るし、寝台も広くてとても居心地がいい。

取り次いでもらって中に入ると、奥のベッドにロロが横たわっていた。目を凝らせば、微《かす》かに胸が上下しているのが見える。

よく眠ってる……

炎系の魔法の中でも、ファイアブレスは深手を負いやすい攻撃のひとつと聞いた。そのせいで深刻な後遺症が残ったらどうしよう、きれいな顔に痕が残ったらどうしようと心配していたけど、連日つきっきりで回復魔法を施したララ様のおかげで最悪の事態は免れたようだ。

弟子を助けたい一念だったに違いない。ララ様も魔物討伐に参加するつもりだったそうだけど、高齢を理由にロロから止められたと聞いた。それもあって治癒《ちゆ》に全力を尽くしたのだろう。

物理攻撃で受けた傷は医師に手当てされ、こちらも経過は順調だという。

まずは様子を窺《うかが》えただけで良しとしよう。目を覚ました頃にまた来ようと三人で目配《めくば》せし合っていると、ロロが静かに瞼《まぶた》を開いた。

「トワさん……それに、フェルナンド様。ミゲルさんも……」

「ロロ。ごめんね。起こしちゃった？」

できるだけ靴音を立てないようにしてベッドに近寄る。

寝台を囲んだぼくたちに、ロロは不思議なことを口にした。

「ずっと起きてましたよ。でも、身体がうまく動かせないんです。意識はあるのに、ぼんやり眠ってるみたいな……」

魔物との戦いで魔力を消耗したため、身体が飢餓状態に陥っているのだそうだ。できるだけエネルギー消費を抑えるべく、いわゆるスリープモードに入っているという。

「そういうのって、人間でもあるんだ？」

「魔法使いは魔力が要《かなめ》ですからね。もとに戻るにはまだまだ時間がかかりそうです。ララ様には『無茶をしたら破門だ』って釘を刺されちゃいました」

「そっか。それだけ大変な戦いだったんだよね……」

強い魔力を持つ魔法使いとして名を馳せているロロが、その力を使い尽くしても歯が立たなかった相手。森の魔獣たちを活性化させるほどの魔物だ。いったいどれほどの力があるのか、底が見えないところも恐ろしい。

「せっかく来ていただいたのに、トワさんの好きな魔法のジュースも出せずにすみません」

「なに言ってるの。ちゃんと回復するまではおとなしくしてて。ロロが元気になってくれないと、ぼくもニャーも寂しいよ。フェルナンド様もミゲルさんも、それにララ様も」

「トワさん……」

ロロは花が咲くようにふわりと笑う。彼らしい笑い方だ。

それにひとつ頷いて、フェルナンド様が口を開いた。

「ロロ、大変だったな。先陣を切ってくれたことに、父上に代わって礼を言う。……あぁ、起き上がろうとしなくていい。まずは養生することを最優先にしてくれ」

「すみません」

それでも王子に敬礼だけはと、ロロは右手を胸に当てて目礼する。

「父上にかけられた黒魔法をその身に転移させようとしたと聞いた。父上を助けるために、身代わりになろうとしてくれたのか」

「……でも、うまくはいきませんでした。黒魔法も、魔物討伐も……」

「それだけ難しい問題なのだ。ひとりで背負おうとするな。何より、私はおまえの気持ちが嬉しかった。父上も同じことをおっしゃるだろう」

「フェルナンド様……」

ロロが悔しそうに眉根を寄せる。

自棄になっているようにさえ見える表情に胸がざわめき、ぼくは夢中で彼の手を握った。

「ロロに万一のことがあったらって気が気じゃなかったんだよ。ぼくの大事な推しなんだから、お願いだから無茶はしないで。ね？」

「どうだ、ロロ。トワに言われたら守らざるを得ないだろう」

横から得意げに話に入ってきたのはミゲルさんだ。

「なにせ、こいつは俺たちの急所だからな」

「もう。他にいい言い方はないんですか」

大袈裟に顔を顰《しか》めてみせると、そんなぼくを見てロロが笑った。

「でも、わかる気がします。トワさんを悲しませたくないですもんね」

「ロロまで」

「そうだな。トワは私たちの宝物だ。この命に代えても守るべきもの」

フェルナンド様の言葉にハッとする。

「いいえ。みなさんの命はみなさんのものです。ぼくのために失われていいものじゃありません。もちろん、国のためにも」

「トワ……？」

「今、カルディアは大変な状況にあります。そんな中、国難に勇敢に立ち向かうみなさんを心から尊敬しています。……でも、ぼくは誰も失いたくない。フェルナンド様も、ミゲルさんも、ロロも、ぼくにとって大切な人です。どんなにお金を積まれたって、暴力をふるわれたって、たとえ死神が迎えに来たって渡したくありません。絶対に」

想いを口にしながら、自分の中にこんなにも強い気持ちがあったんだと気づかされた。

絶対に絶対になくしたくない。ずっと一緒にいたい。傍にいてほしい。

思いを込めて三人を見つめる。

彼らは互いに顔を見合わせた後、けれど静かに目を伏せた。

「ありがとう。その言葉だけで充分だ」

「せめて人の役に立って死にたいと思っていますから」

「国に命を捧げるその日まで、おまえは俺の生きる意義であり続ける。それだけは間違いない」

「そんな……！」

必死の思いで掬《すく》った幸せが手のひらからこぼれ落ちていくようだ。首をふるばかりのぼくの肩をフェルナンド様がやさしく叩いた。

「ありったけの力で戦って、それでも敵わないものに囲まれている。これまでの魔獣討伐のようにはいかないのだ。かくなる上は、貴い犠牲を払ってでも多くの国民が生き残る道を選ぶまで。……幸い、私たちは三人いる。誰かひとりぐらいは生き延びるかもしれない。それを願うばかりだ」

覚悟を決めた眼差しに胸が抉られるようだ。

ぼくは静かに息を吸い込み、突き上げてくる思いに覚悟を決めた。

「――ひとつだけ、方法があります」

三人がいっせいにこちらを見る。

「ありったけの力を何倍にもする、そんな奇跡を起こしませんか。この国を救うための奇跡を」

「トワ」

「おまえ、何を……」

「ぼくら四人でエンゲージしましょう。フェルナンド様と、ミゲルさんと、ロロと、ぼくで」

その瞬間、三人は弾かれたように首を横にふった。

「おまえ、自分が何を言ってるかわかってるのか」

「私たちに気を使う必要はない」

「そうですよ、トワさん。無理しなくていいんです」

「無理なんてしてない。ぼくはもう逃げません。プリンセスとしてみなさんに応えたいんです」

「その気持ちだけもらっておく。国のために犠牲になるのは俺たちだけでいい」

一線を引かれたと感じた瞬間、自分でも驚くほど熱い思いが込み上げた。

「違います！　国のためだけじゃありません。ぼくは、あなたたちが好きだからっ……！」

心から言える。

推しだったからだけじゃない。フラグが立ったせいでもない。三人を、心から愛しているからだ。

三人は信じられないという驚きと、それでも信じたいという期待に満ちた目をしていた。

「トワさん……」

「本当か。聞き間違いじゃないんだな」

「エンゲージをあれだけ嫌がっていたおまえが……」

フェルナンド様の言葉にぼくはそっと首をふる。

「今はもう、そんなふうには思っていません」

「何か心境の変化でもあったのか」

不安そうに訊ねられ、どう説明したものかと返事に詰まった。

この状況がそうさせてしまったのではと、フェルナンド様は考えているんだろう。曖昧に誤魔化したりしたら、きっと余計心配させてしまう。

ええい、背に腹は代えられない！

ぼくは腹を括《くく》ると、恥ずかしいのを堪《こら》えて口を開いた。

「心境の変化というか……確かに次元越えとか気にしてましたけど、でも今はその、どうしたらいいかわからなくて……だから正直ちょっと怖くて……だって、は、はじめてなんですっ」

こんな告白までする羽目になるとは……

ぽかんとしていた三人は、間を置いて今度は「ふはっ」と噴き出した。

最初に口を開いたのはミゲルさんだ。

「今さらだろ」

「えっ」

「キスも私がはじめてだったな」

「うっ」

「トワさんのそういう初心なところ、大好きですよ」

「ひえっ」

最後は情けない声まで洩《も》れる。

それでも三人が楽しそうに笑うから、最後はぼくまでつられて笑ってしまった。

フェルナンド様、ミゲルさん、そしてロロ。あらためて三人の顔を順番に見つめる。

「好きなんです。だから好きな人のものになりたい。それだけじゃダメですか」

「上出来だ」

「愛しているよ。私の大切な宝石姫」

「僕も愛してますよ。トワさん」

フェルナンド様たちとは抱擁を、ロロとはそっと握手を交わした。

気持ちがひとつになったからだろうか、空気がぐんと濃密さを増したのがわかる。

「トワ」

人払いによって四人だけになった部屋で、フェルナンド様がまっすぐにぼくを見つめた。

「あらためて聞かせてくれ。おまえは、私たち三人をエンゲージの相手に望んでくれるんだな」

本来エンゲージは、フラグを立たせたひとりの相手と結ばれる行為だ。

それに対して、ぼくの中では三人全員にフラグが立っている。こんなイレギュラーな状況だからこそ、みんなを選ぶことができると確信する。

「はい」

きっぱりと答えた瞬間、これまで何度も聞いた鍵がかかる音がした。ただし誰かひとりのルートではない、三人まとめての特別ルートだ。

三人は息を呑み、それから嬉しくてたまらないというように破顔した。

「しぶとく生き残って正解でした」

「ロロ。待たせてごめんね」

「あの時、戦場で死んでたら化けて出るところだったな」

「ミゲルさんまで」

「これでは人質になる決心も揺らぎそうだ」

「フェルナンド様。ぜひそうしてください！」

見つめ合っているだけで胸がいっぱいで弾けそうだ。

そんなぼくの背中をポンポンと叩きながら、ミゲルさんが悪戯《いたずら》っ子のように笑った。

「さぁ、そうと決まれば善は急げだ。『やっぱりやめた』はなしだからな」

「言いませんよ、そんなこと」

「それならトワ。おまえは最初に誰を選ぶ？」

「え？」

あ、そうか。そこまでは考えてなかった。

ロロは難しいだろうから、フェルナンド様？　それともミゲルさん？　でも、どっちから……？

考え倦《あぐ》ねて目が回りそうになっていると、そんなぼくを見てミゲルさんが笑った。

「どんな順番だろうと最高の気分にしてやる。気にせずフェルナンド様を選べ」

「いいのか、ミゲル」

「王子殿下を差し置くわけにはいきません」

「どんな時もおまえは騎士だな。感謝する」

「僕も同じく。それに、後だったからと言って愛情が減るわけではありませんし」

「ロロもか。恩に着る」

フェルナンド様がぼくに向き直る。

「トワ。私を、おまえのはじめての男に選んでくれるか」

まっすぐに手を伸ばされた。

これまで何度も取ったあたたかな手。はじめてお城に連れてこられた時も、城内を案内してもらった時も、庭でダンスを踊った時も、いつもこの手が自分を新しい世界に導いてくれた。

そして今、ふたりで次の階段を上るのだ。

「はい。喜んで」

手に手を乗せるとグイと引かれ、逞《たくま》しい胸に抱き留められた。

「トワ……愛している……！」

「ぼくも愛しています。フェルナンド様」

広い背中に手を回し、思う存分抱き締める。

やっと。やっとだ。やっと言えた。大好きな人に、心の底から。

少しだけ身体が離され、至近距離から顔を覗き込まれる。美しい黄緑色の瞳は熱を帯び、飴のように甘くとろりと蕩《とろ》けた。

「これからおまえを私のものにする。怖かったら言うんだ。いいな？」

秘密の話をするように抑えた声にドキッとする。

小さく頷くと、フェルナンド様は「いい子だ」とやさしく目を細めた。

ベッドサイドで立ったまま服を脱がされる。一枚、また一枚と床に落とされるたび、心臓は壊れそうなほど高鳴っていった。

がっかりされたらどうしよう。嫌われたらどうしよう。そんな不安が胸を過る。

けれど、それは杞憂《きゆう》だったと三人の眼差しが教えてくれた。胸に、背中に、足にまで絡みつくような熱い視線が注がれる。

最後に下着が落とされた瞬間、三人はゴクリと喉を鳴らした。

視線に炙られてるみたい……

まだ触れられてもいないのに身体が火照り、心臓がドキドキと早鐘を打つ。

それをさらに煽るようにフェルナンド様も上衣を脱ぎ、逞《たくま》しい上半身を露わにした。

「あ……」

手を取られ、裸の胸に導かれる。はじめて触れる彼の肌はなめらかで、鼓動が手のひらに力強く伝わってきた。

「フェルナンド様も……？」

ドキドキしてるのは、ぼくだけじゃないんだ……

そんな当たり前のことを教えてもらって、おかしな話だけどホッとする。

「愛しい相手を前にして、胸を高鳴らせない男などいない」

フェルナンド様ははにかむように笑うと、ぼくを寝台へと促した。

「さぁ、おいで。ミゲルにもロロにもよく見えるように。これから三人に愛されるのだから」

幸い、客間のベッドはかなり大きく、ロロの他にもうひとり寝転がっても余裕がある。ミゲルさんは枕元の椅子に陣取って見守ることにしたようだ。

そっと寝かされた上に、フェルナンド様が覆い被さってきた。

「愛している。私の愛しい宝石姫……」

大きな手で左右から頬を包まれ、厳かなくちづけが降る。彼の唇が触れた瞬間、波紋のように甘い痺れが全身へと広がっていった。

「ん……」

唇をやさしく食《は》まれたかと思うと舌で舐《ねぶ》られ、驚いたところを見計らってやんわりと甘噛《あまが》みされる。フェルナンド様に食べられているみたいだ。

それなら、ぼくも……

そろそろと舌を差し出して彼の唇を舐めると、少し驚いたような反応があった後で、すぐに熱い舌が口の中に潜り込んできた。

「ん……、んっ……」

舌先でトントンとノックするようにくすぐられたかと思えば、舌全体を使って口内を淫らに掻き回される。舌同士を絡めて強く吸われた瞬間、まるで電気が走ったみたいに熱いものが身体を駆け巡った。

「あ、んっ」

フェルナンド様の大きな手が頬から首筋を滑り下り、鎖骨を越えて胸へと至る。

まだやわらかな淡い先端を掠《かす》められた瞬間、思わず声が出た。

慌てて口を押さえたものの、見上げたフェルナンド様は嬉しそうに笑っている。

「なるほど。ここがおまえの好きなところか」

「これまで誰かにかわいがってもらったことがあるのか」

……と書くのは間違い。


「ち、違……」

「恥ずかしがることはない。だが、ずいぶんと敏感だな。これまで誰かにかわいがってもらったことがあるのか」

「ふふふ。僕ですよ」

楽しそうな声が割り込んできた。

「ちょっ、ロロ！」

「おい。おまえ、いつの間に」

ミゲルさんまで立ち上がらんばかりの勢いだ。

「トワさんが僕と一緒にいてくれた頃、魔法でいろんなものを降らせて遊んだことがありまして。中でも羽根はトワさんのお気に入りになったんですよね」

ふわふわと頭上から降り注ぐ真っ白な羽根。まるで生きもののように首筋や肩、胸の上を撫でさすりながら落ちていくのに、ひたすら悶えさせられたことがあった。

「あれは不可抗力じゃない？」

「ほう。羽根が好きか」

「いえ……、あっ……」

肌に指の背を這わされ、触れるか触れないかのフェザータッチで乳首の周りをなぞられる。かと思うと戯れに先端を弾かれ、摘まれて、不意打ちの刺激に身体はビクビクとのたうった。

「や、……ダメ、っ……」

そこを弄られるたび、ジンジンと痺れるような何かが下肢に向かって落ちていく。もったりと重たい熱が下腹の辺りに溜まってくるような、得も言われぬ感覚だ。

「んっ！」

先端を舐められ、濡れた水音を立てて吸い上げられて、全身に甘く電気が走った。

「あ、あ、あ……」

熱い舌に舐《ねぶ》られているとそれだけで溶けてしまいそうだ。もう片方の乳首もコリコリと紙縒《こよ》りを作るように親指と人指し指に摘まみ上げられ、育てられて、すぐにぷっくりと赤く熟れた。

「はぅっ……ダ、メ……そんな、……ぁっ……」

どちらもジンジンと疼いて辛い。息を吹きかけられただけでもゾクッとする。

ようやくのことで上体を起こしたフェルナンド様は下に目をやり、くすりと笑った。

「もうこんなにしていたのか」

「え？　……あ、っ……」

大きな手にすっぽりと熱を包み込まれる。そうされてみてはじめて、自身が昂っていたことを知った。

フェルナンド様はあの時のように何の躊躇《ためら》いもなくぼくを握り、ゆっくりと上下に扱きはじめる。

「ん、んんっ……」

羞恥のあまりとっさに膝を閉じかけたものの、それより早く太股を押さえられてしまった。

「隠さず全部見せてくれ。おまえのすべてを目に焼きつけたい」

「そん、な……は、恥ずかしい、です……」

「恥じらうおまえはとても素敵だ。愛しているよ、トワ」

額にキスを落とされる。それにきゅんとしたのも束の間、熱くなった幹を勢いよく扱き上げられて、ぼくはぎゅっと目を閉じ身悶えた。

「あ、ぁっ……ダメ、そんなっ……」

ぐんぐん集まった熱が出口を求めてうねり、覚えのある感覚が迫り上がってくる。

「フェル、ナンド……、さま、ぁ……」

もう、今にも気をやってしまいそうだ。

必死の思いで縋《すが》りつくと、フェルナンド様はなぜかぼく自身から手を放した。

「え……？　わっ」

「このまま達かせてやりたいが、それだと後が辛いだろう」

両膝の後ろに手を入れられ、そのままグイと持ち上げられる。膝が胸につきそうなほど身体を折り畳まれたかと思うと、露わになったぼくの臀部にフェルナンド様がくちづけた。

「わー！　フェルナンド様！　何して……！」

これじゃ、あらぬところまで丸見えになってしまう。どうにかして体勢を変えなくちゃと思うのに、逞《たくま》しい腕はビクともしない。

そうやって悶えているうちに、秘所に熱いものが触れた。

「……！」

舌だ。フェルナンド様の舌が触れている。胸に触れた時と同じく、ぬるり、ぬるりとやさしい動きで頑なな蕾をあやそうとしている。

「や、やめっ……そんなとこ舐めるなんてっ」

「おまえを傷つけるわけにはいかない。少しだけ我慢してくれ」

「そん、な……、あ……、あぁっ……」

はじめはぞわぞわと鳥肌が立つ感覚しかなかったのに、たっぷりと唾液を送られ、やさしく愛撫されているうちに、いつしか身体の奥がとろんと蕩《とろ》けてくるような不思議な感覚に囚われた。

今や舌先でつつかれるたび、そこがヒクッと物欲しげに蠢く。

「力を抜いていてくれ」

そう言ってフェルナンド様の指が挿《はい》ってきた時も、慣れない感覚への戸惑いこそあったものの、それ以上にゾクゾクした。

「そう。上手だ」

ゆっくりと指が出し入れされ、隘路《あいろ》を押し広げていく。二本に増えた指で秘所を左右に開かれ、中まで唾液を塗《まぶ》されて、あまりの猥《みだ》りがわしさにそのまま達してしまいそうになった。

「はぁっ……フェル……、ナン、ドさ、ま……ぁ……」

「あぁ、私も限界だ。おまえの中に挿《はい》らせてくれ」

指を引き抜かれたかと思うと、フェルナンド様は膝立ちになって前を寛げる。はじめて見る彼の雄は自分のものとは比較にもならない大きさで、硬く張り詰め天を仰いでいた。

「わ……」

無意識のうちにゴクリと喉が鳴る。

それを察してか、すぐ横から声をかけられた。

「トワ。怖いか」

「ミゲルさん」

「手をつないでいてやる。大丈夫だ」

「僕も、こっちの手をつないでますから」

「ロロ……」

左手をミゲルさんと、右手をロロと、それぞれつなぐ。ふたりが握り返してくれるのが嬉しくて、指の節にキスを贈った。

「こうしていると、三人一度におまえと愛し合っているようだな。……さぁ、力を抜いて」

肩に足を担ぎ上げられ、再び身体を折り畳まれる。

露わになった後孔にフェルナンド様の熱い昂ぶりが押し当てられた。

「トワ。愛しているよ」

「あ、あぁっ……」

グイと突き入れられた瞬間、身体が引き裂かれそうな強い痛みに支配される。大きく張り出した丸い先端は凶悪なまでに蕾を広げ、中へ押し入ろうとしていた。

つないだ手をぎゅうっと握る。

痛い。痛くてたまらない。

それでも、やめてほしくない。ひとつになれて嬉しいから。

「苦しいな。すまない」

「だ、い……じょぶ……」

触れるだけのくちづけに精いっぱいの笑顔で応えた。

「トワ。俺の手に爪を立てていい。痛みを逃がせ」

「ゆっくり息をしてください。トワさん」

ミゲルさんが汗で張りついた前髪を掻き上げてくれて気持ちがいい。

ロロもつないだ手をさすり続けてくれて心強かった。

そんなふたりの助けもあって、少しずつフェルナンド様の熱塊を受け入れていく。

「……あ、……あぁっ……」

とうとう嵩《かさ》の張った亀頭が押し込まれ、その後は一息に奥まで彼でいっぱいにされた。

生まれてはじめて体内で味わう他者の感覚。ドクドクと熱く脈打っているのがわかるほどだ。

「すごい……フェルナンド様が、ここにいる……」

思わず下に目をやると、彼の金色の下生えや接合部までもがありありと見えた。

本当に、ひとつになったんだ。大好きな推しと、大好きな人と……

嬉しさが込み上げてきて目の前が涙で滲む。

「辛かったな。私を受け入れてくれてありがとう」

「フェルナンド様……」

唇でそっと涙を吸われ、そのまま引き合うようにくちづけた。

あぁ、なんて幸せなんだろう。愛し合うって、こんなにも胸がいっぱいになることだったんだ。

心があたたかなもので満たされていく。身体までもいっぱいにされ、愛しさのあまり中がきゅうっと蠕動した、その時だ。

「……なん、だ。これは……」

フェルナンド様が驚いたように上体を起こす。

「トワ。私に何かしたか」

「い、いえ。何も」

慌てて首をふる。

けれど、すぐにまた中がうねったことで、フェルナンド様は「クッ」と悩ましげに顔を顰《しか》めた。

「ご、ごめんなさい。あの、身体が勝手に……」

「…………驚いた。これがエンゲージの奇跡か」

「え？」

ミゲルさんやロロも身を乗り出す。

「おまえに包まれるほどに力が漲《みなぎ》ってくるのがわかるのだ」

「力が？」

「なんということだろう。疲れも怖れもすべてが吹き飛んでいくようだ。すごいぞ、トワ！」

エンゲージの奇跡と言われてもぼくにはよくわからないけど、それでもフェルナンド様が喜んでくれたならとても嬉しい。それに、疲れがなくなったならなお嬉しい。

そう言うと、フェルナンド様にぎゅうっと抱き締められる。

「んっ」

リラックスしたからだろうか、彼がさらに深いところまでぐうっと挿《はい》ってきた。

自分の中がどんどん開かれていくのが少し怖いような、でも嬉しいような。自分でも知らなかったところを熱塊でやさしく突き上げられ、ぼくはまたしても彼をきゅうきゅうと甘く食《は》み締めた。

「あぁ、おまえのここは饒舌《じょうぜつ》だな。私を気に入ってくれたのか」

「だって……、すごくて……」

こんなに幸せな気持ちにしてもらえるなんて思わなかった。

思いきって打ち明けると、なぜか中にいたフェルナンド様がさらに一回り大きくなった。

「な、んっ……」

「おまえが煽るようなことを言うからだ」

「ダメですよ。そんな、おっきくしたら……壊れちゃう、から……あんっ」

わずかに熱塊を引き抜かれたかと思うと、すかさず、ズン、と突き入れられる。小刻みにはじまった抽挿はやがて大胆さを増し、角度を変え、深さを変えてぼくの中を拓いていった。

「は、ぅっ……」

こんな感覚なんて知らない。

こんな快楽なんて知らない。

身体の奥に孕んだ熱に頭の中が真っ白になる。さらに煽るかのように前に回された手で自身を扱かれ、ぼくはただただ過ぎた快感に懊悩《おうのう》するしかなかった。

「ああっ……、ダメ、待っ……い、達く……、達っちゃ、うっ……」

「気持ちいいか。トワ」

「い、い……ぁっ……いい、……フェルナ……、ド、さま……すご、いっ……」

「あぁ、私もだ」

もう何もわからない。幸せということ以外は何も。

ただひとつになって、溶け合って、上り詰めて、そして。

「も、達くぅ……あぁっ――……」

身体が仰け反ると同時に、自身から勢いよく白濁が散る。奥がビクビクと痙攣《けいれん》し、中にいたフェルナンド様をきつく食《は》み締めた。

「くっ……」

頭上からくぐもった声が降る。いまだ激しく収縮をくり返す隘路《あいろ》を味わい尽くした熱塊は、ついに締めつけに引き摺られるようにして最奥に精を放った。

「あ……」

はじめての、奥を濡らされる感覚。ドクドクと注がれる情熱に、これで本当に彼のものになったんだと実感する。

「あぁ。言葉にできないほど幸せだ。トワ。愛している……」

「ぼくも……愛して、ます……」

整わない息の中、それでも目を見交わして微笑み合った。

フェルナンド様は身体を起こすと、ゆっくりと自身を引き抜く。いまだ硬さを失わない熱塊に続き、何かがとぷっとこぼれ落ちた。

「わっ……」

中に出された彼の残滓だ。

恥ずかしさのあまり慌てて足を閉じると、今度はミゲルさんがベッドに乗ってきた。

「フェルナンド様。交代を」

「なんだ。余韻も味わわせないつもりか」

フェルナンド様が渋々といった顔でベッドから下りる。

代わりに覆い被さってきたミゲルさんにくしゃりと前髪を掻き上げられ、額にキスを落とされた。

「どうだった。はじめてのセックスは」

「すごく、気持ち良かったです……」

「だそうですよ。フェルナンド様」

「私が自分で訊きたかったんだが」

服の乱れを整えたフェルナンド様は椅子に腰を下ろしながら苦笑する。

ミゲルさんはもじもじするぼくに目敏く気づき、白濁に目を落としてニヤリと笑った。

「愛の証だ。恥じることはない。心配せずとも新しいものを注いでやる」

「え？　あ……」

反応する間もなく身体を反転させられ、うつ伏せのまま腰だけを高く持ち上げられる。左右に割り開かれた蕾から精液がまたとぷりとあふれ、そのまま太股を伝い落ちた。

「やっ……」

三人が見ているのかと思うと恥ずかしくてたまらないのに、それにすら昂奮してしまう。さっきまでフェルナンド様に掻き回されていたことを思い出して秘所がヒクリと戦慄《わなな》いた。

「おまえは見られても感じるんだな」

「ち、が……」

「最高だ。トワ」

後ろから覆い被さってきたミゲルさんに背中を舐められ、ゾクゾクするあまり腰が揺れる。

揺らめく尻に熱く硬いものが触れた。ミゲルさんの熱棒だ。ぬるぬると滑る先端を蕾に押し当てられ、擦《こす》りつけるようにされて、その男くさい仕草にいやが上にも緊張と期待が高まっていく。

これから、ミゲルさんのものになるんだ……

「俺をほしいと言え」

そんなぼくを煽るように耳元で彼が囁いた。

「俺はおまえがほしい。おまえのここに挿《はい》りたい。おまえの中を擦《こす》って、掻き回して……最高に気持ち良くしてやりたい」

「……ふ、……ぁっ……」

後孔に触れた指先をツーッと前に滑らされ、下生えから下腹を通って臍の上まで意味ありげに撫でられる。そこまで全部俺でいっぱいにしてやると言われているようで、想像しただけで全身の血が下肢に集まるのがわかった。

ゆるゆると臍を撫でていた手に自身をぎゅっと握られる。

「勃ったな。トワ」

「ミ、ミゲルさんのせいです。エッチなことばっかりいっぱい言うからっ……」

肩越しに上目遣いに睨んでやると、一瞬の間を置いて彼はニヤリと笑った。

「おまえをその気にさせて何が悪い」

「声っ……耳元で、言わないで……」

ただでさえ低くていい声なのに、このままじゃドキドキしすぎて死んじゃいます。

「ならば言え。俺がほしいと。これからおまえを抱こうとしている男は誰だ？」

「ミ、ミゲルさん……ミゲルさんが、ほしい……」

「いい子だ」

項にキスが落ちたかと思うと、そのまま腰を突き出され、猛ったものがずぶずぶと挿入される。

「あぁぁっ……」

痛みはなかった。

一度目の交合ですっかり作り替えられたぼくの身体は素直に彼を受け入れていく。何度か揺さぶられるうちにすべてを呑み込み、その形を覚えるように甘く激しく熱棒を食《は》んだ。

「は……、はぁっ……あ……」

自分の変化に頭がついていかない。

それでも、彼とひとつになれて嬉しいということだけはわかる。

「……は、っ……」

そんなぼくの頭上からミゲルさんの悩ましげな声が降った。

「参ったな……持っていかれそうだ。どうしてこんなに熱い……」

背中に彼の額が押し当てられる。何かを堪《こら》えるようにしばらくじっとしていたミゲルさんは、やがてハッと上体を起こした。

「待て、左腕の痛みがなくなっているじゃないか。信じられない……見ろ、力を入れてももう平気だ。これがエンゲージの奇跡か……」

「おまえもか。ミゲル」

フェルナンド様が昂奮気味に身を乗り出す。

「さすがはプリンセスだな、トワ。おまえの中は癒やしの泉だ」

ミゲルさんは両手でぼくの腰を掴むなり、グイッと腰を突き出してきた。

「あぁっ……、ふ、かい……っ」

さっきよりさらに奥まで突き入れられて自分の何かが拓かれていくのがわかる。

音を立ててこじ開けられていくような、そこに新たな快楽を植えつけられていくような、恐ろしさと愛しさが混ざり合った不思議な感覚だ。

「あ、あ、あっ……そん、な……あぁっ……」

根元まで埋め込まれるたび身体がずり上がる。それを引き戻されては、また激しい突き上げに惑う。遮二無二貪るような交接にもう何も考えられない。あふれ出した白濁は泡立ち、ぐちゅぐちゅと淫らな音を立てた。

「待って、待って……ぼく、変になるっ……」

「何が変だ。何が怖い」

「だって、ダメ、ミゲルさ……、そんな、したら……、また、達っちゃうっ……」

両手でシーツを握り締め、いやいやと首をふる。

けれどミゲルさんは手加減するどころか、再び前に手を回してきた。ポタポタと滴をこぼしはじめているぼくを掴み、勢いよく扱き上げる。

「あんっ」

「何度でも達けばいい。言ったろう、最高の気分にしてやると」

「ダ、ダメ……、そんなしたら……い、っちゃ、うっ……」

前を攻められ、後ろを穿《うが》たれ、もはや抗う術もない。

「あ、ああぁっ……」

大きな手に導かれるままぼくは精を吐き出した。

それを煽るようにミゲルさんがガツガツと穿《うが》ってくる。

「やっ、ダメ……、達ってる、からぁ……」

いいところをこれでもかと抉られて頭がおかしくなりそうだ。終わらない吐精に懊悩《おうのう》するぼくの中で、限界まで膨らんだミゲルさんがとうとう熱を放った。

「………くっ」

腰を鷲掴みにされ、思いの丈を知らしめるように何度も何度も注がれる。

荒い呼吸とともにようやくのことで熱棒が引き抜かれると、ふたり分の大量の精液がどぷっと太股を伝い落ちた。

もはや恥ずかしいという感覚より、気持ち良さが勝っている自分に気づく。どんどん塗り替えられていくのが怖くもあり、そして心地よくもあり。

「ダメって、言ったのに……」

肩越しにふり返ると、ミゲルさんは雄の匂いを放ちながらニヤリと笑った。

「だが、良かったろう」

そのまま唇を塞がれ、やさしく吸われる。

「いい顔だ。このまま何度でも抱きたい」

「抜け駆けはダメですよ。ミゲルさん」

割り込んできたのはロロだった。

ミゲルさんは小さく舌打ちしながらベッドの端に寄る。

「それじゃ、トワさん」

手を伸ばされて驚いた。まさか、病人のロロにまで求められるとは思わなかったからだ。

「えっと……、ロロはまだ無理じゃないかな」

「僕だけ除け者は寂しいでしょう？」

「でも、起き上がれないんだよね」

「はい。なので、トワさんにご協力いただくことになってしまいますが」

身体を跨いでほしいと言われ、半信半疑で身を起こす。

けれど、その前に散々愛されたおかげで太股に力が入らず、膝立ちになる前に倒れそうになった。

「しっかりしろ」

「ほら。掴まれ」

椅子を立ったフェルナンド様が右側から、膝立ちになったミゲルさんが左側から、それぞれ肩や腰を支えてくれる。

どうにか言われたとおりにすると、すぐにロロが自らの下肢に手を伸ばした。前を寛げ、自身を取り出すと、その切っ先で熱くぬかるんだ場所を探す。立て続けにふたりを受け入れ、まだジンジンと疼いているそこに新たな熱芯を押し当てられて、思わずぶるっと身体がふるえた。

「ロロも、そうなるんだ……」

「僕だって男ですから。言ったでしょう、トワさんと楽しいことをいっぱいしたいって」

天使のような微笑みに一匙の艶が混じる。

「おふたりに愛されている間、ずっといい子で我慢してたんです。僕にもご褒美をくれるでしょう？　ね、トワさん。そのままゆっくり腰を落として……」

腰に添えられた手に導かれる。

身体を支えてくれていたふたりの腕が離れるや、すぐに熱芯がぬうっと挿《はい》ってきた。

「う、うそ……」

「そう。上手ですよ」

ロロが目を細めながら自ら挿入するぼくを見上げる。まるでぼくがロロを襲っているみたいな、それなのにロロに抱かれている、おかしな気分だ。

「何、これ……、すごい……」

自分の身体の重みでどこまでも挿《はい》っていく。ふたりの残滓も潤滑剤代わりだ。奥深くまでロロを受け入れ、彼の下生えに達した瞬間、ゾクゾクするような快感に襲われ夢中で中を締めつけた。

「ふ、っ……」

ロロがあえかな吐息を洩《も》らす。

「トワさんの中、気持ちいい……それに、すごく満たされます……」

「おまえもか、ロロ」

「光に包まれるような感覚だろう」

「えぇ。これがエンゲージの奇跡なんですね。すごい……魔力が一気に膨れ上がっていくようです。傷の痛みもみるみる消えて……」

ロロの目がきらきらと輝く。

次の瞬間、その言葉を証明するように彼の熱芯が体積を増した。

「わっ。なんで……」

「ふふふ。元気にしてもらったので。僕も、トワさんをもっともっと気持ち良くしてあげたいです」

そう言うなり大きく腰を回される。

「んんっ」

ゆっくりと円を描くように大胆に中を掻き回され、ゾクゾクするものが駆け上がった。

熱芯の先がこれでもかといいところを抉る。掻き出された白濁はぼくの尻を濡らし、ロロの下生えも濡らしてシーツへと染み込んでいった。

「四人でひとつになってるみたい……」

思わず呟くと、傍で見ていたミゲルさんとフェルナンド様が苦笑した。

「おい。誘ってんのか」

「我慢するのがこたえるな」

「僕の苦労がわかったでしょう？」

ロロもそれに苦笑で返すと、今度は腰を跳ね上げた。

「あぁっ」

ゆるゆると下から突き上げられ、洩《も》れ出た精液が卑猥な音を立てる。それが恥ずかしくてたまらないのに、もっともっとと思ってしまう自分がいた。

ロロが求めてくれて嬉しい。ロロとひとつになれて嬉しい。

「僕もですよ。トワさん」

「え？　あぁ」

心の中を読んだんだろう。なるほど、魔力が戻った証拠だ。

「じゃあ、ぼくが今考えてることもわかる？」

悪戯《いたずら》っぽく笑ってみせると、ロロは当然と言わんばかりに破顔した。

「『ぼくを愛してくれて、ありがとう』」

「大正解」

「僕も愛してますよ、トワさん」

そっと上体を倒して触れるだけのくちづけを交わす。後ろではフェルナンド様たちが「こういう時にふたりの世界に入るのはどうかと思うが」とブーイングの嵐だ。それにロロと顔を見合わせてくすりと笑うと、ぼくたちはもう一度目を閉じた。

ロロの手が伸びてきて、勃ち上がりかけていたぼく自身をそっと包む。

「ずっとこうしていたいですが、トワさんもそろそろ限界でしょう。ふたりで一緒に、ね」

そう言うなり、ロロが激しく突き上げてきた。

「あっ……、あ、あぁっ……」

さっきまでの彼とはまるで違う。体力を証明するようにリズミカルに奥を穿《うが》たれ、同時に自身を扱かれて、それはたちまちのうちに熱く漲《みなぎ》った。

「ど、しよ……ロロ、ぼく……」

「達きそう？　僕はトワさんを気持ち良くしてあげられてますか？」

「し、してる……すごくっ」

「ふふふ。良かった」

ロロはやさしく笑った後、いよいよ頂点へと追い上げてくる。自分からも無意識に腰を動かしながらぼくはロロの手に夢中で縋《すが》った。

「あぁっ、も、ダメ……ロロ、達っちゃう……ロロ、ロロっ……」

「僕も達きそうです」

「あ、あ、あ……ぁっ…………あぁぁっ――」

あっという間に上り詰め、弾け散る。

ぼくがもう三回目の精を噴き上げてすぐ、ロロもまた最奥で白濁を放った。

「……ふ、っ……」

ビクン、ビクンと痙攣《けいれん》しながら注がれる熱にこのまま酔わされてしまいそうだ。

全身がひどく重怠く、もう姿勢を保つことすらできなくなったぼくは、そのままロロの上に倒れ込むように身体を預けた。

「……んっ」

急に動いたことで、深々と埋め込まれていた熱芯が抜ける。とぷとぷとあふれ出すものもそのままに荒い呼吸をくり返すぼくを、ロロがやさしく抱き締めてくれた。

「大丈夫ですか、トワさん」

「し……、死にそう……」

「それはそれは」

ロロはくすくすと笑いながら髪に、額に、何度もやさしいキスをくれる。

「三人相手は大変だったでしょう。よく頑張りましたね」

「ん……。でも、嬉しかった、から」

大好きな人たちと身も心もひとつになれた。それに、プリンセスとしても役に立つことができたなんて、これ以上のことがあるだろうか。

やっとのことで息を整え、ロロの上から身を起こすと、いつの間にかフェルナンド様とミゲルさんがぼくたちを囲んでいた。

「私もおまえと契ることができて嬉しかった。ありがとう、トワ」

「俺もだ。やっとおまえを俺たちのものにできた。奇跡も起こしてもらったしな」

「これで怖いものはありませんね。トワさんの愛を得たんですから、百人力です」

ロロの言葉に、ふたりは「あぁ」と力強く頷く。

フェルナンド様に、ミゲルさんに、そして起き上がったロロにやさしく抱き締められ、触れるだけのキスをもらって、ほうっと安堵の溜め息が洩《も》れた。

安心と疲れのせいだろうか、たちまち猛烈な眠気が襲ってくる。

それでも、これだけは言っておかなくちゃ。

「怖いものがなくても、無茶はしないでくださいね。誰もいなくならないでくださいね」

「あぁ、わかっている」

「約束だ」

「大丈夫ですよ、トワさん」

三人の顔を見回し、幸せな気持ちで瞼《まぶた》を閉じる。

「良かった……みんな、大好き………」

あたたかなキスの感触を最後に、ぼくは深い眠りに沈んでいった。


目を覚ましたのは、翌日の夕方近くになってからのことだった。

「トワ様！　トワ様、大変でございます！」

まだ身支度も済んでいないうちから侍女たちが大騒ぎで駆け込んでくる。

「フェルナンド様が、人質作戦を撤回なさいました！」

「えっ」

「騎士団副長ミゲル様は隊を率い、戦闘準備に入っておいでです！」

「は、はい？」

「魔法使いロロ様は完全に魔力を回復され、魔物封印に向かわれるそうです！」

「嘘でしょ？？？」

いったい何が起きたんだ。

目を丸くしていると廊下の向こうがバタバタと騒がしくなり、続いて部屋のドアがノックされた。応じてみれば件の三人と侍従たちだ。突然の王子らの登場に侍女たちは慌てて隅に下がった。

「よう。やっと目を覚ましたか」

「ごきげんよう。トワさん」

「すまないが、少し時間をもらえるか」

「はい。実は、ぼくからもお訊きしたいことができまして……」

目で先を促すフェルナンド様に侍女から聞いたことをそのまま伝える。

すると彼は「聞いているなら話は早い」と頷いた。

「我々もそのことで来たのだ。おまえに、今後について話しておこうと思ってな」

フェルナンド様が侍従に指示すると、あっという間に椅子やテーブル、それにお茶まで用意される。呆然とするぼくは侍女に身支度を調えてもらい、四人で小さな卓を囲んだ。

聞けば、ぼくとエンゲージしたことで全員の能力が飛躍的に上がったのだそうだ。

フェルナンド様は国を動かすものとして、その洞察力と判断力が。

ミゲルさんは国を守るものとして、その機動力と剣の技術が。

ロロは国を潤すものとして、その魔力と魔法レベルが。

もちろん、怪我はすっかり治ったし、気力体力ともに満タンになったと三人は口を揃えた。

「長年受けてきた帝王教育の意味がやっとわかった。王は、目先のことばかり追いかけてはいけない。十年後、二十年後、そして百年後のカルディアが大きく発展するために今何を為さねばならぬのか、それを私は深く考え、強い気持ちで実行していかなければ」

「百年後……」

「その頃に私たちはもういない。だがそれでいいのだ。私たちの願いは次のものが継いでくれる」

フェルナンド様は本物の王のように確信を持って強く頷く。

「私がそう思えるようになったのもふたりのおかげだ。ミゲルが敵を打ち倒すと約束してくれたからな。それにロロも、魔物を退治してくれると」

目を向けると、ミゲルさんは不敵に笑い、ロロはにっこり微笑んだ。

「騎士としての意地があるからな。俺には、王家を守る使命があるんだ」

「お父さんもそうでしたもんね」

「あぁ。父の名に恥じないように。……団長とあらためて作戦を練り直した。前回の俺たちは勇み足だったが、次は負けない。敵がクロスボウで来るならこっちは騎馬の奇襲で後ろを突いてやる。混乱して向かってきたところを柵と塹壕《ざんごう》に待機させた長弓兵に迎撃させる。ロングボウを雨のように降らせて壊滅させてやるからな」

そう言ってミゲルさんは目を輝かせる。意欲が漲《みなぎ》っているのが伝わってくるほどだ。

「僕は、工房に戻ってララ様と話をしました。魔力が上がったことを喜んでくれて、これまで誰も読むことができなかった古魔法書も読めるんじゃないかと勧められて……。大魔法使い様ですら読めないところがあるものです。それが、僕には全部読めて！」

「えっ。すごい！」

「感激でした。魔法使いとして修行を積んできて良かったなって」

「本当だね。ロロ、魔法で人の役に立ちたいってずっと言ってたもんね」

「はい。古魔法書を参考に、もう一度魔物に立ち向かいます。もうやつらの好きになんてさせません。誰ひとり怪我させることなく退治してきます」

きっぱりと言いきるロロの顔は自信に満ちあふれている。彼ならきっとやってくれると思わせる、清々しい笑顔だ。

三人の話を聞き終わり、ぼくは「ふー……」と息をついた。

「みなさん、変わりすぎてびっくりしました。別人みたいじゃないですか」

「それだけの力をもらったからな。おまえがエンゲージの奇跡を起こしてくれた以上、俺たちだって全力で応えなければバチが当たる」

「ミゲルさん……」

「それに、おまえは私たちの心を細やかに汲み取ってくれた。誰にも言ったことのない話を打ち明けてみたいと思えたり、誰にも向けたことのない気持ちを抱いたりすることができたのは、トワ、おまえのおかげだ」

「だからこそエンゲージもうまくいったんだと思いますよ。ありがとうございます、トワさん」

「ロロ。フェルナンド様も……。みなさんにそう言ってもらえて嬉しいです。エンゲージって、こんなにすごいものだったんですね」

設定こそゲームと同じだけど、その効果たるや桁違いだ。

頻りに感心するぼくに、ミゲルさんはおかしそうに眉尻を下げた。

「なんだ。自分のことなのにわかってなかったのか？」

「だって、ゲームじゃあんなことはしないですもん」

ヒーローとヒロインはどこまでも清らかなおつき合いだし、エタロマオタは推しを画面越しに愛でることに命を懸ける。間違っても相手に認知されたりしないし、ましてや結ばれたりもしない。

だからいろいろおかしいんだよ。いろいろと……

思えば、この世界に召喚されたこと自体が奇跡だった。

元の世界と行き来したり、エンゲージの回避策を探したり、フラグの折り方がわからなくて途方に暮れたり。

でも、その過程で三人の人としての魅力を存分に知った。それが、この世界もひとつの現実なんだと気づいたきっかけだ。「二次元と三次元の境界線は死守しなくちゃ」と思い込んでいたぼくにとって、それは大きな転機だった。

最後に背中を押してくれたのはララ様の言葉だ。

――推しが望むなら、それを叶えることこそオタクの本望。

三人の想いに応えるため、そして三人の背中を押すために自分からも一歩踏み出したからこそ、こうして今があり、そして幸せな未来がある。

三人の顔を見ているうちに、じわじわとエンゲージの実感が込み上げてくる。

あんなことをした、こんなこともされたと思い返していると、黙り込んだぼくを心配したらしいフェルナンド様にポンと背中を叩かれた。

「どうした。もしや後悔しているのか」

「とんでもない！　……むしろ、後悔してないから困ってるんです」

「おかしなことを言う。後悔していないのにどうして困ることがある」

「だって、エンゲージの儀式は終わっちゃったじゃないですか」

にもかかわらず、また愛し合いたいと思ってしまったら……。熱を知ってしまった以上、何も知らない頃には戻れないのにどうやって乗り越えればいいだろう。

眉根を寄せるぼくを見て、三人はなぜか揃って噴き出した。

「そんなに気に入ってもらえたとは光栄だ」

「え？」

「トワさんたら。一夜だけのつもりだったんですか」

「え？　え？」

「俺たちはパートナーになったんだ。いついかなる時も愛し合って当然だろう」

「そ、そうだったんですか」

知らなかった………

三人から詰め寄られ狼狽《うろた》えるぼくの後ろで、侍女たちがくすくす笑っている。ふり返ればいつものように胸の前で手を組みながら「トワ様、頑張って！」と口パクしていた。

「これからは毎日毎晩、おまえに愛を伝えよう」

「疑う余地なんてないほど愛してやるから覚悟してろ」

「ずっと僕たちのものでいてくださいね。トワさん」

「～～～～！」

侍女たちが声にならない悲鳴を上げる。

ぼくも推したちの求愛に思う存分息を呑んだ。

「これが推しの破壊力……久々に脳に響くこの感覚……。うん、それでこそぼくの推しです」

恥じらいなく口説かれるのにはまだ慣れないし、照れくさいけど、推しが格好いいところを見せてくれるのは何より嬉しい。

そう言うと、三人はなんとも言えない顔になった。

「誰のために格好つけてると思っているんだ。もっと俺を好きになれ、トワ」

「こっ、これ以上は死んじゃいます」

「じゃあ僕が、理性を粉々にする魔法をかけてあげますね」

「かわいい口調で恐ろしいこと言わないで」

「しかたがない。ならばトワが慣れるまで四六時中口説き続けよう」

「ぼぼぼぼくを殺す気ですか！」

慌てふためくぼくを見て三人が声を立てて笑う。

はじめこそ顔を顰《しか》めていたぼくもそのうちおかしくなってきて、一緒になって笑ってしまった。

まさに、雨降って地固まる。

明るい未来が開けようとしていた。


その後、三人はとんでもない大活躍を見せた。

ミゲルさんは、国境を踏み越えてきた敵を見事撃退した。

彼の作戦がピタリと嵌《は》まり、相手は絶え間なく降り注ぐ長弓を前になす術もなかったそうだ。敵国の軍旗を奪っただけでなく、敗走しようとする敵の大将まで捕虜として連れ帰ってきた。

ロロは、森に棲《す》む伝説の魔物を退治することに成功した。

選ばれたものしか読むことのできない古《いにしえ》の魔法書が彼を導いてくれたそうだ。師であるララ様ですら封印するのがやっとだった恐ろしい魔物を、ロロは見事魔法の力で打ち破った。同行していた冒険者や魔法使いは彼の防御魔法に守られて誰ひとり傷を負うことなく、無事に戻ってくることができた。

そんなミゲルさんとロロがタッグを組み、武力と魔力の両方から黒魔法使いを追い詰めた結果、王にかけられた呪いも解かれた。

後からわかったことだが、黒魔法使いたちは敵国に唆《そそのか》されたようだ。

国難に乗じて王を亡きものにすれば、侵攻後は王室御用達として取り立ててやると言われてその気になったらしい。王を逆恨みした人間の考えそうなことだ。けれど敵国が倒れ、さらに追い詰められて、あっという間に白旗を上げた。

黒魔法使いはまとめて国外追放となり、この国自体に巨大な防御魔法が張られることになった。

そのため、ロロたち魔法使いは忙しそうだ。それでも彼らは文句も言わず、カルディアが平和になったことを喜んだ。

そんな後押しを受け、最後の大仕事を果たしたのがフェルナンド様だ。

病み上がりの国王に代わって戦後処理進め、先祖代々の土地を守った。

さらに大将を人質として敵国の王を交渉の場に引き摺り出すと、今後を見据えた条約を結んだ。

この国の安全保障及び、有事の際には武力援助を惜しまないというものだ。これで、別の国から戦争をしかけられたとしても国境警備や辺境騎士団にかかる負荷を減らすことができる。

やっと、この国は息を吹き返した。カルディアに明るさが戻ったのだ。

「おまえのおかげだ。トワ」

そう言って三人は抱き締めてくれたけど、ぼくは笑顔で首をふった。

「この勝利はみなさんの手で掴んだものです。ぼくは、それを誇りに思います」

フェルナンド様。ミゲルさん。ロロ――――それぞれの顔を順番に見回し、大きく頷く。

一時はどうなることかと思ったけど、こうして力を合わせて乗り越えることができて本当に良かった。自分もその一端を担えていたならこれ以上嬉しいことはない。

三人に出会えて本当に良かった………

その夜は、久しぶりに夢も見ずにぐっすり眠った。

7．永遠に幸せになります！

「――嘘、でしょ……？」

目が覚めるなり、ぼくはぽかんと口を開けた。

思わず頬を抓ってみたものの、痛くないはずがない。それでもまだ信じられない思いで目の前の机をぼんやり眺めた。

なんと、元の世界に戻ってたんだ。

「え？　なんで？」

キョロキョロと辺りを見回してもヒントなんてあるわけない。それでもいても立ってもいられなくて部屋を歩き回っていたぼくは、唐突に思いついてハタと立ち止まった。

「……もしかして、これがゲームクリアってこと？」

そうか。

ぼくたちはエンゲージした。ロロは魔物を倒し、ミゲルさんは敵軍を倒し、フェルナンド様は戦後処理を果たすとともに黒魔法使いたちを一掃した。

カルディアは守られ、明るい未来が約束された。

だから、ゲームとしてはシナリオ以上のハッピーエンド、めでたしめでたしでいいんだけど……

「でも、ぼくの人生はまだまだ続くし！」

推しとのラブラブな生活だって思う存分楽しみたい！　……あ、言っちゃった。

ともかく、このままでいいわけない。急いで戻らないとパソコンに向かいかけてふと、机の足下に置いたままの通学鞄が目に入った。向こうの世界に飛び込んで以来、放りっぱなしにしていたものだ。

「あ……」

今なら、まだ日常に戻ることができる。どこにでもいるひとりの高校生としてゲームに興じ、架空の恋を満喫《まんきつ》する日々に――

「ふふっ」

つい、笑みがこぼれた。

だって迷う余地なんてない。そう思える自分になっていたことがなんだか嬉しかったんだ。

ぼくは勇んで机に向かうとパソコンを立ち上げる。ヘッドホンのマイクをオンにしながら、あの時と同じように大好きなオープニングムービーを眺めた。

かつては憧れとともに見ていたものだ。

今は、たくさんのことを一緒に乗り越えた誇らしさとくすぐったさ、それにあふれるほどの愛しさを感じている。三人が画面に映るたび、彼らと幸せに暮らした日々が脳裏を巡った。

やがてムービーが終わり、ルート選択画面が表示される。

ぼくは高鳴る胸を抑えながら、右下にある『ボイスチャット』ボタンを押した。

すぐさま、シャラランッ……と、馴染《なじ》みのあるジングルが流れる。

「――――待っていたよ。宝石姫」

「フェルナンド様！」

「また目を離した隙にいなくなりやがって」

「いえ、それはその……」

「良かった。無事でいてくれたんですね」

「ロロまで」

あぁ、いつもの空気だ。いつもの三人だ。胸がぐうっと熱くなった。

「心配かけてごめんなさい。またこっちに戻されちゃって……たぶん、ゲームをクリアしたからなんだと思います」

「そのようだな」

「おまえはどうする。これで終わりにしてそっちで暮らすか」

「まさか！」

ミゲルさんの言葉にすかさず首をふる。

「ぼくは、カルディアにいたい。みなさんと一緒にいたいです。だから、もう一度ぼくを召喚してくれませんか」

すぐに「わかった」と返ってくるものと思っていた。

けれど、現実にあったのは沈黙だ。

「あの……？」

「おそらくだが、次におまえを呼んだら二度とそちらには戻れない。それでもいいか」

「もちろんです。ぼくはフェルナンド様と、ミゲルさんと、そしてロロと一緒にいたい」

ぼくの即答に三人が息を呑んだのがわかる。

「……わかった。それなら今一度おまえに問おう――私たちと永遠を誓《ちか》う名を」

無意識のうちに武者震いが起きた。いよいよ。いよいよだ。

「トワ」

答えた瞬間、あの時と同じくディスプレイから眩《まばゆ》い光が迸《ほとばし》った。

ぼくを迎え入れてくれるための特別な合図だ。一度目は無我夢中で、そして二度目は自らの意志で、光の中で目を閉じた。

彼らといたい。何より愛しい人たちと――

期待に胸を膨らませながらどれくらいそうしていただろう。

気づくと、ぼくはカルディアに戻っていた。

「良かった」

どうやら外にいるようだ。キョロキョロと辺りを見回すと、そこははじめて召喚された時と同じ広場のようだった。

周囲をぐるりと囲む木材と煉瓦《れんが》を組み合わせた美しい家々。

すぐ近くのマーケットからは威勢のいい客引きの声がする。馬の蹄《ひづめ》や荷車の車輪がガタゴトいう音に混じって、楽しそうなお喋《しゃべ》りや陽気な音楽があちらこちらから聞こえてきた。

すべてはここからはじまった。

また、ここからはじめるのだ。

向こうから三人が歩いてくるのが見える。その笑顔に胸をきゅんとさせながら、ぼくは立ち上がって彼らを迎えた。

「フェルナンド様。ミゲルさん、ロロ……また会えて嬉しいです」

「よく戻ってきてくれた」

「まったく、おまえは世話が焼ける」

「おかえりなさい。トワさん」

いっせいに腕を広げられる。

「ただいま」

躊躇《ためら》うことなくその中に飛び込み、四人で額をくっつけるようにして抱き締め合った。

「生まれ育った場所を離れてでも、私たちを選んでくれたことに感謝する」

フェルナンド様が額にキスをくれる。ミゲルさんからは右の頬に、ロロからは左の頬にだ。

「後悔はさせないから安心しろ。ホームシックになる暇なんてないからな」

「これからは僕たちが家族ですよ。みんなで幸せになりましょうね」

「うん。うん……」

熱いものが込み上げてきて、このまま泣いてしまいそうだ。

そっと腕の力をゆるめた三人は、互いに目配《めくば》せするとその場に跪《ひざまず》いた。

「トワ。あらためて申し込もう。私たちだけの永遠のプリンセスになってほしい」

まっすぐに三本の腕を伸ばされる。

突然の求愛の儀式に、遠巻きにしていた人々からいっせいに「わぁっ」と声が上がった。

群衆の中にはお世話になった宿屋の女将さんもいる。はじめてこの世界に来た時に大きな包丁を持って飛んできた肉屋の主人も。フェルナンド様のお供で来たと思しきレスタードや、ミゲルさんを敬愛してやまないリカルドさんやパブロさんまでいた。

こんなにたくさんの人たちが祝福してくれるんだ……

胸がいっぱいになってしまう。

ぼくは差し出された手を両手で束ね、万感の思いを込めて頷いた。

「心から、喜んで――」


お城までは馬車に乗った。

ロロの魔法で瞬間移動しても良かったんだけど、「こういうのは雰囲気が大事なんだ」というミゲルさんの一言できちんと手順を踏んだ次第だ。

案外ロマンティストなんだよね。そういうところも好きだけど。

かくしてお城に着いたぼくたちは、車留で馬車を降りた。

ぼくの手を取ってエスコートしてくれたロロがフェルナンド様たちににっこり笑いかける。

「おふたりはゆっくりできるところで待っていてください。後でトワさんをお連れしますから」

「わかった」

「あまり無茶させるなよ」

ロロはそれに小さく頷き返すと、そっとぼくの手を引いた。

「それじゃ、トワさん。行きましょうか」

どこへと訊ねる間もなく、ポン！　とピンクの煙に巻かれる。

気がつくと、白い花が咲き乱れる美しい野原にいた。

「びっくりした……久しぶりにテレポートしたね」

「トワさんにはお花が似合うんじゃないかと思いまして。いい香りでしょう？」

「うん、すごく。……でもあの……そ、外だけど……？」

まさかとは思うけど、こんなところで愛を確かめ合うなんて言わないよね……？

そろそろと上目遣いに見上げると、考えていることを読んだらしいロロが「せっかくですし？」

と微笑んだ。

ああ〜〜〜推しがかわいい〜〜〜でもとんでもないこと言い出してる〜〜〜！

「外だよ！　これじゃただの露出狂だよ！」

「大丈夫です。防御魔法を使って中を見えなくしますから」

「でも、こっちから向こうは見えるんでしょ？」

「それはどうでしょう」

ロロはにっこり笑いながら魔法で寝床を作り出す。

「ベッドができましたよ。ほら、触ってみてください。これなら背中も痛くないでしょう？」

「わっ、ほんとだ。すごいふかふか……。ふふふ、ニャーみたいだねぇ」

ピンク色のニャーを思い出し、ついつい頬がゆるんだ。

自分でもチョロいとわかってはいるものの、ぼくの機嫌を取ることにかけては右に出るものなしのロロの手にかかると、あっさり陥落させられてしまう。

「またニャーに会いたいな。ララ様にも」

「じゃあ、次は僕の家にお連れしますね。ララ様に邪魔されないようにしないといけませんけど」

「確かに」

顔を見合わせてくすりと笑う。

ロロの顔がゆっくり近づいてきて、唇同士が重なった。

「こうしてトワさんにキスするのははじめてですね。前は僕がほとんど動けなかったので……」

「ぼくからキスしたんじゃなかったっけ。だから、これはロロからの最初のキスだね」

「トワさんたら」

くすくす笑いながら何度もキスをくり返す。やさしく触れられるのが心地よくて、ついもう一度、もう一度と求めてしまった。

うっとりするような甘い花の香りに包まれ、幸せの溜め息がこぼれ落ちる。

着ていたものを脱がされ、横たえられたぼくの髪に、ロロは摘んだ花を飾ってくれた。

「トワさん。すごくきれいですよ」

「ありがと。でもその……、明るいね。あと眩《まぶ》しい」

「わかりました。お任せください」

ロロが人指し指をふるなり、眩《まぶ》しさがふわりと和らぐ。

「すごい。魔法って便利」

「役に立ちましたね」

得意げな顔をするロロにご褒美のキスを贈ると、お返しとばかりに額にちゅっとくちづけられた。

ちゅっ、ちゅっと音を立てながら頬に、鼻に、瞼《まぶた》の上に、やさしいキスが落ちてくる。ふわふわした気分で目を閉じていると、やがて彼の唇は首筋を伝って胸まで下りてきた。

「んっ」

唇で挟むようにやんわりと乳首を甘嚙《あまが》みされ、思わず鼻にかかった声が洩《も》れる。

とっさに両手で口を押さえたものの、その状態で先端を舌でつつかれ、チロチロとくすぐるように舐められて、ぼくは身悶えるしかなかった。

「ん、んっ……」

「声、我慢しなくていいんですよ」

だって恥ずかしいんだもん……！

声が出せないので心の中で叫んでみると、それを聞き取ったロロがくすりと笑った。

「それなら、もっとしてみましょうか」

「え？　あっ」

大胆に胸を舐め上げられて、そのぬるりとあたたかな感触に口を押さえていたことも忘れて仰け反る。片方の乳首を指で摘まれ、もう片方を口でちゅうっと吸われて、身体に電気のようなものが走った。

「……は、っ……」

ロロに会うまで、そんなところが感じるなんて自分でも知らなかった。

でも今は、触れられただけでビリッとなる。捏ねられればゾクゾクするし、舐められたり吸われたりするとたまらなく気持ちいい。まるでスイッチが入ったように熱が高まっていくのが自分でもわかる。

「はぁっ……、ん……」

ちゅくちゅくと音を立てて食《は》まれ、やさしく吸われて、もはや声を気にする余裕はなくなった。

もったりとした重たい熱が下腹に溜まっていく。ロロの頭を抱き締め、髪をくしゃくしゃに掻き混ぜると、彼は幸せそうに笑った。

「トワさんが気持ち良さそうにしてるの、嬉しいです」

「ロロだけズルい」

彼がそう思ってくれるのと同じだけ、ぼくだってロロの気持ち良さそうな顔が見たい。

「じゃあ、触ってみます？」

そう言うと、ロロは上体を起こして前を寛げる。ほんわかした外見や口調とは裏腹に、硬く兆したものが飛び出してきてちょっとびっくりしてしまった。

添えられた手に導かれるままそっと彼自身に触れる。熱芯は張り詰めていてとても熱く、ドクドクと脈打っていた。

「こんなに大きかったたっけ……」

「そんなにまじまじ見ないでください。恥ずかしいでしょう」

「ロロも恥ずかしいとか思うんだ！」

「言いましたね、トワさん。お仕置きしちゃいますから」

ロロがウインクするなり、ぼくの手が勝手に動きはじめる。

「えっ？　なんで？　魔法？」

慌てふためいているうちに、左右の手はあろうことか自分の乳首を摘まみ上げた。

「わっ、待って……、これはマズいでしょっ……や、やめ……んっ……」

「恥じらうトワさんもかわいいですよ。気持ちいいところ、たくさん弄ってあげてくださいね」

「んんんっ……」

これって何の羞恥プレイ？？？

自分の身体なのにまるで思いどおりにならない。ぼくの意思を無視して指はコリコリと乳首を捏ね回し、あるいはピンッと弾きながら、みるみる赤く膨らませていく。

悔しいけど声が抑えられない。恥ずかしいけど感じてしまう。

「ふふふ。お外なのに、ね？」

「も……、ロロの、いじわる……」

「そんなにかわいい顔をされると、トワさんが達くまで頑張ってもらいたくなっちゃいます」

「それだけは勘弁して！」

何が悲しくてセルフプレイを見学されなくちゃいけないんだ。それに、ぼくだってロロが気持ち良くなってるのが見たいって言ったでしょっ。

心の中で散々悪態をつくと、ロロは笑いながら魔法を解いてくれた。

ようやく胸が解放され、ホッと一息ついたのも束の間、自身を握られてギョッとする。それはいつの間にか完全に勃ち上がっていた。

「自分で胸を弄って気持ち良くなっちゃったんですね」

「……！」

「ほら、わかるでしょう？　とっても素敵ですよ。僕だけが知ってるトワさんですね」

「んっ、んーっ」

ゆるゆると扱き上げられ、気持ち良さともどかしさに腰が揺れる。

ロロは傍に躙《にじ》り寄《よ》ると、彼とぼくの熱同士を束ねるようにして擦《こす》り合わせた。ビクビクと熱く脈打つ鼓動が薄い皮膚越しにダイレクトに伝わってくる。

「気持ちいいですね。トワさん」

「ん……気持ち、いい……」

「ふふふ。素直」

お互いの先走りがこぼれて混じり合い、くちゅくちゅと淫らな音を立てる。

もっとしてほしい、もっと直にロロを味わいたいと思いはじめた矢先、なぜか彼は手を放した。

「あっ……」

「このまま達っちゃうともったいないので」

ロロが微笑みながら人指し指をふると、手の上に香油瓶のようなものが現れる。

彼が中身を手のひらに出した途端、ふわっと花の香りが広がった。

「花の蜜です。香油の代わりに。……トワさん、もう少し足を開いて」

窄まりに指を這わされ、秘所に蜜が塗り込められる。

「やっ……」

「力を抜いて……そう、上手に僕の指を呑み込んでますよ……ほら、一本挿《はい》った」

「わかりますか。今、トワさんの中に、挿《はい》ったり……出たり……してるのが」

「……わ、かる……」

「今度は二本」

「あぁっ」

ぬうっと指が挿《はい》ってきたかと思うと、根元まで埋め込んだ状態で左右に割り広げられた。

「花の香りに引き寄せられて蝶が集まってくるかもしれませんね。かわいいトワさんが見たいって」

「んっ」

後孔がヒクッと戦慄《わなな》く。

それに含み笑いしながらロロは指を引き抜き、ゆっくりと覆い被さってきた。両足をさらに開かされ、その中心に彼の熱芯を押し当てられる。

「あ……、あぁっ……」

小刻みな抽挿とともに切っ先が押し入ってきた。たくさん塗《まぶ》された蜜のおかげで痛みはないものの、やっぱりこの瞬間はとても不思議だ。

ロロが、ぼくの中にいる――

ひとつになっているんだと思ったら、もっともっとほしくなる。

「ロロ……」

そんな願いを叶えるように、尻に彼の下生えが当たった。

「全部挿《はい》りましたよ。痛くないですか」

「ん……、平気。動いていいよ」

「わかりました。トワさん、いっぱい気持ち良くなってくださいね」

髪にちゅっとキスを落とされ、ゆっくり腰を揺らされる。激しいピストン運動とは違う、奥を捏ね回すようなゆるやかな動きだ。彼の膨らみで気持ちいいところをグリグリ押し潰されるのがたまらなく気持ちいい。

「ロ、ロロ……そこっ……」

「えぇ。トワさんの好きなところですよね。たくさんかわいがってあげますね」

「あ、ぁっ……」

ロロは角度を変え、深さを変えて、くり返しくり返しそこを突く。触れられるだけでも充分刺激的なのに硬い熱芯で擦《こす》られ、押し潰すようにされて、ぼくはただただ惑うしかなかった。

「ロロ。ダメ、それ……そんなの……、すぐ達っちゃうからっ……」

「じゃあ、気持ちいいって言ってください。僕にこうされて気持ちいいって」

「いいっ……きもち、い……ロロの、で……そこ、突かれるの……すきっ……」

「かわいい、トワさん。愛してます」

ロロはぼくの腰を押さえると、それまでとは一転、激しく突き入れてきた。

「あっ、あぁぁ……ふっ……、あっ……」

抽挿によって花の蜜があたためられ、よりいっそう香りを放つ。その甘く官能的にさえ思える香りにこのまま酔わされてしまいそうだ。

「……ふっ……」

ロロも同じなのか、頭上からくぐもった声が降った。

「あぁ、もう達きそうです……奥で受け止めてくれますか」

「いいよ。来て、ロロ……中で達って……」

「トワさん……！」

熱芯はさらに膨らみを増す。

絶え間なく奥を突かれ、たちまち絶頂へと駆け上がっていった。

「あ……あ、あぁっ………」

「んっ……」

ふたりの身体に挟まれて揉みくちゃになったぼく自身から勢いよく白濁が散る。

それとほぼ同時に中に奔流を感じた。ロロの欲望の証を受け止め、それだけでまた極まりそうになってしまう。

荒い呼吸をくり返しながら、ようやくのことでぼくたちは目を開け、微笑み合った。

「ぼく、ロロのもの、だね……」

「僕も、トワさんのものですよ」

どちらからともなく唇を寄せる。

「愛してます。トワさん」

「ぼくも愛してる。ロロ」

ロロがゆっくり身体を起こし、深々と埋め込まれた自身を引き抜いた。

魔法でふたりの身体をきれいにした彼は身嗜みを整え、ぼくの服も元どおりにしてくれる。

「トワさんを引き渡すのはとても名残惜しいのですが……」

「でも、独り占めしない約束だもんね。破ったりしたら紳士協定が崩れちゃうよ」

「それを心配されるなんて」

顔を見合わせてくすりと笑う。

最後にもう一度キスを交わすと、ロロはぼくの腰を抱いてひょいと人指し指をふった。

その瞬間、ポンと瞬間移動する。

着いたのは、ミゲルさんの待つ浴室だった。

「えっ。お風呂？」

びっくりしてキョロキョロと辺りを見回す。

満々とお湯の溜められた浴槽の縁に腰かけていたローブ姿のミゲルさんは、ぼくを見るなりニヤリと口の端を持ち上げた。

「よう、来たな。ロロは一緒じゃないのか？」

「えーと……そう、みたいですね。ぼくだけ送り届けてくれたようです」

近づいてきたミゲルさんに意味ありげに顔を覗き込まれる。

「どうだった。たっぷり愛されてきたか？」

「えっ。えーと……、こういうのって、『はい』って答えてもいいんですかね」

「当たり前だ。パートナーを満足させられないようなやつと協定は結んでいられないからな。……まぁ、それなりに嫉妬はするが」

「ほら、もう！」

苦笑するミゲルさんにぼくもつられて笑ってしまった。

「ロロにいっぱい愛してもらいましたよ。大満足のパートナーです」

「ならば、俺はそれを上回るだけだ。足腰立たなくなるくらいたくさん愛してやる」

「お……お手柔らかにお願いしますね……？」

ミゲルさんが勢いよくローブを脱ぎ、床に放る。

その途端、露わになった彼の全裸に思わず目が釘付けになった。

「わ……」

なんて逞《たくま》しいんだろう。シックスパックなんてはじめて見た……男らしくてうらやましい……

「どうした」

「あ、いえ。この間は後ろ向きで見えなかったから、なんだか新鮮だなって……」

「あぁ、そうだったな。好きなだけ見て、好きなだけ触れ。すべておまえのものだ」

そう言って手を取られ、彼の肌に導かれる。胸に、腹に、下生えに……さらにその下で脈打つものにまで触れさせられて、「ひゃっ」とおかしな声が出た。

「今さら恥ずかしがるのか。この前も、これがおまえを達かせたんだぞ」

「エ、エ、エ、エッチ！」

ミゲルさんが「ふはっ」と噴き出す。ぼくの手の上から自分の手を重ね、形を覚えさせるように握り込んだ。

「早くおまえの中に入りたい。奥まで俺でいっぱいにして、たくさん中を掻き回してやりたい」

「……っ」

低い囁きに全身が甘く痺れる。

「俺のものになれ、トワ。おまえを死ぬほど気持ち良くしてやる」

頤《おとがい》を掬《すく》い上げられ、すぐに唇が重なった。深いキスだ。まるで今からこうしてやるとばかりに深々と舌を差し入れられ、口内をあますところなく蹂躙されて、あふれ出た唾液が顎を伝った。

「んっ……、ぅ……っ」

服の上から身体をまさぐられてドキドキと胸が逸る。毟《むし》り取るように服を脱がされ、下着も乱暴に取り払われて、生まれたままの姿になった。

「来い」

ミゲルさんに促されるまま浴槽に浸かる。大人ふたりが向かい合っても余裕があるほどゆったりした造りで、ちょっとした温泉みたいだ。

「あったかい……」

ほっこりしたのも束の間。

「来いと言っただろう」

「あっ」

強引に引き寄せられてパシャッとお湯が跳ねた。

胡座を掻いたミゲルさんの膝の上に乗せられ、両手でグイグイと尻を揉み込まれる。左右に割り開かれた間に彼の逞《たくま》しい雄を擦《こす》りつけられて、わずかな緊張と大きな期待で蕾がヒクッと戦慄《わなな》いた。

「……んっ」

待ち切れなさに腰が切なく揺れる。

けれど、そんなぼくを見てなぜかミゲルさんは身体を離した。

「このまますぐ挿れてもいいが……死ぬほど気持ち良くしてやると言ったからな」

「え？　わっ……」

両脇の下に手を入れられてお湯から出され、浴槽の縁に座らされる。何をするのかと驚いていると、ミゲルさんは躊躇《ためら》いもなくぼく自身を口に咥《くわ》えた。

「ま、待って」

そんなの、心の準備ができてない……！

ただでさえ敏感になっているのに、舐められたりしたらひとたまりもない。

なんとか快感を逃がそうと身を捩ったぼくは、さらなる甘い責め苦に懊悩《おうのう》することとなった。

「んっ」

ミゲルさんの指が後孔に押し入ってきたからだ。すでに慣らされ、さらにお湯であたたまった身体は彼の長い指を易々と受け入れ、甘く食《は》み締めた。

「あぁ、やわらかくなっている」

「……っ。く……、咥《くわ》えたまま、喋《しゃべ》らないで……」

「そんなことでも感じるのか」

ミゲルさんはククッと喉奥で笑いながらさらにぼくを呑み込んでいく。大きな手で根元を扱かれながら熱い口内に吸い込まれると、たちまち頭が真っ白になった。

そんなぼくを現実に引き戻すように中の指が悪戯《いたずら》に蠢く。外と中を同時に攻められ、そのまま上り詰めそうになったその時、見計らったかのように唇が離れていった。

「あ……」

そして今度は根元を手できつく戒められた上で、中を執拗に抉られる。

「ここがおまえのいいところだ。膨らんでいるのがわかるか」

「あんっ」

感じるところをグリグリと押し上げられ、無意識のうちに腰が揺れた。

「……あっ、達、く……、達きたい、っ……」

もはや自身は限界まで漲《みなぎ》り、今にも弾けてしまいそうだ。それなのに、根元を戒められているせいで出したくても出すことができない。

ようやくのことで手が離れていき、ホッとしている間に、ミゲルさんが立ち上がった。

「おまえを見ていたらこうだ。俺のことも気持ち良くしてくれ」

目の前に猛ったものを突き出され、思わずゴクリと喉が鳴る。

「すごい……」

その大きさといい、赤黒く反り返った禍々しさといい、自分のものとは大違いだ。天を突く怒張は凶器のようにさえ思える。

ぼくはそろそろと手を伸ばすと、ミゲルさんの雄を両手で捧げ持った。

熱く脈打つそれにくちづけし、そこから唇を開いていく。大きく膨らんだ先端を舐め、唇で扱くようにすると、頭上からくぐもった声が降った。

「……ふ、っ……」

ミゲルさん、感じてくれてるんだ……

決して上手とは言えない口淫でも、彼が感じてくれているとわかって嬉しかった。もっともっと気持ち良くしたい。ミゲルさんに喜んでもらいたい。

夢中で舐めしゃぶっていると、それまで髪を撫でてくれていた手がぼくの頭を押し返した。

「トワ。もういい」

びっくりして口を放す。

「まだ、途中なのに……」

「このまま達ったらどうしてくれる。おまえの中で出したいんだ。それに、おまえも辛いだろう」

チラとぼくの下肢に目をやったミゲルさんはもう一度お湯の中に腰を下ろした。

厚い胸板に抱き寄せられ彼を跨ぐようにすると、熱い昂ぶりを蕾に押し当てられる。散々弄られ、焦らされた身体は彼を求めてびくりとふるえた。

「……挿れるぞ」

耳元で囁かれると同時に、ミゲルさんが押し入ってくる。

凶悪な熱棒に容赦なく内壁を擦《こす》り上げられ、ぼくは大きく仰け反った。

「あ、あぁ――――」

彼は隘路《あいろ》を押し広げ、壁を押し潰し、何もかも己の色に染め上げていく。ずぶずぶと一息に貫かれ、その凄まじい快感に頭の中が真っ白になった。

「……はぁっ……、はっ……、はぁっ……」

「挿れただけで達ったのか」

「ご、ごめん、なさ……」

あまりの衝撃に目も開けられないぼくに、彼は小さなキスをくれる。

「謝ることはない。気持ち良かったんだろう」

「ミゲルさんが……す、すごくて……」

「あぁ、中がうねっているからよくわかる。俺も、おまえで達かせてくれ」

腰を抱え直され、突き上げがはじまった。

彼が律動を刻むたび、ぼくがそれを享受するたびにお湯が跳ねて水面が踊る。ちゃぷちゃぷと揺れる波は今にも浴槽からあふれそうだ。激しく出し入れされるごとに中がじゅぷっと音を立てた。

「お、お湯……入っちゃ……」

「心配か？　なら、もっと俺でいっぱいにしてやる」

「あ……、ふか、い……っ」

さらに奥まで切っ先を捻《ね》じ込まれ、グリグリと熱棒で抉られて、これまで誰も触れたことのない最奥までが拓かれていく。

「も、むりっ……そんなに、いっぱい挿《はい》らな……あぁっ……」

「痛いか」

「痛く、は……ないけど……でも……、あぁっ……やだ、それ怖いっ……」

自分がどうなってしまうのかわからなくて怖い。こんな快楽を知ってしまったら二度と引き返せなくなりそうで。

必死に訴えるぼくに、ミゲルさんが噛《か》みつくようにくちづけた。

「怖がる必要なんてない。もっともっと貪欲になれ。いくらでも受け止めてやる」

「ミゲルさん……」

ぼくを激しく貪りながら彼がラストスパートをかける。

ズン、と一際強く突かれた瞬間、最奥に熱い奔流が叩きつけられた。

「……く、っ……」

押し殺すような声とともに身をふるわせたミゲルさんは、それでもなお足りないとばかりに腰を揺らし、隅々までマーキングするように自らが放ったものを塗り広げる。

「トワ。愛している……」

さっきまでの激情すら包み込むようにやさしくくちづけられ、うっとりしながらそれに応えた。

うまく力の入らない腰を持ち上げられ、深々と埋め込まれていた熱棒が抜かれる。名残惜しさに戦慄《わなな》く蕾をミゲルさんがそっと撫でてくれた。

「死ぬほど気持ち良くさせてやれたか」

「はい。もう、死にそうです……」

ミゲルさんが小さく噴き出す。そしてご褒美だとでもいうようにぼくの額にキスをくれた。

彼は勢いよく浴槽を出ると、ガウンを拾い上げてバサリと羽織る。ふかふかのタオルで丁寧にぼくを拭いた後はガウンで包み、そのまま横抱きに抱き上げた。

「あ、あの……」

「運んでやるからおとなしくしておけ」

すぐさまフェルナンド様の私室へ連れていかれる。

ガウン一枚という格好にもかかわらず、ドアの前で番をしていた侍従は驚いた様子もなくにこやかに扉を開けてくれた。今日ばかりは人払いをしてあるのか、取り次ぎもない。

躊躇《ためら》うことなく部屋に入っていったミゲルさんは、迎えに出たフェルナンド様に横抱きのままぼくを渡した。

「ご苦労だったな。ミゲル」

「後ろ髪引かれる思いですが。……じゃあな、トワ」

「はい。ミゲルさん」

ミゲルさんが部屋を出ていく。

フェルナンド様はぼくを広々としたバルコニーに連れていくと、そっと椅子に座らせてくれた。

「だいぶ疲れたろう。少し休むといい」

「ありがとうございます。……あぁ、いい風……」

新緑を思わせる爽やかな風が火照った頬に心地いい。

うっとり目を閉じて浸っていると、不意に冷たいものが頬に触れた。

「ひゃっ！」

「乾杯しよう」

びっくりして飛び起きると、目の前にシャンパンの入ったグラスが差し出される。どうやらわざわざ用意してくれたらしい。

「あ……すみません。せっかくですが、ぼく、お酒はまだ……」

「カルディアでは十五歳から飲酒が認められている。成人するのと同時にな。おまえはもうこの国の人間になったのだから、心配することはない」

「そうなんですね。じゃあ、思いきって……」

好奇心も手伝って気泡の立つグラスを受け取る。

フェルナンド様は隣の椅子に腰を下ろすと、目の高さにグラスを掲げた。

「私たちの出会いと、永遠の愛に」

「……っ」

不意打ちに胸がきゅんとときめく。

「さ、さすがは推し……こんな時までありがとうございます……」

「あいかわらず、おまえは時々おかしなことを言う」

フェルナンド様は楽しそうに笑いながらフルートグラスを傾けた。

格好いい上に色っぽいだなんて、どれだけハイスペックな人なんだ……

推しの一挙一動を目に焼きつけたかったものの、せっかく乾杯をしてくれたのに飲まないでいるのは申し訳ないので、ぼくもそろそろとグラスに口をつけた。

冷たいシャンパンはすっきりとしていてほろ苦く、なんだか大人の味がする。

二口、三口と飲むうちにあっという間に酔いが回った。

「ふー……。こんなに幸せでいいんでしょうか」

「いいに決まっている。これからもっともっと幸せになるのだから」

肘掛けに置いた手の上にあたたかな手が重ねられる。

「おまえが、私を幸せにしてくれたんだ」

「いいえ。フェルナンド様がぼくを幸せにしてくれたんですよ。ミゲルさんも、ロロも」

そう言った途端、人指し指で唇を塞がれた。

「今は、他の男の名前はナシだ。私だけのトワでいてくれ」

「もう。フェルナンド様ったら」

顔を見合わせて微笑み合い、あらためて幸せを噛《か》み締める。

「不思議です。推しとこうしているなんて……」

「出会った瞬間、おまえが運命の相手だとわかった。一目で心を奪われた」

「フェルナンド様にそんなふうに言ってもらえるなんて、なんだかやっぱりもったいないです。ぼくのどこをそんなに……わっ」

「おまえの、すべてだ」

手を引かれ、至近距離に迫った黄緑色の瞳にぼくが映る。感嘆の溜め息をつくと、彼はそれすら逃したくないというように唇を塞いだ。

「愛しているよ、トワ。おまえとこうしていられて私は本当に幸せだ」

「それはぼくの台詞《せりふ》です。フェルナンド様に愛されるなんて……」

「ならば、私の愛を確かめてみるか。私がどれだけおまえを深く慈しんでいるか、おまえのその身体に教えたい」

フェルナンド様が颯爽と椅子を立つ。

伸ばされた手に手を添え、立ち上がろうとした途端、足下がふらっと揺らいだ。

「あ……」

すかさず肩を引き寄せられ、あたたかな胸に顔を埋める。

「酔ったか」

「フェルナンド様に酔わされたんです」

「憎まれ口か。それとも口説き文句か。おまえの真意は難しい」

フェルナンド様が眉尻を下げながらくすりと笑う。

「だったら、確かめてみますか。ぼくがどれだけあなたに心酔しているか」

「望むところだ」

彼の目が捕食者のようにきらりと光った。

首筋から鎖骨へ、さらに肩へと唇がゆっくり這わされる。はだけたガウンが床に落ちたのを合図に、フェルナンド様の大きな手が大胆に背中を撫で上げた。

肩甲骨の形を確かめるように指を這わされ、背骨を辿られ、ゆっくりと腰骨から前に向かって下ろされる。節くれ立った指先で下生えに触れられた途端、どうしようもないほど背筋がふるえた。

フェルナンド様にも気持ち良くなってほしくて、負けじと厚い胸板に手を伸ばす。シャツのボタンを外し、なめらかな鎖骨にキスをすると、頭上から「ふっ」と笑う声が聞こえた。

「く、くすぐったかったですか？」

「あぁ。じゃれているようで、とてもかわいい」

むう。気持ちいいって思ってもらいたかったのに。

考えていることが顔に出ていたのか、フェルナンド様がまたも笑う。

「痕をつけてもいいんだぞ」

「え？　あ、でも……」

王族の着替えには複数の侍女がつく。その人たちに見つかったら恥ずかしい思いをするだろう。

そう思って躊躇《ためら》っていると、反対にフェルナンド様に首筋を吸われた。

「んんっ」

「愛の証だ。私はむしろ自慢したいが」

「そ、そうなんですか？？？」

推しのハートが強すぎる……

でも、せっかくそう思ってくれるならと背の高い彼に屈んでもらい、首筋をちゅっと吸い上げてみた。そんなところに唇を寄せていると自分がヴァンパイアにでもなった気分だ。

ひとつ想定外だったのは、キスマークをつけるのは案外難しいということだ。フェルナンド様はくすぐったさに身を捩りながら、ぼくが成功するまで根気強くつき合ってくれた。

「で、できました……！」

「そうか。よくやった」

フェルナンド様が満足げに笑う。これで明日、思う存分見せびらかすのだろう。それが恥ずかしくてたまらないような、でもちょっとだけ嬉しいような。

ご褒美にと今度は後ろから抱き締められ、襟足から肩甲骨に向かって唇を這わされた。

「んっ……、ん……」

あちこちにキスの雨を降らせたかと思うと、時々キュッと強く吸い上げられる。

「ダ、ダメですよ。そんなにいっぱい……」

「いくらでも咲かせたい。おまえの白い肌によく似合う」

「ダメですってば……、あっ……」

背中に気を取られているうちに、前へ伸びてきた手に叢《くさむら》を掻き混ぜられる。そうされてみてはじめて、もう二度も達したにもかかわらず、またも自身が膨らみかけていることに気がついた。

「柵に掴まって」

「え？　こ、ここでですか……？」

てっきり寝室に移動すると思っていたのに。

そう言うと、フェルナンド様は意味ありげに片目を瞑《つぶ》った。

「ベッドまで待てない。いいだろう？」

「でも、誰かに見つかったら……」

「心配するな。私の私室には限られたものしか入れない。……それに、これから先、バルコニーに出るたびにかわいらしく乱れたおまえのことを思い出せる」

手を柵へと促され、同時に腰を後ろに引かれる。立ったまま尻を突き出すような格好だ。

本当にいいんだろうかと思っているうちに、後ろから覆い被さってきたフェルナンド様にやんわりと自身を握られた。

「あっ……」

すっかり敏感にさせられた身体は少しの刺激にも反応してしまう。何度か扱かれただけでぼくの熱はみるみる漲《みなぎ》り、さらなる刺激を求めて腰が揺れた。

さらに反対の手を後孔に宛がわれる。度重なる交接に慣らされた蕾は、ヒクヒクと戦慄《わなな》きながらフェルナンド様の指を食《は》んだ。

「おまえのここは待ち切れないと言っているようだな。なんと愛らしい」

「や……」

「恥ずかしがることはない。ここには私とおまえしかいないのだ。もっと乱れてくれ。私しか知らないおまえが見たい」

指の代わりに彼の昂ぶりを押し当てられる。濡れた先端を擦《こす》りつけられ、そのぬるぬるとした感触に鼓動はいやが上にも高鳴った。誘うように腰が揺れる。ねだるように蕾がゆるむ。

「ひとつになるぞ、トワ」

「あっ……、あ――……」

後ろから熱いものがぬうっと押し入ってくる。もうすっかり慣らされたそこは、与えられる快楽を自ら貪るように蠢動した。

「くっ……すごいな、これは……」

溜め息のような声が降る。

後ろを探られながら前を扱かれ、あまりの気持ち良さに一瞬意識が飛びそうになった。

深々と熱塊を埋め込まれ、その状態で腰をぐるりと回されて、いい箇所が雄で押し潰される。

「あぁっ」

中がきゅうきゅう収縮し、内壁がフェルナンド様を甘く食《は》んだ。

「おまえが感じているのがよくわかる。ここはとても饒舌《じょうぜつ》だ」

なおも腰を回され、あらゆる角度から奥を突かれて、もう頭がおかしくなりそうだ。

「フェル、ナンド……、さまっ……」

必死の思いで名前を呼ぶと、彼は背中にやさしいキスをくれた。

「あぁ、もう達きそうなんだな。それなら私も合わせよう」

フェルナンド様が前に回していた手を放す。そうして両手で腰を抱え直すと、彼は力強い腰使いでたちまち頂点へと駆け上がっていった。

「あ、あぁっ……」

激しく揺さぶられるたび昂ぶる花芯が切なく揺れる。限界まで膨らんだ幹にダラダラと滴が伝い、今にも地面に染みを作ってしまいそうだ。

身も心もスパークしそうな快楽に、もはや極めることしか考えられない。ひとつになって飛ぶことしか。

「あ、あ、あ……もう……フェルナ……、ド、さまっ……ぼく、もうっ……」

「トワ……トワ、愛している……」

「ぼくも、……て、る……あぁっ…、あ――」

ドクドクと大量の精を注がれた瞬間、押し出されるようにして自身も蜜を散らす。それはバルコニーの柵を濡らし、さらに外まで放たれていった。

「トワ。最高だ……」

「フェル、ナンド……さま……」

後ろからぎゅうっと抱き締められ、お返しに回された腕にくちづける。

髪に、背中に、たくさんキスしてもらえるのが嬉しくてうっとり目を閉じていると、何の前触れもなく部屋のドアが開いた。

「……っ」

やばい。誰か来た……！

たちまち緊張が走る。

けれど、身を強張らせるぼくとは対照的に、フェルナンド様はなぜかやれやれと肩を竦《すく》めた。

「少し早いな」

「おっと。目の毒でした」

……………え？

おそるおそる顔を上げ、肩越しにふり返る。そこにいたのはミゲルさんとロロだった。

「ど、どうしてふたりが……？」

「だって、せっかくの記念日ですし」

「おまえを永遠のプリンセスにした日だ。このままフェルナンド様に朝まで独占させるわけには」

「ミゲル。本音が洩《も》れている」

三人は顔を見合わせて笑う。

ふたりの前でフェルナンド様は悠々と自身を引き抜くと、ロロが差し出してくれたタオルで後始末をした。シャツを羽織り、ぼくの身体もきれいに拭うと、元のようにガウンを着せてくれる。

そうしてぼくを横抱きにし、そのままベッドへ運んでくれた。

「疲れたろう。今日はこのままゆっくりしよう」

「でも、三人ともお仕事は……」

「終わらせてきたに決まっている」

「ニャーのご飯も用意してきましたから」

「食事もここに運ばせる。今日だけは特別だ」

驚くぼくに、三人が代わる代わるキスをくれる。

「嬉しいです。トワさんとこれからずっと一緒にいられるなんて……。大事にしますからね」

「病める時も健やかなる時も、いつでもな」

「俺たちに未来永劫愛される覚悟はあるだろうな」

思いがけないプロポーズに驚いたものの、一瞬の間を置いて、ぼくは満面の笑みで頷いた。

「もちろんじゃないですか」

三人の手を取り、それをブーケのように抱き締める。

「ぼくは、みなさんと永遠に幸せになります！」

ようやく手に入れた幸福に、ぼくたちは微笑み合いながら思う存分酔いしれるのだった。

エピローグ

カルディアが息を吹き返してから三ヶ月。

その間で、この国は大きく変わった。生まれ変わったと言ってもいい。

フェルナンド様は、戦後処理と交渉の手腕を高く評価され、王位継承権第一位となった。

王太子である彼のお兄さんたっての希望だそうだ。誰よりも心が繊細で、争いごとや政に向いていないと表舞台に立つことを長年拒んできたその人は、自ら望んで修道院に入った。

家族と離れて暮らすのは寂しいだろう。

慣れ親しんだお城と違い、不自由も多くあるに違いない。

それでも、自分がここにいてはいつまでも弟が力を発揮できないだろうからと、王太子は信仰の道を選んだ。

王族である彼には、ゆくゆくは修道院長の椅子が用意されているそうだ。たとえ世俗を離れても、兄と弟であることに変わりはないという兄の言葉がフェルナンド様への餞《はなむけ》となった。

「私は、あの方の分までこの国を背負っていかなければ」

硬く心に誓《ちか》うフェルナンド様の背中をそっとさする。

これからは王位を継ぐものとして、そして国民の心の拠り所として活躍が期待されるフェルナンド様を、パートナーとしてしっかり支えていかなくては。

ミゲルさんは、これまでの功績に加えて陣頭指揮の成果が認められ、騎士団長に昇格した。もともと下級騎士や街の人々に慕われ、尊敬を集めていた人だけに、この決定には王室騎士団だけでなく周辺の軍や冒険者、カルディア市民までもが歓喜の声を上げた。

ミゲルさんにバトンを渡した前団長は、これからは『相談役』として行動をともにしてくれるそうだ。彼もまた人望の厚い男で、団員たちから長年頼りにされてきたが、いかんせん寄る年波には逆らえず、いつかミゲルさんに後を任せたいと思っていたと後から聞いた。

はじめて騎士団宿舎で、団長のところに連れていかれた時のことを思い出す。

ドレス姿のぼくを見ても驚きもしなかったっけ……

肝が据わっていて逞《たくま》しく、何より屈託のない顔で豪快に笑う。パブロさんに少し似てるかも。

「身が引き締まる思いだ。父も喜んでくれているだろう」

唇を引き結ぶミゲルさんに頷き返した。

これからは王家を守る王室騎士団の筆頭として、そしてカルディアの護り神として、彼は数多の危機を乗り越えてみせるだろう。そんなミゲルさんのことも支えていきたい。

最後にロロは、ララ様から正式に『大魔法使い』の名を継いだ。

伝説の魔物を打ち倒した彼の名前は今やカルディア国内のみならず、周辺国にまで轟いていると か。悪名高い黒魔法使いたちを封じ、王の呪いを解いたことでも多くの魔法使いの憧れとなった。

今や、彼のもとには「弟子にしてください」とやってくるものが後を絶たない。いつかそう遠くない日に、彼を師と仰ぐ素晴らしい魔法使いが誕生するだろう。

そんなロロは、国王の命を救った褒美として、城の敷地内に専用の研究施設を作ってもらって大喜びしている。

「これで毎日トワさんに会えますね！」

大魔法使いになっても彼の屈託のなさは変わらない。

『魔法で人々の役に立ちたい』という夢を立派に叶えたロロ。これからは、他の魔法使いとも協力しながらさらに国を盛り立てていくだろう。そんなロロをぼくも支え、励ましていけたらと思う。

そして、ぼくはというと——

永遠のプリンセス、もとい、パートナーとしてカルディアに永住を決めた。

「いついかなる時も傍にいるのがパートナーというものだ」という三人の強い勧めにより、かつてお城にいた頃に住んでいた部屋をそのまま使わせてもらっている。

フェルナンド様の私室の隣ということで、ミゲルさんやロロからは散々ブーイングが出たようだけど、まぁ、こればっかりは持ち主の意向もあるしね……。それに、部屋同士をつなぐ通路でこっそり行き来できるのも秘密のデートみたいで気に入ってる。

もちろん、一緒に過ごす時間は三人で偏りが出ないように、平等に。

そんな三人は立場が違うにもかかわらず、なんだかんだで仲良しだ。互いの知力、武力、魔力を尊敬しながら楽しんでいるのが伝わってくる。

そんなことを考えていると、コンコンコン、と部屋にノックの音が響いた。

出迎えてみれば案の定だ。

「フェルナンド様。ミゲルさん、それにロロも。会議はもういいんですか」

「あぁ、終わらせてきた」

部屋に入ってきた三人が順番にハグをくれる。

今日は、国策について話し合う定例会議の日だ。重要なポストに就いた三人は出席が義務づけられている。この日ばかりはミゲルさんも訓練を休み、ロロも魔法研究の手を止めて参加しているのだった。

そして、終わった後の楽しみと言えば四人でいちゃいちゃすること！

すっかり忙しくなってしまった三人が予定を合わせるのは難しくなった。だから、これが数少ないチャンスというわけだ。

「こうしてみんなで会うのも一週間ぶりですね」

「個別に顔を合わせてはいたがな」

「僕思うんですけど、やっぱりフェルナンド様はズルくないですか？」

「おまえにも研究施設があるだろう」

「宿舎が一番遠いのですが」

やいやい言い合うのもすっかりお馴染《なじ》みの光景となった。端から見たら、一国の王子に向かって文句を言うなんて不敬だと思うんだけど。

「まぁまぁ、そのくらいにして……。ね？　せっかく楽しい時間なんですから」

三人がピタリと言い合いをやめる。

うんうん。そういう素直なところ、すごくいいと思いますよ。

せっかく感心していたのに、くり出されたのは予想の斜め上をいく提案だった。

「私に考えがあるのだが……三人の不公平をなくすためにも、一度、四人で夜を過ごしてみるのはどうだろう」

「はっ？　……げほっ、げほっ……」

びっくりしすぎて噎《む》せてしまった。

すかさずロロが背中をさすってくれる。

「大丈夫ですか、トワさん。期待しちゃいました？」

「そんなに慌てなくともちゃんとかわいがってやるぞ」

「また新たなおまえの一面が見られると思うと楽しみだな」

「待って！　三人とも、話を聞いて！！！」

止める間もなくあっという間にベッドに押し倒される。

三人はイケメンぶりを遺憾《いかん》なく発揮し、極上の笑みで覆い被さってきた。こうなるともう止められないことは経験上よくわかっている。

「〜〜〜〜〜！」

かくして今日もにぎやかに、そして最上級に幸せに、カルディアの一日は過ぎていくのだった。